岩波現代文庫／文芸 284

美は乱調にあり

伊藤野枝と大杉栄

瀬戸内寂聴

岩波書店

はじめに

瀬戸内寂聴

二十八歳からペン一本に頼り生きてきた私は、九十四歳になった今も、まだ一日もペンを離さず書きつづけている。四百冊を超えているらしい自作の中で、ぜひ、今も読んでもらいたい本をひとつあげよと云われたら、迷いなく即座に、「美は乱調にあり」「諧調は偽りなり」と答えるであろう。今、この混迷を極めた時代にこそ、特に前途のある若い人たちに読んで欲しい。題は、大杉栄の言葉を貰った。「美は乱調にあり」は、一九六五年四月号から十二月号まで、「文藝春秋」に連載された。私の四十三歳の時であった。

ダダイスト辻潤とアナーキスト大杉栄という怪物二人と結婚し、二人の間に子供を七人も産み、関東大震災のどさくさまぎれに、大杉と甥の六歳の橘宗一と共に憲兵隊に連行され、甘粕大尉に虐殺された伊藤野枝の二十八歳の生涯を描いた。日蔭の茶屋で、大杉が嫉妬に狂った愛人の神近市子に首を刺されるまでを一巻として、「美は乱調にあり」

を終っている。

「諧調は偽りなり」は、それから十六年もたって、「文藝春秋」に一九八一年一月から一九八三年八月まで連載した。十六年の空白は、甘粕の本性がどうしても私にはつかめなかったからであった。ようやく書ける気になるほど、甘粕のことがわかってきて「諧調は偽りなり」が書けた。

この小説を書いて、「青春は恋と革命だ」という考えが私の内にしっかりと根を下した。

美は乱調にあり

美はただ乱調にある。諧調は偽りである。

大杉　栄

＊

博多行を思いたった時、私はただ、美しい生《いき》の松原のあるという今宿《いまじゅく》の海岸に立ってみたいというだけの軽い望みを抱いていたにすぎない。

地図でみると博多湾に面した今宿の町は、福岡市の西の外《はず》れで、博多の中心街からは三里ばかりも離れているように見えた。博多湾の中に更《さら》に今津湾という入江があり、その海岸線のちょうど中心に今宿はある。

博多から唐津《からつ》への街道筋に面したその町を、私は四、五年前の旅の途上、車で走りすぎたはずであったが、何の記憶ものこっていなかった。かつては、福岡県糸島郡今宿村と呼ばれていたその小さな海辺の町の名を私が意識しだしたのは、伊藤野枝《のえ》の俤《おもかげ》が、私の胸に棲《す》みはじめて以来のことであった。

伊藤野枝といっても、昭和生れの人たちにはおそらく何の記憶もなく、大正生れの人たちにさえ、ほとんど知られていない女の名前だろう。ただ、少しでも大正時代に興味と知識のある人なら、あの時代の前期と後期に起った二つの大事件、幸徳秋水《こうとくしゅうすい》の大逆事件と、大杉栄虐殺事件を知らないはずはない。大正十二年九月一日におこった関東大震災後のどさくさにまぎれて行われた、さまざまな虐殺事件の中でも、憲兵大尉甘粕正彦《あまかすまさひこ》と部下五名がその手でくびり殺し古井戸に投げこんだ大杉栄、その妻伊藤野枝、彼らの甥《おい》で六歳の橘宗一《たちばなむねかず》の虐殺事件ほど当時の人々に憤りと驚愕《きょうがく》を与えたものはなかった。大杉栄が無政府主義社会主義運動の唱導者としてあまりにも有名な人物であったことと、まだ三十にならない妻と幼い甥が道づれにされた残酷さが人々の同情と痛憤をあおったからであった。世にいうこの甘粕事件の犠牲者として伊藤野枝の名を思い出す人は、更にさかのぼって、大杉栄が、情人の神近市子によって刺された葉山「日蔭《ひかげ》の茶屋」事件と呼ばれて名高かった情痴傷害事件を想起し、その時の神近市子《かみちかいちこ》の嫉妬《しっと》の対象となったのが、大杉の正妻堀保子《やすこ》ではなく、新しい愛人の、ほかならぬ伊藤野枝だったのを思いだすはずである。

わずか数年の間に世を騒がせた二つの血腥《ちなまぐさ》い事件に、顔を出す伊藤野枝という女は、もうこれだけでも充分ドラマティックな運命をたどったことが知られる。が、なおその上、彼女が、平塚らいてうの主宰した「青鞜《せいとう》」の同人として、「新しい女」と騒がれた話題の女たちの一人であり、らいてうから「青鞜」を譲り渡され、最後まで「青鞜」と運命を共にし、「青鞜」の幕をひとり閉じるという歴史的な役目を負わされた人物だと知れば、いっそうその生涯の劇的要素は色濃くなってくる。

その上アナーキスト大杉栄に走る前は、わが国ダダイストの元祖とされている辻潤《つじじゅん》の恋妻だったし、戸籍の上では、その前にすでに一度結婚している。子供は十年の間に七人まで生んでいる。わずか二十八年の短い生涯を、平凡な女の何人分もの生命《いのち》の量をあわせたほど、多調多彩に、たっぷりと生きぬいていったことは目ざましい鮮かさである。

私が伊藤野枝の名を識《し》ったのは、明治末年から大正にかけて活躍した女作者田村俊子の生涯を書いた縁による。俊子が関係していた「青鞜」の同人の中に野枝の名をはじめて見出《みいだ》したものの、その後、私は「青鞜」に載せられている彼女の幼稚な詩や、堅い文章で綴られた主観的な感想文や、小説以前の「小説らしきもの」に、何の魅力を感じることもなかった。むしろ、

東の渚《なぎさ》

東の磯の離れ岩
その褐色の岩の背に
今日もとまったケエツブロウよ
何故にお前はそのように
かなしい声してお泣きやる
――中略――
ねえケエツブロウや　いっその事に

死んでおしまい！　その岩の上で——
お前が死ねば私も死ぬよ
どうせ死ぬなら　ケエツブロウよ
かなしお前とあの渦巻へ——

というような詩を読んで思わず失笑してしまった。いくら、明治の最後の年に生れた雑誌といっても、この程度の幼稚な詩を堂々と載せねばならないほど、同人たちは才能に恵まれていなかったのかと呆《あき》れたものであった。

まして、「青鞜」が結成された時、青鞜社の規約第一条として、

「本社は女流文学の発達を計り、各自天賦《てんぷ》の特性を発揮せしめ、他日女流の天才を産むを目的とす」

と謳《うた》ってあるのと見比べると、彼女たちの無邪気さにいっそう愕《おどろ》かされ苦笑させられるのだった。

そのようにして、素通りしてしまった伊藤野枝に、私は再びめぐりあうことになった。それは田村俊子についで間もなく、岡本かの子について執念深い長い作品を私が書いたためであった。かの子もまた、「青鞜」に俊子より少しおくれ、野枝より少し早く同人として参加していた。一人ならず二人までも私の心惹《ひ》かれる秀れた女の作家が、青春の

一時期、「青鞜」に籍をおいたということから、私はもう一度「青鞜」を見直していた。その結果、伊藤野枝という「青鞜」で一番年少の同人が、「青鞜」の歴史と共にその青春を生き、誰よりも長く「青鞜」を守り、誰よりも多く「青鞜」から学び、誰よりも深く「青鞜」に失望し、やがて恋と革命のために生命を賭《か》けるべく「青鞜」をスプリングボードとして、決然と過去を絶ちきり、恋人大杉栄の胸に飛びこんでいった火のような野性の情熱と、その強烈な生き方に強く捕えられてしまったのである。

どうひいき目に見ても、十七歳で「東の渚」のような詩を書いた野枝の文学的才能は大成したとはいえない。後には小説も翻訳も評論も一応ものしているし、文筆で結構稼いでいるけれども、彼女を一人前の作家と呼ぶには最後まであまりにお粗末な作品しか残していない。

私が野枝に惹かれたのはその文学的才能や、彼女の人間成長の目ざましい過程ではなく、彼女のまきこまれた人生の数奇なドラマそのものであり、そこに登場する人々の、それぞれの個性の人並外れた強烈さであり、その個性の錯綜《さくそう》がかなでる複雑乱調の不協和音の交響楽の魅力であった。その気持は、やがて井手文子《ふみこ》氏の労作「青鞜」の中の野枝の項を読み、更に岩崎呉夫氏の詳細綿密な研究による伊藤野枝伝「炎の女」を読むに至っていっそう強められていった。

伊藤野枝の生れた今宿の海辺へ立ち、野枝の歌ったケエツブロウ(海鳥カイツブリの俚《り》言《げん》)の声を聞き、野枝の泳いだ博多湾の海の青を眺めることから、私はまず私の胸に棲みついた野枝の俤に近づいてみようと考えた。

ジェット機が板付《いたづけ》空港に着いた時、西日本新聞社の記者が迎えてくれていた。私には初対面のその若い人は、車に入るなり、

「マコさんには連絡をとってあります。たぶん、社へ見えて下さるはずです」

といった。私はとっさに彼のことばの意味がわからなかった。私が博多へ発つ二、三日前、偶然訪ねてくれた旧《ふる》い新聞ジャーナリストの鬼頭鎮雄《きとうしずお》氏が、私が何気なくもらした博多行の目的を聞くなり、その日のうちに、西日本新聞に連絡を取ってくれたのだ。

北九州には長く住んだことのある鬼頭氏は即座に、

「博多には野枝の一族の人がまだだいぶ残っていますよ。どうせなら逢《あ》ってらっしゃい。大杉との間に出来た娘たちもたしかいるはずですよ」

といった。その手配も取ってあるからと、出発前には新聞記者らしい素速い配慮の電話をくれてもいた。そのくせ私は、まだ、まさか、そんなに早く、野枝の血縁の人々に逢うなどという心構えが出来ていなかった。

今、聞いたマコさんが、大杉と野枝の間に生れた長女の魔子のことかとようやく気づいたのは、車が博多へむけて、桜の咲く藁《わら》ぶきの家々を後に、五、六分も走りすぎてか

らであった。野枝は辻潤との間に二人の男の子と、大杉栄との間に四人の女の子と一人の男の子を生んでいる。一目で示せば次のようになる。

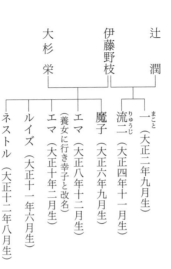

辻　　潤
伊藤野枝
大杉　栄

一《まこと》（大正二年九月生）
流二《りゅうじ》（大正四年十一月生）
魔子（大正六年九月生）
エマ（大正八年十二月生）
エマ（大正十年二月生）（養女に行き幸子と改名）
ルイズ（大正十一年六月生）
ネストル（大正十二年八月生）

こう書き並べてみると、辻潤の子たちの尋常な名前に比べて、大杉栄の子たちの異様な名と休む間もなく妊娠しつづけた野枝の凄《すさま》じい生命力に驚かされる。

最も奇怪な名をつけられた長女の魔子を大杉は最も溺愛《できあい》し、その著作の中にもしばしば魔子の名があらわれているくらいであった。野枝が出産のため郷里へ子供たちをひきつれて帰る時でも、魔子だけは大杉は手許《てもと》から離さなかったし、仕事のための旅行にでも邪魔にせず連れていった。

大正十一年の暮、大杉栄は密出国して中国人に化け、ひそかにベルリンの国際無政府主義大会に参加しようとしたことがあった。ベルリンへゆく前パリのメーデーで演説したため、大杉栄であることが露顕《ろけん》して捕えられた。禁錮《きんこ》三週間の処分を受けパリのラ・サンテの牢獄につながれた。その事件の始終《しじゅう》を書いた「日本脱出記」の中にも、

《——もう今頃は新聞の電報で僕のつかまったことはわかっているに違いない。おとなどもはとうとうやったなぐらいにしか思ってもいまいが、子供は、ことに一番上の女の子の魔子は、みんなから話されないでもその様子で覚って心配しているに違いない。

いつか女房の手紙にも、うちにいる村木(源次郎)が誰かへの差入れの本を包んでいると、そばから「パパには何にも差入物を送らないの」とそっと言ったとあった。彼女をだますようにして幾日もそとへ泊らして置いて、その間に僕が行衛《ゆくえ》不明になってしまったもんだから、彼女はてっきりまた牢だと思っていたのだ。そして、パパは？と誰かに聞かれても黙って返事をしないかあるいは何かほかのことを言ってごまかして置いて、特に夜になるとママとだけそっと何気なしのパパのうわさをしていたそうだ。僕はこの魔子に電報を打とうと思った。そしてテーブルに向って、いろいろ簡単な文句を考えて

は書きつけて見た。が、どうしても安あがりになりそうな電文ができない。そしていろいろ書きつけたものの中から、次のような変なものができあがった。

魔子よ、魔子
パパは今
世界に名高い
パリの牢やラ・サンテに。

だが、魔子よ、心配するな
西洋料理の御馳走《ごちそう》たべて
チョコレートなめて
葉巻きスパスパソファの上に。

そしてこの
牢やのお蔭で
喜べ、魔子よ
パパはすぐ帰る。

おみやげどっさり、うんとこしょ
お菓子におべべにキスにキス
踊って待てよ
待てよ、魔子、魔子。

そして僕はその日一日、室の中をぶらぶらしながらこの歌のような文句を大きな声で歌って暮した。そして妙なことには、別にちっとも悲しいことはなかったのだが、そうして歌っていると涙がほろほろと出て来た。声が慄《ふる》えて、とめどもなく涙が出て来た。

――》

と、魔子可愛《いとし》さを手放しで書きつけている子煩悩《こぼんのう》ぶりである。

彼らの死後二年たって刊行された大杉栄全集の中には、この魔子の写真が一番多く収められている。口絵写真のほとんどが、大正十二年七月十二日、あの最後の日からわずか二カ月前、大杉がパリから帰国した日のスナップなので、神戸まで出迎えた野枝と魔子と大杉が一緒に写っている。大杉が明るい表情の中にも旅疲れを滲《にじ》ませ、野枝は三年たてつづけの年子のネストルを妊娠九カ月近い状態のお腹をかかえた生気のない表情をみせている中で、六歳の魔子ひとり、父親ゆずりの大きなつぶらな瞳《ひとみ》をいきいきと輝かせ、どの写真でも幸福そのものの聡明《そうめい》そうな顔付で写っている。当時としてはずいぶんハイカラだっただろうおかっぱをモダンな刈りかたにして、しゃれた帽子をかぶり洋服を着せられている。いかにも都会の知的でモダン好みの家庭の子供らしい小粋《こいき》な感じさえする雰囲気《ふんいき》を持っていた。

あの可愛《かわい》い魔子も今は五十歳に手のとどきかけているはずであった。

西日本新聞社に着くと、もう昼近くなっていた。戦災に焼け残ったこの社屋は、天井がむやみに高く階段の踊り場が広く、階段の栗色に塗った木の手すりがこの上なく頑丈で、いかにも古風な昔の西洋館という感じがする。大正時代がそのまま残っているこの建物の中で、大正の中でも最も劇的な運命の落し子魔子さんに逢うとは、出来すぎた舞台であった。

応接間で、社の人たちと挨拶《あいさつ》している時、入口の方に人の気配を感じふりかえると、一人の女がひっそりと入って来たところだった。

小柄な、中年の女の顔が、悪びれず、まっすぐ視線をむけてきた。濃い長い眉《まゆ》と、眉にせまったそこだけ燃えるように輝いているひときわ大きな二重瞼《ふたえまぶた》の瞳が顔のすべてのように強い印象で迫ってくる。頰《ほお》が落ち、短く細い顎《あご》に顔の線が集っているので、一瞬ハート型の小じんまりした顔のように見えたが、その両掌《りょうて》の中にすっぽりと収ってしまいそうな小さな顔の上に、大きなつぶらな目と長い眉を中心に、写真で見覚えのある丸顔の可憐《かれん》な幼女の魔子の俤をすっぽりと重ね合すことができた。少し歯が出てみえる口元に一番年齢が滲んでいるが、五十近い年とはとても見えない若々しさは、小柄のせいばかりではなさそうだった。一見して、何か翳《かげ》の匂う顔立だけれど、見合わせてたじろがない強い光りの目の中に、ふっと優しい影がゆらぐと、急に堅い顔の線が和《なご》んで、人なつっこさと初々《ういうい》しい羞恥《しゅうち》の色が双眸《そうぼう》の中にみずみずしくあふれてくる。真黒い豊かな髪と、細い首もとに、きつくあわせた紺ウールの和服と、鼠色《ねずみいろ》の毛足の長い地質の防寒コートが、ようやく私の目に入ってきた。

物おじしない目の光りと、小さな軀《からだ》全体から気魄《きはく》の滲みでたあるきびしい雰囲気は、本当のインテリだけのもつ爽《さわ》やかさだった。

魔子さんの入ってくる一瞬前、私は新聞社の人たちから、

「実は、魔子さんは有名なインタビュー嫌いでしてね。記者泣かせなんですよ。御両親のことは一切語りたがらないし、親とは関係ありませんといって、NHKのマイクにもそっぽをむいてしまったという人なんです。取材はちょっと……」

と聞いたばかりであった。私ははじめからその旅で、特に魔子さんからさまざま訊《き》きだそうという野心もなかったので、ただ目《ま》のあたりに、あの可憐な運命の子の五十歳を見ただけで、感動していた。魔子さんは私の一人の姉と同い年であり、ルイズさんは私と同い年の生れであった。いわばこの姉妹と私は、全く同じ世代の辛酸《しんさん》をなめてきたこと

になる。そう思うと、私は魔子さんに平凡な市井《しせい》の苦労人の主婦を感じ、急に親近感を覚えてきた。

魔子さんは私の目的を知ると、無造作にうなずいただけで、

「私は、何も覚えていないんですよ。でも、母の叔母《おば》がまだ生きていて、少しは話がわかるかもしれません」

といって、自分から、市内に住む代《だい》キチさんの処へ案内してくれる。

ならぶと、五尺二寸ほどの私の肩ほどまでしかない、小柄な魔子さんは、

「もう東京の娘に孫があるんですよ。先の主人のところに置いてきた娘なんですけれど、今ではゆききしています。ええ、別れた主人も死にましてね」

と淡々と語ってくれる。

「まあ、親のことでは迷惑ばっかりしかかけられていませんね」

と、ユーモラスに目をくるくるさせるのだ。入学から就職から結婚まで、軍国主義一色に塗りつぶされていた時代に成長した魔子さんが、大杉栄の子だというだけの宿命でどんなに不当な圧迫をうけて育ったか、同じ時代に成長した私には充分に想像がつくようだった。

「たとえば、女学校に入る時ですけれどね。私は小学校まではここで祖父の許《もと》で暮しましたが、女学校は横浜の父方の叔父《おじ》の家から上ったんです。その時、私は当然県立を

受けるつもりでしたけれど、先生が受けさせないんです。どうせ、成績では通っても、大杉の子だというので入れてくれないとわかってるんです。それで香蘭高女に入りましたけれど、一事が万事そうでしたね」

淡々と他人事《ひとごと》のように話すだけ、話の重さが聞く方にはこたえてくる。

「父にはずいぶん可愛がられたらしいのですけど、何も覚えていないんですよ。覚えているような気がすることも、あとになって本を読んだり、人から聞かされたりしたイメージで、でき上っている思い出のような気がするんです。父の本にも書いてありますけど、家の前につめて父を見張っている尾行が、父にまかれていやしないかと思って、表で遊んでいる私に聞くんだそうですよ。パパはいるって聞くと、うんというし、パパはいないのって聞いても、うんという。それではいったい、いるの、いないのって聞くと、うんうんって二つ返事するんだそうです。魔子ちゃんにはかないませんよって、尾行が父母にこぼしたっていうんです。そんなことをいわれると、何だか、そういう場面が何度もあったような感じがしてくるんですよ。父が私をつれて海岸の宿へよく仕事にいった話など書いてあるのをみると、たしか、父といっしょに海辺を歩いたような記憶もぼんやり浮んでくる。私の思い出なんて、みんなそんな程度なんですよ。妹たちはいっそう小さかったんですから、なおのこと何も覚えてやしませんねえ。ただそうですね。これだけは、不思議に、一つだけはっきり覚えている場面があるんです。何でも父の留守のことで、二階家に住んでいた時でした。玄関にどやどや人のけはいがすると、母が珍しく恐い顔をして、私を二階へ追いあげ、絶対下へ来ちゃあいけないっていうんです。近藤憲二さんが、玄関でしきりに大声で何かわめきあうようにいっている声がするんです。何となく子供心にも怖くなって、二階の踊り場から、そうっと首だけのばして階下をうかがったんですよ。すると階段の一番下の段に、母がどかんと真中に腰をかけていて、横に、灰をいっぱい入れたバケツをひきつけているんです。

その時の母の妙にどかっと坐《すわ》った恰好《かっこう》と、灰のバケツが、くっきり目の中に残っています。怖かった気持と、母の姿が何となく頼もしかったのと、バケツの灰が子供の目にも異様だったんでしょう。もしふみこまれたら、灰で防ぐつもりだったんですね。

殺された日は、珍しく父が私を置いていきましてね。やっぱり虫が知らせるというのでしょうか。どこへ行くにも私を連れていきたがる父が、その日にかぎって、私をお隣りの内田魯《ろ》庵《あん》さんのところに置いていったんです。

父はとても肉親思いでしたから、鶴見にいる父の弟の一家のことを心配して、早く見舞ってやりたがっていたんです。それで、震災の被害の大きかった叔父一家を、うちへつれて帰るつもりで母と出かけていったんですよ。叔父が病気で寝ていて、甥の宗一だけをひとまずつれて帰って、あの事件になったんです。もし、私があの日いつものようにつれていかれていたら、一緒に殺されていたんですね。

内田魯庵さんが、いつも私が大杉と出かけるのに、後追いもしないので後で考えたら不思議だったといってらっしゃいました。ええ、魯庵さんの家へは、毎日遊びにいっていて、自分の家にいるより長くいたくらいなんです」

私は、そういうふうに自分から話してくれる魔子さんに対して、両親の死んだ日のことも覚えていないかと訊きただす気にはなれなかった。

内田魯庵が「最後の大杉」の中に、あの日の前後の魔子の様子を書きのこしている。聖書学院の西洋人夫妻かと内田魯庵が見まちがえたような洋服姿で、大杉と野枝はその日出かけていった。その時も魯庵の家で遊んでいた魔子が、

「あ、うちのパパとママよ」

といって、とんで出て、すぐまた引きかえしてきた。魔子は、

「パパとママは鶴見の叔父さんとこへいって、今夜はお泊りかもしれないのですって」

といって、その午後もずっと魯庵のところで遊んでいた。しかしそれっきり、ふたりは帰って来なかったのだ。

大杉と野枝の暗殺がほぼ留守中のものに覚悟されかかっても、魔子は元気に遊んでいた。

ついに大杉たちの無惨な死が発表された朝も、魔子は魯庵の家へやってきた。

《――朝の食卓は大杉夫婦を知る家族の沈黙の中に終った。今日も魔子は遊びに来る

かも知れないが何にもわからない小さい子供たちも何事か恐ろしい事があったのだという顔をして、黙ってうなずいた。

しばらくすると魔子は果《はた》して平生《へいぜい》の通り裏口から入って来た。家人を見るとすぐ「パパもママも死んじゃったの。伯父《おじ》さんとお祖父《じい》さんがパパとママのお迎えに行ったから今日は自動車で帰って来るの」と言った。お祖父さんというのは東京より地方へ先きに広がった大杉の変事を遠い故郷の九州で聞いて倉皇《そうこう》上京した野枝さんの伯父さんである。

茶の間へ来て魔子は私の妻を見てまた繰返した。

「伯母《おば》さん、パパもママも殺されちゃったの。今日新聞に出ていましょう」

私は子供たちに「魔子ちゃんのお父さんの咄《はなし》をしてはイケナイよ」と固く封じて不便《ふびん》な魔子の小さな心を少しでも傷《いた》めまいとしたが、怜悧《れいり》な魔子は何もかも承知していたが、物の弁《わきま》えも十分で無い七歳の子である(註・数え年)。父や母の悲惨な運命を知りつつもイツモの通り無邪気に遊んでいた。同い年の私の子供は魔子を不便がったと見えて、大切にしていた姉様や千代紙を残らず魔子に与えてしまった――》

私は魔子という変った名を嫌いかと笑いながら訊いた。魔子さんは、今は真子と改名している。エマは笑子、ルイズは留意子となっているらしい。

「さあ、やっぱり、今でも東京の昔の父母の知人たちは、私をみると魔子としかいいませんしね。嫌いな名じゃないですね」

と、さばさばした笑顔をみせていた。

車の中でそんな話をしているうちに、千代町の代《だい》恒彦氏のお宅へついていた。代キチさんは、野枝の父与吉《よきち》の末の妹で、代準介に嫁《か》している。野枝を小学校の時代から引きとり、面倒をみているし、東京時代も野枝を自分の家から女学校へ通わせた。野枝の成長期にはむしろ両親よりも縁の深かった人物に当る。今はお孫さんの時代になっている。

たまたま、今日はひい孫の入学試験とかで家中留守の中で、奥の部屋にキチさんはひっそり床についていた。風邪気味で寝ているのだというキチさんは、色の白い皮膚のきれいな小ざっぱりとした老人だった。ふだんはめったに寝こむことのないほど元気な人だというキチさんは、病床でも、白髪のまだ櫛《くし》の通る量の髪をきちんと小さな髷《まげ》になでつけまとめていた。

面長《おもなが》の端正な目鼻立に、今でも鼻筋がすっきりと通り、やや目尻《めじり》の下った目にいきいきと表情が多い。なめしたような白い頬に皺《しわ》もしみもほとんど目だたなく、夜具の衿元《えりもと》に出した可愛らしいきゃしゃな手に、どこよりも若さとなまめきさえ残っていて、はっとさせられた。

きれいなお年寄《としより》だと感心する私の横で、魔子さんが笑いながら、キチさんには聞えていないという調子で話す。

「とてもお婆ちゃんはおしゃれなんですよ。今でも、お酒の燗《かん》ざましや玉子の白味は少しでもあれば顔や手にすりこんでるんですって、孫の嫁がとても若い者も敵《かな》わないって笑ってるんです。髪だって、毎日、結わないと気がすまないんですよ」

私たちの話す顔をにこにこしながら、見上げていて、キチさんは勝手に所々でひとりうなずいている。それでもちょっと声を張ればこっちのいう事も聞きとれて、返事はみんなことば尻まではっきりとしており、愕くべき記憶力と頭の冴《さ》えだった。

《ほう、それはまあ、さようでございますか。わざわざ東京からいらっしゃったとですと。それはまあ。はいもう、このようにぼけてしまいまして、ちかごろ、すっかり役たたずでございます。なんのためにこうして生きておりますことやらなあ。はあ、年でございますか、さようでございます。いくつになっておりまするこことやら、なにしろもう、ながあいことこうして生きておりまして、役にもたたず、どうしたものかと思いますよ。それとて、まだおむかえがまいりませずなあ。明治九年のうまれでございますから、かれこれ九十にもなっとりましょうか。さあ、百にもちこうなっとりましょうか。ながあいこと、かぞえたこともございません。

野枝のことでございますか。もうとんと忘れてしまいまして。何ごとも、ぼうっとかすんで忘れてしまいまして。こうしてうつらうつら思いだしますことと申しますのは、こどもの時のことがいちばん多いのはどういうわけでございましょう。それから、うれしいにつけ、かなしいにつけ、骨にも身にもしみわたったきつい思い出というものがわすれられませんようでございます。

野枝のことでございますか。あの子は長崎にわたくしどもがおりました時、家が貧しゅう子だくさんでありましたのでうちへまいりました。気のつよい、きかん気のごついおなごでございましたが、泣き虫でもありました。わたくしのつれあいの代準介は、長崎で三菱造船所に、材木などいれておりました。後に東京へまいりましたが、東京時代はさあ、いったい何をして暮しておりましたのやら、何やらもうすっかり忘れてしまいました。はい、頭山満《とうやまみつる》翁に可愛がられておったようで、玄洋社《げんようしゃ》とかのことをしてでもおったでございましょうか。はあ、さようで。わたくしは代の後《のち》ぞえにまいりましたので娘の千代子は腹をいためておりません。野枝はわたくしの身内でございますもの、野枝のつらがるがごと、あるはずのありましょうことか。

野枝の母おやでございますか。おうめさんと申しまして、それはようでけたお人でありました。どこと申して申しぶんのないだれからみてもやさあしい、ようでけたけっこうな人でありました。わたくしどもの家は、今宿の「よろずや」と申しまして、まあふるい家がらでございます。昔は廻船業《かいせんぎょう》でずいぶんとさかえたそうにございます。わたくしの子供のころはけっこうなくらしをしておりました。おちぶれたのは野枝の生れる頃でございましたか。あれの父の与吉が遊芸ばかりが好きで、家もつぶれるようになっておりました。はあ野枝のてて親もよか男でござりましたよ。大体によろずやの顔だちというものが、あのかいわいでいいつたえられておりまして、よろずや眉、よろずや目というのがござりましてなあ。わたくしなどさっぱりでござりますが、きょうだいみんなきりょうよしで評判をとっておりました。この魔子なども、東京からつれてかえって、今津《いまづ》あたりへ遊びにいっても今津の村人から一目で、ああ今宿のよろずやの孫娘だろうと当てられたものでござります。天然によろずや眉と目を持って生れておりますものなあ。野枝でござりますか。ええ、きれいでござりましたとも。はっきりした顔だちのよか女でござりました。本を読むのが大好きで、掃除《そうじ》とか裁縫とか女らしいことは好きではありませんようにござりました。それでも女のつとめだからと申して、千代子と交替でむりにやらせるようにしたものでござります。泳ぎでござりますか。はあそれはあんた海辺育ちのことゆえ、河童《かっぱ》のごと上手でござりました。型は抜き手でござります。わたくしなども、子供のころから、学校をぬけだして日がな一日、泳いで暮しておりました。陽《ひ》の当る材木の上に寝ころんで濡《ぬ》れた髪を干し、半分乾いたのをごまかして結いあげ、内緒のつもりでござりますから無邪気なものでござりましたよ。はあ、そりゃもう、下ばきなんどというものをはきましょうかいな。誰しもすっぱだかで泳ぎます。野枝は飛びこみなど好きでござりましたが、千代子の方が水泳は今でいう選手をしておりまして、能古島《のこのしま》まで泳いでいったりしました。わたくしどもの子供のころと、野枝の子供のころとのくらしは、ああいう田舎町《いなかまち》ではさして変っていたとも思われません。楽しみなどというて何があるわけでなく、年に何回か周船寺《すせんじ》の村に芝居でもかかろうものなら、それいけいうて、それが何よりの楽しみで出かけておりました。盆踊りには、赤い木綿《もめん》の前掛に、色紙をきりぬいてはりつけたものを得意でかけたりしていたようでございます。さあ、野枝の学問好きはわたくしの母のサトが読み書きがよう出来まして、近所の子どもたちに教えるほどでございましたから、そんな血筋をうけたのでありましょうか。またこの人は音曲にもたしなみが深うございまして、野枝の父親の遊芸好きの血は、この母から受けついだもののように思われます。村の芝居の時などは、まっさきに屋台に上り、三味線《しゃみせん》をひいたり、踊ったりはじめる陽気な人でありました。

わたくしどもが長崎から東京へ出ました時、野枝も一応今宿へ帰し、そこから周船寺の高等小学校へ通いました。学校を出て、郵便局へ勤めております時、毎日、毎日、分厚い野枝の手紙が、どさっ、どさっと、東京のわたくしどもの家へ送られてまいります。どうしても上京して千代子のように女学校へ入りたい、何とかして望みをかなえてくれという手紙でござります。その頃ちょうどすぐ隣りに小説家の村上浪六《なみろく》さんが住んでおられました。主人が野枝の手紙をみせますと、しっかりした字と文章をみて、これは見所がある、上京させなさいと口ぞえして下されて、主人もその気持になり、野枝をふたたび引きとることになりました。ところがやってきた野枝をみて村上さんは野枝が女だったのに、非常にびっくりされました。手紙をみて、男とばっかり思いこまれておられたのでござります。大体、主人と申す男が、金を貯めることより、人間を育てることが好きに出来ておりまして、敵味方もなく、これという人物には惚《ほ》れこむたちのようでござりました。後になって、大杉のことなども、自分は右翼の玄洋社にいながら、ずいぶんと面倒をみるような気になったのも、主義主張より、大杉の人間に惚れこんだのかと存ぜられます。

　大杉のことでござりますか。はあ、大杉も辻潤もよう存じております。辻はおとなしい煮えきらないようなところのある人に見うけられましたが、大杉はほんによか男でござりました。とくに女子供に対した時のやさしさは、何ともいえないものがござりました。どうしてこんなやさしい人を世間が恐しがるのだろうと思ったことでござります。はあ、それは辻もなかなかにやさしいところのある男にござりました。野枝の男たちはみんな野枝を大切にしたようでござります。はあ、野枝の最初の結婚のことでござりますか。周船寺の末松という家の息子で、父親どうしが友だちで、自然に話がもち上ったと思います。アメリカに家じゅうでいっておって、むこうでは靴やをしているとかいうことでした。野枝はぐずぐず申しておりましたが、アメリカにいけるということで、承知したのでござりますよ。それがアメリカにゆかないことになったので、どうしてもいやだといって、ごねはじめたのでござります。野枝の女学校五年の夏休みにそれでも祝《しゅう》言《げん》をいたしました。でももう、何やら、その時のことの順序もみんな忘れてしまいました。

もうこう忘れっぽくては何のお役にもたちません。どうして生きているのやら。せっかくはるばるおこしいただいて、まあ、あなたさまに何かお形見なりとさしあげたいにも、何ものうて。でもまあ、生きている間に、さんざん、いきたいところへもつれていってもらいましたよ。はあ、主人がどこへでもつれていってくれました。全国の温泉もたいがいまいりましたし、富士山へもあなた、つれてのぼってもらいましたよ。

はあ、野枝の殺された時のことでございますか、それはよう覚えておりますとも。号外の出る前に、新聞社の人がしらせてくれまして、主人と野枝の父が東京へとんでいきました。家のものは、それほどびっくりしませんでしたよ。覚悟のようなものはかねがねとうについておりましたのでございましょう。野枝は、どうせ自分たちは畳の上でまともな死に方はしないからと口癖に申しておりました。

そうそう、主人と兄とが、野枝たちの遺骨を受けとりに上京しました時は、頭山さんが御自分の車をずっと出して下さいましてね。子分のような人が、何人も主人たちの護衛について守ってくれたと申しておりました。右翼の襲撃にあう恐れがあるとか申しておりました。

はあ、主人もそうでしたが、頭山さんも主義はちがっても人物というものには敵ながら惚れこむというようなところがありましたのでしょうか。野枝なんかも可愛がって下さって、時々お小遣いなどもらっていたようでございます。いつかも頭山さんのお世話で後藤新平さんのところへ野枝がお金をもらいに上りましてねえ。その後、野枝が、机の上に出されたお金を、頭も下げず当然のようにつかみ取って、悠々《ゆうゆう》と立ち去ったというので、おもしろい女だと、後藤さんが頭山さんに笑って話されたというような話も聞かされたように覚えております。はあ、大杉も何度か、頭山さんや後藤さんに主人が逢わせておるはずでござりますよ。はじめは、野枝が大杉さんにはしりました時、とても怒っておりましたが、お終《しま》いには大杉さんの人物を理解いたしまして、死んだ時などは、それはよう面倒をみておりました。三人のために、無銘の大きな変った墓を今宿に建てましてね。天然石をおいたものでしたが、子供の遊び場になるほど大きな墓で、名物になっておりました。それも主人がつくりました。後に区画整理でとり除いてしまいましたが、さあ、今はどうなりましたやら、何でもどなたかがその石が面白いのでこっそり夜なかのうちに家に持ち帰って庭においたところ、まもなくその人がお庭の池にはまってなくなられたとか聞いております。こんなことぐらいしか思いだせませんで、ほんにまあ、御遠路をなあ、相すまぬことでござります》

代さんの家には代準介氏が整理したという更紗《さらさ》張りの大きな分厚いアルバムが二冊あ

った。その中には大杉栄や魔子の写真も丁寧に整理されており、今はない風変りなアブストラクトのような珍しい三人の墓の写真もそこに残されていた。アルバム一冊にも見るからに裕福で派手な代家《だいけ》の生活の歴史がうかがえるもので、事業家肌で政治好きで、親分肌の代準介という人物の生活と性格が想像されるのであった。

　そのアルバムの中から、魔子さんは一葉の大きな女学校の卒業写真を探しだし、私に示した。

　野枝の上野高等女学校の卒業写真である。黒紋付に袴《はかま》、ひさし髪という当時の女学生の卒業式スタイルで、野枝は一番上段の真中にいる。みんなが真直《まっす》ぐレンズの方に正面きっている中で、ただ一人、軀を斜《なな》めにし、空に目を放った横顔を写している。赤い裏のついた黒い布をすっぽりとかけたあの箱型の旧式な写真機をかまえ、「はい、写します」の掛け声で、出張写真屋が、まるいゴム玉をきどった手付で押してシャッターをきる瞬間、こんなポーズを取り虚空《こくう》に目をあげた野枝のスタイルは、気取っているとも、すねているとも見える。数え十八歳の野枝は、顔も肩も胸もいかにもふっくらと肥っている。

　野枝は上京すると、徹夜で受験勉強をつづけ、いきなり、二つ年上の従姉《いとこ》の千代子が在学していた上野高女の四年生へ編入試験を受け、パスしてしまった。だから女学生時代はわずか二年で終っている。叔父代準介の学資を受ける負担を少しでも少くしようとした野枝の努力だったが、それだけの実力を備えてもいた秀才だったのである。この卒業写真には、一隅に丸いはめこみで辻潤の写真も入っている。辻潤は野枝の五年の春、同高女に英語教師として就任していた。

細面《ほそおもて》のやさ男型の美男に写っている辻潤は銀ぶちらしいきゃしゃな眼鏡をかけ、きゅっとつめた和服の胸元に黒っぽい衿《えり》をのぞかせ、女学校の英語教師というよりは、踊りの師匠か女形の若手役者のように見える。目鼻立だけでも神経質そうな感じである。

代家を辞し、今宿に向う途中で、魔子さんは、一軒の大きな博多人形の製造卸し問屋の前に車をつけさせた。

階下は倉庫のようになっていて、忙しそうに店員が、博多人形を荷造りして発送の用意をしている。

入口からすぐ上る階段をたどると、二階が事務所になっていた。壁際のケースの中に並んだ博多人形などみていると、背後に声がして、魔子さんが一人の若い洋服の女の人を紹介した。

「ルイズです」

ルイズこと改め留意子さんは、にこにこしてソファーに坐った。たいそう若く、まだ二十代かせいぜい三十のはじめにしか見えないけれど、たしか彼女は大正十一年生れであった。両親の殺された時はまだ満一歳と三カ月だったはずだ。

魔子さんより長い卵型のきれいな顔に、やはりよろずや眉とよろずや目を具《そな》えているが、写真でみる大杉栄をただちに連想させる大きな目とまるい顎の線を持っていた。スカートから出た足のほっそりとした加減といい、髪をかきあげ首筋で束ねただけの髪型のよく似合う様子といい、まったく全身に少女めいた若々しさの残る不思議な人だった。広いむきだしの、つるりとした額に、年齢が少しも出ていない。

この人形屋の先代は福岡のアナーキストで、その関係で、ルイズさんも内職に人形の彩色を手伝っているのだという。ちょうど今日は、出来た品を持参し、素焼の人形を持って帰るため、立ちよったところだという。私はそこにだまって便宜を計ってくれる魔子さんの親切を読みとった。にこにこした表情で、ルイズさんもまったくきどりのないさっぱりした話し方をする。

「まあ、ああいう親を持ってあたしたち、得をしたことなんて、まるでないわね。あたしの結婚の時なんかも、主人の家で、芸者でも何でもいいから、大杉の娘だけはやめてくれって、絶対反対だったんです。結局そのため主人は、家を出てしまって縁を切って、私といっしょになったままなんですけど」

この人の話し方も、まるで他人事のように淡々としている。魔子さんよりもっと、親に縁の薄いこの人も、物心ついた時から、特異な親の名の重荷を背負って生きてきたのだろう。

「何しろ、あたしたちの育つ時代が、ああいう時でしたものね」

立つとルイズさんも小さい。ふたりとも軀つきは母親似なのだろう。小さい時は一番父親似だといわれていた魔子さんは年をとるにつれ、母親の俤に近くなってきたのではないだろうか。四十をすぎ五十に近い姉妹の若々しさと美しい目をみるにつけ、ふたりの青春の日々の美しさはさぞと想像されるのだった。ルイズさんの結婚話といい、魔子さんがすでに再婚している話といい、大杉や野枝の人一倍激しかった情熱の血はやはり子供たちの中にうけつがれているもののようであった。

そこから今宿までは三十分とかからなかった。唐津へ通じる街道を一筋に車を走らせていくと、いつのまにか車窓の右に、海が光っていた。

博多湾の水の青さは瀬戸内海より白っぽく空の色に近い。玄海灘《げんかいなだ》の荒波も、湾に入ると、ひっそりとおだやかに静まり、晴れた海にはのどかに船の影も浮んでいた。海岸線は砂地がせまく、岩も石もないのっぺらぼうの感じが湘南《しょうなん》の海岸線を思わせた。

渚には人影もない。運転手が、このあたりは今頃が一番静かでいい眺めだという。夏場は、湘南並みの人出で海岸は足のふみ入れ場もなくなるという。

生の松原があらわれるあたりから、夏の海水浴場の名残らしいペンキ塗りのバラックの建物が目についてくる。松原の松は所せましと密生していて、美しいというより、何となく不気味《ぶきみ》な感じをうける。

野枝の生れた家はこの松原の外れにあったはずだが、今はもっと西の方へ移っているようだった、今宿の町は、バス道路に沿って帯のようにのびていた。広い鋪装道路から海岸よりの方に、もう一筋、細々とつづいているせまい旧道があり、その左右にのびた低い家並の家々が、昔の今宿の村落だったのだろう。

魔子さんの指図で、交番の横の細い道を海の方へ曲ると、すぐ車は博多湾に突っこむように渚に出た。高い防波堤の石垣の下に海がすぐそこまで迫っていた。砂浜は荒い小石のかけらをしきつめたようで、はだしで歩くと痛そうに見える。

なだらかな入江の海岸線は、コンパスで描いたようなすっきりした曲線をみせ、広々と今津湾を抱いていた。東は妙見岬《みょうけんみさき》がのび、西はつき出た岬の端に今津の町のひとにぎりの家屋の重なりが望まれる。湾の外にひらけた玄海灘の水平線が、とけるように空に連なっている。殺風景なほど変化に乏しいなだらかな海岸線の海辺に立つと、ただもう、水と空の青の広がりだけが目路いっぱいに輝き、心は自然に末広がりに広がった海の彼方《かなた》に誘い出されるような憧《あこが》れを覚えるのだった。

朝に夕にこの渚にたち、この眠ったようなのどかな海岸線を眺め、よせてはかえす海の波の行方を見送っていたならば、野枝ならずとも、心は憧れにみたされ、海の彼方の遥《はる》かな大地へ旅立ちたいと思うだろうとうなずけてくるのだった。

海から吹きつける風もおだやかだったが、気がつけば波の音だけは、絶えず、ゆったりと岸うつ音を風の中にひびかせていた。

「この家が、あたしたちの家です」

立った背後の、小路の角の広い板塀《いたべい》の家を魔子さんが指さす。塀の中にかくれるほどの低い平家は、海風に備えての建方なのだろう。海辺によくみる漁師の家のような構えの質素な家だった。

「ちょうど、都合よく下関の叔母が来ていますから、逢っていって下さい。伯父が去年の暮病気で倒れてしまったので、話ができないのが残念ですが」

私は、思いがけない幸運に息がはずんだ。野枝は五人きょうだいだけれど、女のきょうだいといっては二つ年下のツタがいるきりだった。下関のツタさんが、今ここにいるのだという。

病気の伯父とは野枝の次兄由兵衛氏のことで、長兄の吉次郎さんは早く満洲に渡り夭《よう》逝《せい》している。由兵衛氏も、一種の変り者だったらしく早く家を出て、佐賀に住み、発明考案に凝《こ》って特許権をいくつも持っているような人だった。晩年、郷里へ帰り生家を継ぎおだやかな生活を送っていたが、昨年脳溢血《のういっけつ》で倒れたところだという。

家へ通されると、奥の八畳で由兵衛氏がベッドに仰臥《ぎょうが》していた。色の白い目鼻立ちのくっきりした病人は明治二十五年生れだから七十三歳になるのだろうか。この人も年よりはるかに若く見え、老人しみなどひとつも見当らないきれいな和やかな表情の年寄だった。寝姿から見ても堂々とした偉丈夫《いじょうふ》に見える。代キチさんも九十歳の老人にしては寝ている背丈《せたけ》の高そうなふとんのかさだったのを思いだした。

由兵衛さんの見舞と看護に訪れたのだというツタさんは武部姓を名乗っている。ツタさんは由兵衛さんより五つ年下だが、しゃっきりのびた腰も、女としては人より背の高さの目だつ軀つきも、若々しかった。色は浅黒く、前歯が上下ともなくなっていたが、顔の色艶《いろつや》は艶々していて、まつ毛の濃く長い大きくきれた双眸の美しい輝きと、長いなだらかな濃い眉には、若い頃の美貌《びぼう》がうかがわれ、この人もまたまぎれもなく、よろずや型美人の名残りを匂わせていた。白いもののまじる髪を無造作な束髪《そくはつ》にして、黒っぽい着物の上に割烹着《かっぽうぎ》をつけ、なりふりかまわないといった様子だった。ひとたび口を開くと、歯に衣をきせないさばさばした物言いで、何を聞いても進んで答えてくれる。話すうちに美しい目の中にいいようのない人なつっこい光りがにじみ、親しみ易い人になる。人みしりしない鷹揚《おうよう》さ、相手を警戒しないさっぱりした気性というのは、どうやら、伊藤家のすべての人に伝わった共通の性質らしい。

ほとんど口の利《き》けないらしい由兵衛さんも、私たちの会話に耳をかたむけているらしく、それを決して厭《いや》がっていない表情で、時々うっすらと思い出すような微笑を浮べている。ベッド越しに縁側があり、その向うに掃除のゆきとどいた庭が展《ひろ》がり、庭のはての板塀の上にすぐ海の青が広がっているのだった。

その部屋に坐っていると、たえまなく波の音が聞えてくる。ここで聞く波の音は、浜に立って聞くよりも力強く、ど、どうっ、ど、どどうっと肚底《とてい》に響きわたるような気がする。

《姉と私は二つちがいの、女はふたりきりというきょうだいでしたから、子供の時から、何でもうちあけられて、まあ、かくしへだてのない仲でした。ええ、ええ、生きている間じゅう、迷惑のかけられ通しでした。相手のことなんか、子供の頃から一向にかまわないたちでしたからねえ。そりゃあ、学問は好きで、学校はずいぶんと出来ました。小さい時から、同じ年ごろの子どもと遊ぶというようなことは嫌いで、いつでもひとり何かしていました。よく、夕飯時になって、灯がついても姉が見えないので、うちじゅうで心配したことがありましたが、そんな時、たいてい私が押入れをあけると姉がいたものですよ。ろうそくを持ちこんで、押入れの中の壁や、襖《ふすま》の裏に張ってある古新聞を、すみからすみまで読みふけっているのです。その頃のことですし、うちはもう貧乏していましたから、家に本や雑誌というものはありませんしね。だから、そんなことまでしたんでしょう。とにかく、字を読むことが、何より好きな子どもだったんです。もうその頃から、きらいなことは一切しようとしない子で、自分のことしか考えちゃあいませんでしたよ。自分さえ勉強できれば、母親が困ろうが、きょうだいが泣こうが平気という人でした。おかげであたしは損な役目ばっかり引き受けさせられました。私どもが物心ついた頃には、父が家によりつきませんでしてね。ええ、まあ、父は若い時から、遊芸の好きな人だったし、生れつき器用な人だったので、漁でも、お花でも、お茶でも、料理でも、一通りのことができたものです。ことに音曲の方は得意で、三味線や小唄《こうた》は玄人《くろうと》はだしでした。踊りなどもうまいものでしたよ。そんなですから極道も相当したんでしょうね。ずいぶん何年も家へよりつかない歳月がありました。母が子供をかかえて大変な苦労をしたんです。姉は父親っ子できょうだいの中でも特に可愛がられ、三味線や踊りも早くからしこまれていました。芝居なんかくると、何はおいても姉をつれて父は見にいっていましたし、舞台に立たせたりもよくしていました。私は母がひとりで近所の畑仕事や賃仕事をさせてもらって、子供たちを養うのを見かねて、子供の時から、何とか母を助けようとしたものですが、姉は、母が困ろうが、私たちが困ろうが一向にしらん顔をしていました。そのうえ、成人してからも何の親孝行もしていない母にさんざん迷惑をかけ通したんですからね。まあ得な性分の人ですよ。姉が長崎の叔母の家へいったのも、ただ自分が勉強したいからで、うちより叔母の家の方が勉強するのに都合のいい環境だったからでしょう。叔父や叔母にいじめられたみたいなことを書いてるのはまったく、でたらめですよ。叔母のところでだって、お千代さん同様、ずいぶん我《わが》まま勝手にしていたようです。

叔母の一家が東京へ行ったのでここへ帰って、一里くらい先の周船寺の高等小学校を卒業しました。すぐここの郵便局へちょっとばかり勤めましたが、こんなところにいるのが厭で厭で、東京へ行くことばかり考えていました。

　郵便局もこんな田舎町に勤める気ははじめからなく、熊本の逓信局《ていしんきょく》の試験をうけたんです。学課は一番で通ったけれど、指先が不器用で、あのツートンを打つ手先の試験がうまくいかず、おっこちたんです。ええまあ、手先は不器用な方だったでしょうね。でもきものくらいは縫えましたけどね。娘時代には恋愛なんて、見むきもしやしません。ここらの男なんかてんで頭から相手にしてやしませんでしたよ。そりゃあ、学校はよく出来たし、きれいな方だったし、目立つ娘で、向うから好いてきた人は何人かいましたけどね。とにかく、娘のころは勉強勉強で、男なんかに目もくれてやしませんでした。

　気の強い方で、今じゃ私はこんなおしゃべりになりましたが若い頃はとても無口で、姉の方は思ったことを誰にでもぽんぽんいって、よくしゃべりました。それが大人になると、すっかり向うは無口になりました。

　最初の結婚のことですか。ああ、あれは、自分じゃ、さんざん、親たちや代の叔父夫婦が勝手にとりきめて、被害者のように書いてるようですが、そんなものじゃありません。

　そりゃあ、姉の女学校時代、こっちで話はまとめたんですが、その頃の娘の結婚は、どこだってそんなものだったんじゃありませんか。相手はうちどうしでよく知りあってたし、私も祭りだ何だってよく行ったことがありますよ。顔も知らない、名も知らない相手なんて書いていますが、そんなことはありませんでした。それに、最後まで、嫁《ゆ》く意志がないのに、親たちが無理解でしゃにむに結婚させたようにいってますけど、姉は一度はちゃんと承知したんです。ええ、そりゃあ、はじめから一度も、相手を気に入ったことはなかったんですけれど、アメリカへ行けるってことが魅力で、アメリカへ行ってさえしまえば飛び出してやるからって私になんか話していました。ですから女学校五年の夏休みにちゃんと結婚式を挙げる時も自分で承知しておったんです。ええ、島田に結って角かくしに絽縮緬《ろちりめん》の留《と》め袖《そで》の紋付で、今でも覚えていますが、近所でも見たこともないようなきれいな花嫁だと評判されました。私の口からいうのも何ですが、若い時の姉は、ちっともおしゃれじゃなく、髪もなりもかまわない方でしたが、きれいでしたよ。

でも、花嫁支度しながらも、やっぱり相手が気にいらないとぷんぷん怒っていて、わざと、まるで男のように、花嫁衣裳の裾《すそ》をぱっぱっと蹴散《けち》らかして歩いたりして、まわりをはらはらさせるほど当りちらしてはいました。

嫁入りした翌日にはもう出戻って来て、東京の学校へさっさと帰ってしまいました。聟《むこ》さんを全然よせつけなかったそうです。

「指一本だってさわらせやしなかった」

と威ばっていましたが、まあずいぶんおとなしい聟さんもあったものだと、私たちは話しあったものです。そうですね。やっぱり、魅力のない男でしたよ。おとなしいだけが取得《とりえ》で、私だって、嫌でしたね。それを姉は、帰ってくるなり、自分では平気で、

「私のかわりにツタちゃんが嫁《ゆ》けばいいわ」

なんていうんですから――まあ、そんなこと平気でいうし、本気でそう思うようなところがありました。あたしだってそんな男厭ですよ。

あたしがつくづく、あんたみたいに、自分の事ばかり考えて、家のことも親のことも考えないでよくいられるものだと厭味いっても、親は勝手に貧乏してるんだから、そんなこと私たちの責任じゃないとうそぶいてるんです。そのくせ、人には平気で迷惑をかけるんですけどね。はあ、もう、私なんか、死ぬまで迷惑のかけられ通しで、お礼なんていってもらったことありゃあしません。

後に私は下関へ落着くようになりましたが、いつだって東京からこの家に帰る途中、寄るんです。決まってキップは下関までしか買ってやしません。今宿から東京に帰る時も、必ず下関までしか買って来ません。あとはみんな私持ちと決めていますし、お小遣いはもちろん、私が出すものと決めていました。

母なんかも帰るたんびにこき使われておりましたよ。ええ、子供を産むたび、辻の時も大杉の時も今宿へ帰ってくるんです。理由？　お産する費用と産前産後の休養をうち

でとるのが一番安上りだからに決っておりますよ。もう年とった母が、小さな子供のお守りをしながら赤ん坊のおしめ洗いをさせられて、よくぶつぶつぐちをこぼします。あたしが、若い時から何も世話になった娘じゃなし、すてておけばいいじゃないかといいましても、結局、気の優しい母は、それでもわが産んだ娘じゃものといって、やっぱり面倒をみつづけていました。その間だって姉は、暇さえあれば本を読んでいて、家に帰っている間は、おしめの洗濯なんかしやしませんでした。

近所じゃあの母親にどうしてあんな娘が生れただろうって噂されておりましたよ。その上、辻の時も、大杉の時も、亭主づれでよく来ていました。大杉の時は、父が怒って、世間にみっともないからといって、大分長く絶縁していましたが、結局父の方で折れて、大杉もつれて来るようになりました。

ええ、まあ、男運はよかったんじゃないですか。辻も大杉もとても優しくて、姉のことを野枝さん野枝さんと、そりゃあ大事にしていましたもの。両方ともいい男でしたけれど、やっぱり大杉の方がずっといい男でした。男らしくて、優しくて、堂々としていましたよ。

辻はどこか、なよなよして、ぐずついた感じでした。姉はおしまいには辻のことを、ぐずだぐずだとこぼしていました。

大杉があの大きな軀をおりまげて、井戸端で赤ん坊のおしめを洗っていた姿を、今でも覚えておりますよ。大杉が来ると、そういうことは小まめにやって、姉の下のものでも何でも洗ってやっておりました。

辻のことだってもちろん、はじめの間はとても気に入っておりましたよ。辻は尺八の名手でしたから、尺八を吹き、姉は三味線をひいて仲よく合奏したりしていたのを覚えています。

姉は、父に仕こまれていて、三味線もよくひくし、歌も上手でした。辻へ嫁《い》ってからは、辻のお母さんが、浅草の蔵前の札差《ふださし》のお嫁さんだというような人ですから、芸事に堪能で、長唄《ながうた》をよくなさったとかで、長唄を教わってたようです。姉がうちで習ってたのは、小唄や端唄《はうた》のたぐいでしたからね。辻の子供たちも、大杉の子供たちも、変りなく面倒をみた母の気持はどんなだったでしょうね。まあ、こんな田舎の人のことですから、父も母も結局は姉の夫だというので、どちらが来た時にも、できるだけ尽していたようです。

大杉といっしょになってからは、この静かな小っぽけな村まで、大騒ぎになりました。駐在のお巡《まわ》りさんは、それまでは、この村の駐在に来ると、仕事がなくて、釣《つり》でもしていればよかったのに、姉が大杉といっしょになって以来は、泣かされていましたよ。えらいところへ来さされてしまったと、みんな来るたんびにうちへ来てこぼしたものです。それはあ、それはもう、三日にあげず、うちへやって来て、東京から、どんな便りが来たか、どんな変ったことがあったかと、訊きに来なければならないんです。そんなところへ、姉たちが帰ってでも来ようものなら一大事です。一日中、うちのまわりをうろうろして見張っていなければなりません。それをまた、姉も大杉も平気で堂々とつれだって散歩になんか出ますものですから、そのたび、お巡りさんは尾行でへとへとになっていました。

姉はそんなお巡りさんをしまいにはみんな手なずけてしまって、使い走りをさせたり、子供のお守りをさせたりするんです。荷物なんか、いつでも駅から尾行に持たせてやって来ましたよ。

身なりをかまわないのは相変らずで、うちへ来る時は一番ひどくなったものを着て、仕立直してもらう肚《はら》ですから、綿なんかはみ出たものを着て平気です。羽織の紐なんか、いつもかんぜよりでした。母が見かねて、

「せめて村へ帰る時くらい、みんなが見てるんだから、髪くらい結って来たらどうだ」

といいますと、

「今に、女の頭は、あたしがやってるような形になるのよ。みてなさい」

とうそぶいていました。でも、ほんとに、今になってみれば、たしかに姉の予言通りになりましたからね。

ええ、殺される頃は、洋装なんかもよくしていたようです。髪も断髪にしていました

し、帽子なんかかぶっていました。大体、大杉という人がおしゃれで、着るものなんかも、凝る方だったし、贅沢《ぜいたく》だったようです。姉もその影響を受けたんじゃないでしょうか。子供の服装などは、大杉がやかましくて、魔子なんかは、大杉好みのハイカラにされていました。ですから、ここへ引きとってからでも、この子たちには、洋服ばかり着せて、ずいぶんハイカラに育てていましたよ。その頃、洋服を着た子なんて、こんな田舎ではないし、第一、おかっぱにした女の子がまだ珍しい時でしたからね。はあ、大正十二年の女の洋服なんて、東京でも、とても珍しかったんじゃありませんか。姉は洋服が似合うようなところがありました。何でも、自分の着てるもの、していることは、いいんだというたいそう自信がある人ですから、何だって似合ってしまうかもしれません。

そうそう、辻のことでは面白いことがありました。私がはじめの結婚で失敗して、婚家から逃げて帰った時、ちょうど辻がはじめて来ていたのに逢ったんです。その時、辻が私をどうしても東京へつれていって帝劇の女優にしてみせる、必ず、成功させるってきかないんですよ。姉まで本気になってすすめましてねえ。今から思うとおかしい話ですが、私も何だかそういわれると、遊芸が好きだったし、舞台に立つのも悪くないような気がして、行きたくなったものです。でもどうしても、父が反対してやってくれませんでした。その頃は帝劇の女優をはじめ、松井須磨子《すまこ》のノラやカチューシャが全国をさわがせた時ですから、女優に憧れる気持もあったのです。父は自身、遊芸が好きで、道楽としては娘を舞台で舞わせたりするのが好きなくせに、やはり、女優というのは、芸者より悪い女の職業のように思っていましたし、河原乞食《かわらこじき》になりさがることはならんというような旧弊《きゅうへい》な考えを持っておったようです。

はあ私の結婚の話ですか。はじめは十七の時、きりょう望みでもとめられて、隣県の大変な金持のところへ嫁《ゆ》きました。ところが主人は、金に苦労をしたことのないお人好《ひとよ》しで、私が嫁くとすぐ山師にだまされ、鹿児島に金山があるというので、金を掘りに一緒に出かけたのです。

鹿児島へついたはじめは、金にあかし贅沢のしたい三昧《ざんまい》、一カ月芝居の桝《ます》を買いきり朝から晩まで芝居見物などという馬鹿な遊びをつづけ、夫婦揃ってお茶屋で芸者を揚げづめにしたりして、さていよいよ山に入ると、金など出るわけもなく、しだいしだいに深味におちこんで、半年たたぬうちに、すっからかんにむかれてしまいました。金はみんな山師に持ち逃げされ、私は人質にされて山の現場にひとり残され、主人は山をおりて金の工面をしに行ってしまいました。主人から送ってくる金は途中でみんな仲間に横取りされ、その人たちは高飛びしてしまう。いつまでたっても私は山からおりるわけにいかない。私の周囲は、宿も食物屋も雑貨屋も、みんなが借りるだけ借り倒してあるのですから、村中で私ひとりの人質を見張っている。しまいにもう、食べるものもなくなり、着ているものもみんなはいでゆかれ、襦袢《じゅばん》に腰巻だけという姿でした。朝から晩まで三日も寝て暮したことでした。時々のぞきにくる子供たちがいつのぞいても私が寝ているので、てっきり死んでいると思って大さわぎになったりしたこともありました。

知恵をつけてくれる人があって、夜逃げするより道がないというので、命からがら夜逃げして、乞食のような様子でやっと主人の家までたどりついてみたら、もうお宅はなくなってありませんよと人にいわれるのです。主人はあんまり打撃がひどく気が変になって気違い病院に入院してるというわけです。最高の贅沢を味わった直後、貧乏のどん底へつき落され、何が何やらわからないままに気の狂った主人を看護していたら、私を嫁にやった代《だい》の叔母が来て、いきなり連れて帰らされてしまったのです。まだ若かったし、何が何だかわからないまま一年ばかりの間に、人生の頂上から奈落へゆり上げつき落され、それっきりでした。その時、辻に逢ったのです。私が姉のような気性なら、父の反対など押しきって上京して辻に女優にしてもらっていたかもしれませんけどね。人間の運命って、わからないものですよ。私はその結婚につくづくこりて、これは何が何でも、男というのはいざという時、どんな逆境も乗りきれる人間でなきゃ駄目だと思いましてね、その次は二十七も年の違う男と縁があって一緒になりました。その時、姉が私に軽蔑《けいべつ》したように、

「いくら何だって、よくもまあそんなに年のちがった男に嫁くものだ。それでいいの」って、いうんです。その言葉が忘れられなかったものですから、姉が大杉といっしょに

なる時、私もいってやったものですよ。

「よくもまあ、そんなに女が何人もいる男といっしょになる気になったもんだ。それでいいの」

姉はけろりとして、

「女なんて、何人いたって平気よ。今にきっとあたしが独占してみせるんだから」

といいました。ま、姉は、いったことは必ずその通りにしました。それだけは不思議でした。死ぬことだって、

「どうせ、あたしたちは畳の上でまともな死に方なんてしやしない。きっと、思いがけない殺され方をするだろう。その時になっても、決してあわてたり悲しんだりしてくれないように。あたしたちはいつだって好きなことを信じてやって死んでいったんだから、本人は幸福だったと思ってくれ」

と、いっていました。それまで、その通りになってしまって――。ええあの時は、号外の出る前に、私の家へは電通からしらせてくれました。姉からよくいわれていたせいか、ああ、やっぱりかと思っただけで、それほどびっくりしもせず、急には悲しくもならなかったものです。家の両親たちもそうだったといっていました。

私の主人は、大阪と、後に下関で廓《くるわ》をやっておりました。姉は、あんな主義だったけれど、そのことで、私たちの商売をとやかくいったことはありません。大杉もそうでし

た。そのかわり、当然みたいにお金だけはとられましたが。下関の私の家へもよく来ました。私の主人は年が年ですし、はじめは、姉や大杉を全然理解せず、つきあうことも嫌っていましたので、私は姉の手紙でいつでも駅までゆき、駅で金をわたして、つもる話をするという方法で逢っていたくらいです。でもしまいには主人もしだいにわかってきて、姉も大杉も出入りするようになりました。姉たちの来た後の迷惑だったことといったら——、必ず、警察から呼出しがあって、朝何時に起きて、何時に御飯をたべたまで訊かれるんです。一日がかりでいやになりましたよ。滞在中は、二、三人の尾行が家のまわりに立って見ています。うるさいったらないんです。それでしまいには、姉は駅へつくとすぐ、自分から警察に電話して、今つきましたよっていうようになりました。結局、尾行は姉に荷物をもたされて、子供を背負わされてうちまで送ってくるという有様でした。

でも何が情けなく辛《つら》かったといって、姉たちの殺された後、父と代の叔父が子供たちを東京からつれて帰った時くらい、情けないことはありませんでしたね。姉は最後のネストルを産んで産後二十日めに殺されたんですから、末の赤ん坊は首もろくに坐っていないんですよ。その上が年子で二つのルイズと、三つのエマ、魔子が七つでしょう。ええみんな数え年でそれなんですからね。父が赤ん坊をかかえ、ルイズの手をとり叔父がエマと魔子を両手にひっぱっているのです。

東京から下関まで、ずうっと駅につくたび、新聞社の人たちがどっと押しよせ、写真を撮り、インタビューするんですから、たまったもんじゃありません。私が下関の駅へいった時は、もう近よれないくらいの人だかりなんです。報道陣だけじゃなく、一目見ようという野次馬が黒山の人で、駅は大混乱でした。やっと人垣をかきわけたどりつくと、父はすっかり疲れきっている。赤ん坊はミルクもろくにもらえず、もうぐったりしている。

魔子が、写真はいやだといって、地団駄ふんで泣き叫ぶ。それにつられてエマもルイズも火のついたように泣きわめく。どうしようもありません。赤ん坊にミルクをやる水もない。すると横からやはり赤ん坊連れの奥さんが、魔法びんのお湯をさし出してくれましてね。地獄に仏とはこういうものかと思って私も涙が出ました。それでようようミルクをといて、赤ん坊にのませ、子供たちもなだめだましてもう一度汽車にのせ、ようよう出発させました。あの時の辛さ情けなさばかりはよう忘れません。こんな子を残してと、ほんとにはじめて姉の死のむごさに腹が立ちました。

そのころは、もう主人もすっかり姉たちびいきになっていましたから、当時の新聞や雑誌に出た大杉と姉の記事は、どんなものでも切りぬいて、ちゃんとスクラップにしてくれていました。これだけは生涯子供たちには見せないようにしよう。しかし、何かのためになるかもしれないからといって、こつこつ切りためてくれていました。はい、そのスクラップは、エマをうちへひきとって、大人になった後、渡してやりました。姉に似ているのは、今、下関にいるエマが一番ですよ。姉の若いころに一番似ているようです。

その当時、子供たちをくれという人たちがたくさんあって困りました。あんな時代でも、やはり大杉と野枝の子を育てたいという人がこんなにたくさんあるのかと、私たちは、愕かされたものです。みんな立派な人たちばかりで、お金持や、学者の方や、もったいないような人ばかりからの申しこみでした。家の財産はこれこれ、家の見取図はこうというような説明書や、財産目録をそえた申しこみがどっさりあるんです。でも、父親は、もうそうなると、一人もどこへもやらないとがんばって、育てる決心をしたようです。

生きてるうちはさんざん迷惑をかけ通されたけれど、一番気の合っていた娘だったし、やっぱり、長い間には、姉の思想にしらずしらずうち中で感化もされていましたし、とてもこの子たちを人手にわたす気にはなれなかったんだと思います。

私は、ふたりしかない女きょうだいなのに、姉とは全くちがった生涯を送ってしまいました。二度めの主人といっしょになってからは、お金の不自由というものをしたことがなく、年のちがうせいもあって、何をしても大目に見てくれ、わがまま、贅沢の仕放題をさせてもらいました。それでもやっぱり、あんまり年が違うせいで考え方がちがうし、本当に理解してもらえず、心はまあ、不満だったわけでしょう。

その淋《さび》しさやむなしさを、贅沢と遊びでうめ合せるのですからたまったものじゃありません。しないのは男道楽だけで、あとのことは、男のするような道楽のありとあらゆることをしつくしました。芝居は毎日でもゆく、友だちをつれてお茶屋にはあがる、芸者をあげる、バクチは打つ、酒はのむ、その上、頭のてっぺんから足の先までこれ以上できないという贅沢で飾りたてるのです。宝石も毛皮も堪能するほど身にまといました。戦争で焼けだされたとたん、すっからかんになってしまいましたが、一度もう堪能したせいか、今は何をみても興味もわかないし、ほしいと思うものもありません。

おもしろいのは、そんな私にさんざんてこずらされた主人が、おしまいには、姉びいきになって、一度東京の姉のところへ行って帰って来てからは、ふた言めには、

「世間じゃ野枝さんを男よりこわい女のようにいっているが、どうしてどうして、大杉の家にいってみると、あんな女らしい女はまたといないね。ちょっとした心づかいや動作がじつに女らしい。男がみんな夢中になってくる理由がようくわかったよ。それにくらべると、お前は、見かけは、女らしさの権化みたいなくせに、全く、男っぽい女だ」

といって、嘆いていたものでした。

うちの家系はみんな長命で、八十、九十まで生きる人が多いんです。姉もああいう死

に方をしなければ、まだまだ元気でいたことでしょう。

私は、とうとうひとりも自分の子供がうめなかったのに、姉は十年に七人の子を産んで今の年でいえば二十八で死んでいったのですからね。それだけだって、大へんな生命力ですよ。産後二十日で、大杉とあの物騒な時に横浜まで出かけるなんてねえ。でも、今でも時々、ひとりで思うことですが、震災がもう半年おそかったら、野枝たちは殺されていなかったんではないかということです。それというのも、本当のところ、あの人たちも子供たちのことを考えて、もうこんな危いことはやめようといって、転向の用意をしていたんですよ。私どもにもそういっていましたから。……おや、すっかり暮れてきました。まあ、私としたことが、ついつい話に身が入って、とんでもないつまらない自分事をお聞かせしてしまいました。ごめんなさいましよ》

博多の町中に帰ってくると、もう街の灯がすっかり濃くなっていた。

魔子さんは、最後に、もとの博多駅の近くの暗い町筋へ車をまわし、

「私の子に逢って下さい」

といった。

旧い二階家の、一見しもたや風のかまえの土間に入ると、すぐ入口の板の間の仕事場に数人の男女が坐りこみ、博多人形に彩色しているのだった。

魔子さんの今の商売が、博多人形の製造だったのだ。私たちの声を聞きつけ、二階から降りて来たくりくりした顔の少女が、にこにこして魔子さんと並び、私に挨拶してくれた。

「私のお祖父ちゃんて、とても偉い人なんだって？　先生がそういってたわ」

と母親にいったという、魔子さんの六年生の末っ子は、もう、魔子さんの背をはるかにこえてすくすくのびている。小麦色のつやつやした頰に、ここにもまぎれもないよろずや眉とよろずや目が伝わっていた。繊細な母親の魔子さんよりも、野枝の野性的な少女の頃の写真にその俤が似ていると感じたのは、私の感傷だったろうか。

＊

辻潤が伊藤野枝を初めて見たのは、明治四十四年春四月のことだった。

幸徳秋水たちの大逆事件の処刑が一月二十五日に行われ、まだ二カ月しか経たず、折からの万朶《ばんだ》の花の色にも、春風にも、死臭と血腥さを感じるような、かつてない無気味な底冷たい春だった。

その日は上野高等女学校の入学式にあたっていた。

亡父の遺品の大島の仕立直しは、出がけに母がしつけをとってくれたばかりだった。これも親譲りの品なので折目などは相当傷んではいるが、元来の品は上等の仙台平《せんだいひら》の袴を腰低にきりっと締め、やや紋の色のくすんできた黒羽《くろは》二重《ぶたえ》の羽織を重ねていた。そんな身支度《みじたく》の辻潤は、撫《な》で肩《がた》が薄く、色白の面長な顔の皮膚も薄かった。端整で繊細な感じの容貌《ようぼう》は、細い銀ぶちの眼鏡のせいで、神経質そうに見えるが、眉と目尻が下っているので柔和《にゅうわ》な感じも人に与えた。

もうすっかり生徒の居並んでいる講堂へ、教頭に案内されて辻潤が入っていく背後から、娘たちの囁《ささや》きがおこり、それがさざ波のようなざわめきと速さでみるまに講堂中に伝わっていく。

前を歩いている教頭がわざとらしく咳払いをすると、ざわめきはしっしっという声と共にたちまち鎮まる。

「年寄くさい人」

「いえ、まだ若いわよ」

「芸人みたい」

消える瞬間のざわめきの中から辻はそんな囁きを小耳に捉え苦笑を殺していた。人一倍耳のいいのは母親ゆずりの生れつきだった。

演壇の横の窓際に並んだ教師の椅子もほとんどふさがっていた。最前列に校長と教頭の椅子に並んで新任者の椅子もあった。

彼が着席するのを待ちかねていたように式が始まった。何百人もの女学生の目にさらされても今更あがるような年ではない。明治十七年生れの辻は数え年二十八歳だけれど、中学二年で退学して以来、転々と職を変りながら独学で英語をものにするまでには人並でない苦労をくぐりぬけてきていた。十二、三歳から否応《いやおう》なくそうした生活苦をなめさせられたせいで青春は素通りしている。どこか暗い厭世的《えんせいてき》な表情が翳を濃くして、実際の年より老けて見られがちだった。

この室に入った時から鼻をついていた異様な空気の匂いが、ますますむかつくような濃さを増し、皮膚という皮膚にまといつくようだった。講堂に満ちた娘たちの体臭と、髪の匂いのまざりあったものらしい。

「まあ一週間は、女臭さに胸が悪くなること必定だよ。せいぜい覚悟するんだね」

この学校に引っぱってくれた友人の中野がいっていた「女臭さ」だった。

型通りの式の間、辻はこの女臭さの中でこれから先何年教師をつづけるのだろうと思うと、もう料理の皿を前に、箸をとらない前からげっぷのつきあげてくるような気持を味わっていた。

生活のために、というより母と弟妹を養うために、数え年十九の年から私塾の教師に雇われ、二十では小学校の専科教師になって、数年はまたたくうちに経ってしまったのだ。九円から始った月給に年功加俸がついてもたかが知れている。この女学校は私立でいくらかのんびりしたところがあろうし、月給も四十円近くはくれることになっていた。それだけの魅力で移ってきたものの、もともと好きでやっている教師生活ではないのだった。

できれば一日中書斎にとじこもって東西古今の好きな本に埋もれ、終日それに読みふけって暮したい。

本は物心ついた時から好きだった。浅草は蔵前の札差の娘に生れて、乳母日傘《おんばひがさ》で育った母のミツは、実家から嫁入道具の中に入れてきたのか、江戸の匂いのする絵草紙の類《たぐい》をたくさん持っていた。物心ついた時から、辻は絵草紙の妖《あや》しい蠱惑《こわく》の世界にひきこまれ、字が読めるようになった七、八歳からは、西遊記の途方もない冒険に熱中した。絵草紙も西遊記も少年の夢を限りもなく広げてくれた。ロマンティストの少年は手当りしだいの濫読《らんどく》の末、十二、三歳頃にはもう徒然草《つれづれぐさ》が何よりの愛読書という一種の早熟なすね者になっていた。

父の六次郎は幕臣上りの法律書生で、下級官吏になっていた。東京市の法律課に勤めたり、辻が七、八歳の頃は三重県庁に勤めたりしていた。十歳の時父の勤めはまた東京に移り、一家は神田の佐久間町に住んでいたが、ここで父はあっけなく早逝してしまったのだ。潤のほかに妹と弟が残されていた。

生れつき贅沢に育てられた母は結婚後も家計のやりくりが苦手な方で、夫の死後には何の貯《たくわ》えもなかった。

開成中学を二年で退学した辻は、十四、五歳からもう母や弟妹を養わねばならぬ一家の支柱だった。働きながらアテネフランセや国民英学会の聴講に行き、更に神田一ツ橋の自由英学会に通った。ここで青柳有美《あおやぎゆうび》や新渡戸《にとべ》稲造の講義を聞いた彼は、カーライルやゲーテを識り、翻訳文学に目を開かれた。辻の濫読は和漢の書から洋書へ移っていった。西遊記はボオドレエルになり、ホフマンにのび、ポオに近づいた。徒然草は老荘になり、聖書に移り、スチルネルになり、スタアンになり、セナンクウルからレオパルジに及んでいった。かたわら小説や翻訳の試作もひそかに試みていた。同時に時代の波として押しよせてきた社会主義思潮にも無関心ではあり得なかった。アナーキズムからマルキシズムまで手当りしだい読破していたし、幸徳秋水の「平民新聞」の熱心な愛読者でもあった。

上野女学校に赴任した辻潤はすでにそういう精神的背景を持った博学でニヒルな屈折の多い心の襞《ひだ》を持った文学青年だった。

校長や来賓の退屈な訓辞や挨拶の後で、辻のすぐ斜前の最前列から一人の少女が立ち上った。在校生総代祝辞という教頭の声が聞えた。

小柄なくりっとした軀つきの少女は、産毛《うぶげ》の光る小麦色の頬を上気させ、思わずのぞきこみたくなる真黒な瞳できっと前方を見つめ、厚い唇の両端を吊りあげ、入学生の方へ向って大股に歩いていく。

ほとんどの生徒がひさし髪にして、リボンをのせ、式の日の制服となっている黒木綿の紋付にえび茶の袴というみなりだった。

その少女は見るからに多いたっぷりした真黒な髪を首筋で無造作に束髪にまとめているだけで、リボンもつけていなかった。衿のあわせ方も袴のつけ方もどこかざくざくしていてだらしなく、垢《あか》ぬけがしていない。

少女はややあがり気味に平凡な短い祝辞を、堅くなって述べ、在校生総代伊藤野枝ということばで結び、さっさと席に帰った。役目を終えてほっとしたらしい野枝の顔はますます紅潮し、瞳は濡れ濡れと輝いていた。

辻は野枝の平凡な祝辞の内容は聞き流したが、野枝のはりのあるよく透る声の美しさを快く耳に受けとめていた。

席に着く時、何気なく目が合った。野枝は黒目がちの瞳をひときわ大きくさせ、びっくりしたように辻の顔をまじまじと見つめた。好奇心にみちた心の動きを瞳がむきだしに伝え、いきいき動くのを、辻は新鮮な果物でも見るような爽やかさで受けとめた。とうに自分の失った純な子供らしい好奇心と感じ易い多感な心の動揺をなまなましく猥《みだ》りがわしいほどに映す二つの瞳は、手ざわりのいいビロウドのような感触で辻の胸を柔かくくすぐってきた。野枝の祝辞の倍くらいの長さの新入生の答辞のあとで、校長が新任英語教師として辻潤を生徒に紹介した。

辻は席を立ち、壇上に向って歩きながら、自分の背にはりついている野枝の真黒な瞳の熱さを妙になまなましく感じとっていた。

辻はたちまち生徒たちの憧れの的になった。

最初は、煮えきらないとか、女性的だとか、お定まりのかげ口をきいた生徒たちも、この新任の教師の授業を受けるに及んで他愛なく崇拝者に早変りする。辻の発音は、これまで習っていた老校長の英語とは全くちがっていた、同じ英語の本でも若い辻が読むと、はじめてエキゾティックな音楽的なひびきを伝えてくる。辻は教科書にないポオの詩を黒板に書き、生徒に写させたりした。

「アナベルリイ」や「大鴉《おおがらす》」を、五年生の野枝たちは夢中になって暗誦《あんしょう》するのだった。

辻は教壇から見た野枝の英語のできないのにまず驚かされた。総代で祝辞を読むくらいだから他の学課は相当できているはずなのに、英語の実力はクラスでも中以下だった。小柄の野枝は教壇に近い前列の席に坐って、黒々の瞳を燃えるように見開き、まばたきもせず教師の顔を見つめてくる。どの教室に入っても何十人かいる生徒の中から一人二人の生徒の目が強く教壇に迫ってくるものだが、野枝のように強烈な炎を燃やした瞳で、他の生徒の顔をかき消してくる者は一人もなかった。辻は間もなく野枝の担任教師の中野から、野枝が去年いきなり選抜試験で四年に入ってきたこと、それまで九州の片田舎にいたため英語の学力が一番落ちること、しかし一種の天才的な文学的才能を持っている不思議な生徒であること等を聞かされた。中野がなみなみならず野枝の天才的なひらめきを買っていることは辻にも容易に察しられた。中野から野枝の編集する学園新聞を見せられた時、辻ははじめて野枝を見直す気持になった。ほとんど野枝一人でやっているというその小さなガリ版の新聞は、幼稚なものながら若いひたむきな情熱に支えられて、清潔で活気にあふれていた。すでに野枝の書くエッセイや感想文にも、ごつごつした未熟な筆つきながら、独創的な物を見る目を具えていた。

「ちょっとしたもんだね」

辻は同僚にいい、なおしばらくそのガリ版の、男のようにしっかりした野枝の文字を追っていた。

辻に教わるようになってから、野枝の英語の上達は目ざましくなった。他の学課の学習は棚上げにして、野枝は英語の勉強だけに熱中した。野枝の英語の実力のつき方は、教師の辻よりも早くクラスの学友たちに目をみはらせた。

野枝の熱心さと目に見える実力の上達につられ、辻も授業中つい野枝の燃えるような目にむかって文法の説明をしたり、訳をとき聞かせていることがある。野枝と辻の間が、そういう感情の綾《あや》にだけは敏感な女生徒たちから、ことさらしく早くもささやかれているのを当の本人たちが一番気づかずのんびりしていた。

辻は当時、野枝に「興味のある生徒」以外の、女として、何の魅力も感じてはいなかった。浅黒い顔に眉と目の迫った、燃えるような目と、大きく肉感的な唇を持った野枝は、陽にあたためられた獣のような匂いと雰囲気を軀中で発散していた。野暮《やぼ》ったく、一向になりふりかまわない服装は、江戸趣味の中でも粋《いき》な下町好みの辻の目には田舎臭くうす汚くさえ映っていた。

けれどもリトマス試験紙が水に濡れるような的確さと素速さで、教えたことにことごとく鮮かな反応を示す野枝の貪欲《どんよく》な知識欲と敏感な感受性には、教師として無関心ではいられなかった。

　女教師たちが揃って野枝のことを我が強く生意気で可愛気がないといって嫌っているのも興味があった。辻にはむしろ野枝のそんな強情さやむきな反抗心が、野性的で可愛く感じられていたのだ。

　辻はしだいに教室以外で、野枝の才能を刺戟《しげき》し、かくされている芽をのびさせる努力を愉《たの》しむようになっていた。

　放課後おそくまで残って教員室の片隅で謄写版《とうしゃばん》を刷っている野枝の手許に、

「こんなものが出来たよ。使えるなら使いなさい」

と自分の原稿を置いていく。グールモンやシェストフやワイルドの翻訳を、野枝は息をつめて読み、谷崎潤一郎や永井荷風の近作の批評文などに、しらずしらず文学の鑑賞の仕方を教えられていた。いつか野枝は辻の原稿を貰《もら》いたさにいっそう学園新聞に情熱を打ちこんでいった。ようやく級友の噂が耳に入ってきたが、そんな噂はかえって勝気な野枝に反撥心《はんぱつしん》を起させ、いっそう大胆に辻に心を傾けさせていった。

　野枝はもう一日でも辻の顔を見ない日は学校に行った気がしなくなっていた。辻の考え方で物を考え、辻の感受性で物を感じるようになっていた。幼い時からこうと思いこんだ自分の我は押し通してきた野枝は、他人の思惑など今更気にすることはなかった。

放課後、今はただ、辻に見てもらいたい一心で学園新聞のガリ版を刷り、終ると辻を探して音楽室にいった。毎日たいてい夕方まで、辻がそこでピアノを弾いているのを知っていた。英語の教師のくせに辻は音楽に異常な情熱を見せ、生徒の音楽会などには必ず顔を出していたし、ピアノやオルガンは音楽の教師くらい器用に弾きこなしていた。辻がピアノよりも、尺八の方が玄人はだしだということも今では辻の口から聞いて野枝は知っていた。ピアノを弾く辻の背後で頬杖を突き、いつまでも身じろぎもしない野枝に、辻は時々気まぐれにふりかえると歌を歌わせた。最初のうち少しはにかんだだけで、野枝はすぐ、学校で習ったシューベルトの子守唄や、父に教えられた小粋な端唄や、鄙《ひな》びて哀調《あいちょう》のある故郷の子守唄などを歌った。まるみのある澄んだ野枝の声は、野性じみた容貌よりはるかに可憐で娘々していた。

辻は野枝のどんな歌にも即座に伴奏をつけ、野枝を愕かせるかと思うと、英語の讃美歌を教えてやったりした。

帰りも登校も辻と野枝がつれだっている姿が生徒たちの目につくようになった。いつでも、ふと辻が気がつくと、いつのまにか野枝が自分の傍を歩いているのだった。どうしてしらべているのか、野枝は辻の行動に動物的な勘が働くようだった。けれどもそんな時のふたりの会話はおよそ堅苦しく、恋のささやきなどには縁遠かった。たいてい野枝が今読んでいる書物の感想を述べ、辻が適当な応答をしてやるという種類のものだった。野枝のどこか重苦しい、内にもののこもったような表情が明るくなり、動作には前にもましていきいきした弾《はず》みがそなわってきた。

その頃、辻は、野枝ではない娘とひそかに淡い恋愛を愉しんでいた。

相手は吉原の酒屋の娘でおきんちゃんという生粋《きっすい》の江戸っ子だった。しなやかな軀つきのおきんちゃんは黒衿をかけた黄八丈《きはちじょう》がよく似合い、緋鹿子《ひがのこ》の手絡《てがら》をかけた結綿《ゆいわた》に結った下町っ子だった。鏡花《きょうか》の小説から抜けだしたような美少女で、鏡花の愛読者という文学少女でもあった。やはり上野高女を中退していて、野枝より二つ三つ年上だった。

辻はこれまでにも、幼なじみの幻燈屋《げんとうや》の少女とか、少年時代一時夢中で通った教会の長老の娘とか、女学校に勤める前一年ばかり週に二、三回ずつ通って英会話を内職に教えた向島の外交官夫人とか、心を牽《ひ》かれ、互いに恋らしい雰囲気を感じあった女もいたが、どれも淡いままで終っていた。恋にうつつをぬかすほど、生活にゆとりがなかったのと、年より老成した知識と、現実社会での無経験のアンバランスが、必要以上に女に対して臆病《おくびょう》にならせていたのだ。

ふとしたきっかけで知りあった酒屋の娘にも、毎日のように長い恋文を出しながら、実際は手ひとつ握る仲にはなっていなかった。

おきんは知的ではないけれども、辻の恋文にふっくらした返事をよこすほどの文学少女であったので、この関係はわりあい長く続き、互いに相思相愛だと信じて充分に幸福だった。おきんは母校なので、時々は辻の勤め先にもやってくるし、なじみの女生徒たちと話しこんでいったりもする。野枝は恋する者の敏感さからふたりの仲をいち早く感づいていたが、辻がこんな人形のような美しいだけで鈍感な下町娘をなぜそれほど好きなのか、不快になるだけだった。恋する者の嫉妬が、野枝にこの美少女を本能的に嫌わせているとは一向に気づいてはいなかった。野枝は自分の辻への共感や好意をまだ自分では恋だとは自覚していなかったのだ。

五年生の夏休み、突然郷里で結婚話が持ち上った時から、野枝はいっそう急激に辻に近づいていった。

郷里で仕方なく結婚式を挙げ、予定よりずっと早く、夏休みを切りあげてひとり東京に帰った野枝は、まっすぐその足で辻を訪ねて自分の身にふりかかった災難を打ちあけた。福太郎というアメリカ帰りの男の、平凡な容貌や、およそ知的なものの感じられない鈍感さが、辻を前にすると郷里で感じた何倍にもなって嫌悪感を招いてくる。

「叔父が悪いんですわ、相手が私の学費を出すという条件に目がくらんでしまって、何もかも勝手に決めてしまったんです。そして今更、断れば、両親や家の立場がないって責めるんです」

辻は口惜《くや》し涙をこぼして訴える野枝が、わずか一カ月たらずの間に急に女臭く成長しているような感じを受けた。嫌っていながら、結婚という問題や悩みは女の心身を無意識に刺戟して、眠っている女のいのちを揺りさますのかもしれなかった。野枝の少しやつれて引きしまった頬の線や、肩のあたりに、これまでなかったある種のなまめかしさを感じ、辻は泣いて取り乱す女の、醜いが可愛さのました顔を見守っていた。野枝は言い澱《よど》んでいたが、すでに結婚式まで挙げているという。

「私、あんまり口惜しいので、一歩もよせつけず、そのまま逃げてきたんです」

辻はあっけにとられて野枝を見守った。結婚式をあげながら、夫をよせつけなかったなど、そんなことが果して現実にできるのだろうか。それほどの侮辱にだまって引き下る男が今時あるだろうか。

辻は明らかに野枝が自分に救いを求めているのを感じながら、ただ彼女の悲憤や泣き言をだまって聞いてやるしか手がなかった。

うっかり手を出せば、もう発火点に達している野枝から熱い火を移され、またたくまにいっしょに燃え滅びるのが目に見えていた。

とにもかくにも結婚式を挙げた以上すでに野枝は人妻である。学費を出すというからには入籍もすませているのかもしれない。野枝は可哀《かわい》そうだけど、巻きこまれるのは迷惑だった。長い生活苦がつけた処世の知恵が、辻に野枝から手をひけとささやいていた。が同時に、自分と同じように生家の貧困ゆえに、自由に思う存分学業にも励めず、一種の政略結婚の犠牲になる野枝の不運や苦痛は、他人事でない共感と同情を辻の心にかきたてるのだった。

野枝は辻の母からやさしい茶菓のもてなしを受けただけでもすぐ大粒の涙をこぼすほど感傷的になっていた。

六畳と四畳半と三畳しかない家の中で、感情的になって訴えつづけた野枝の話は、母や妹の耳にもすっかり入っていた。野枝を送って帰ってくると、母のミツは辻の三畳の書斎の、今さっきまで野枝の坐っていた座ぶとんに腰を落ちつけていた。

「可哀そうだね、あんなにまだ子供子供してるのに」

「うん、でも仕様《しよう》がねえさ」

「あの子、お前を好きなんだろう」

「さあね」

「野暮ったいけど、可愛げのある子だね」

「そうかな、熊襲《くまそ》の血筋だからね。うっかりさわると火傷《やけど》しそうだよ」

「……お前もそろそろ身を固めなきゃあ」

辻はもう取りあわず、愛用の尺八に手をのばして母に背をむける。母が茶道具をとり片づけて部屋を出て行くのを待ちかねて笛口に唇をつけた。曲は「虚空鈴慕《こくうれいぼ》」、古伝の三曲の一つといわれている名曲である。

尺八の音に引きつけられたのは七、八つの時からだった。その頃、父が勤めていた三重県の県庁の宿舎の隣りに、尺八のうまい下級官吏が住んでいた。京都の女というその人の妻も地唄の一つもひくような女で、娘時代から長唄を叩《たた》きこんでいる母のミツは、よく隣りへ出かけ合奏したりしていた。辻はそのたび、母についてゆき、隣家の主人の尺八に聞き惚れていた。東京へ帰ってきた中学校時代、下谷《したや》あたりの古道具屋で安物の尺八を見つけてきて、見様見真似《みようみまね》でどうにか音を出すようになった。尺八らしい音の出るのに一カ月もかかり、どうにか自分の思うような歌の節になるのに半年ぐらいかかった。学業もそっちのけで朝から晩まで尺八に夢中になっていた。元来自分が音曲好きのミツは、

「そんなにお前竹が好きなら、いっそお師匠さんについて本式に習ったらどうだろう」

といいだした。ミツの選んだ師匠というのが、尺八の名人として高名な琴古流《きんこりゅう》の荒木竹翁《ちくおう》だった。辻は紺飛白《こんがすり》の筒袖姿で、ある日単身入門を申しこみに竹翁の門を叩いた。もう七十を超えていた竹翁はこの風変りな少年の入門を許した。竹翁の弟子は皆中流以上の者ばかりで中には爵位のつく者もある。一種の出来心で入れてみた最年少の新入の貧乏弟子が、思いがけない天才の持主なのを竹翁はすぐ見抜いた。辻はたちまち誰よりも可愛がられる愛弟子《まなでし》になっていた。しかし竹翁はこの天才少年が尺八で身を立てようという望みを持った時は真向から反対した。

「尺八はどうせ滅びていく芸術だ。こんなものに若いお前が男子一生の将来をかけることはない。趣味にしておく程度にしなさい」

辻は竹翁の許へ三八の稽古日《けいこび》には熱心に通った。竹翁が今戸《いまど》へ越し、通うのが困難になるまでその稽古は休まず続けた。

父の死と共にのんきに尺八など吹いていられなくなり、生活に逐《お》われ通したが二十一の時からまた尺八に帰っていった。その頃は辻の尺八は名手としてその道では評判も高く、方々の音楽会に招かれるほどになっていた。

今、愛用している尺八は、二度めの師、竹翁の高弟の可童《かどう》の作ったものだ。

自分の出す笛の音色に耳を傾けているうち、辻はようやく野枝の訪問でかき乱されていた心の混乱が鎮まってきた。

染井《そめい》の丘の上にあるこの静かな家に、人家もまばらな森や牧場を渡ってくる夜風が吹きこんできた。昼間の熱気もようやく去り、いつのまにかもう虫の声が尺八の音にまつわりついてくる。

辻は水のように澄んできた心に自分を夜風に解き放っていた。今この瞬間の誰にも犯されない、静謐《せいひつ》の平安——二十八歳にしてようやっと手に入れた一握りのささやかな庶民の幸福だった。親子三人が住むわずか三間の借家だけれど、辻はこの家に満足していた。植木屋が大家のせいで小さいなりに木口のいい凝った家だし、三畳の奥のこの書斎は廻《まわ》り縁《えん》にかこまれた茶室風の風雅な離れになっている。床《とこ》の間《ま》に竹田《ちくでん》の墨絵の観音像をかけ、反対側の壁にスピノザの肖像を神代杉の額縁に飾り、その下に机を置いている。

わずかばかりの洋書と和漢の古典。身の廻りや食事は母と妹で充分にたしてくれる。女学校からの報酬は決して多くはないけれど、これまでの生活の中では一番高額な、何より確実な収入だった。

女が欲しければ、内職の金でも入った時、金で買える無知でやさしい一夜妻を需《もと》めればよかった。

立身出世にはとうに興味を失っている。社会改造も自分の出る幕ではない。大逆事件以来の無気味な主義者たちの沈黙と凍結状態を見ただけでも、その理想の実現はまだまだ遠いことを知らされるだけだ。誰にもわずらわされない三畳の書斎と一管の笛、それで充《み》たされる虚無者《ニヒリスト》の一握りの幸福。桑原桑原《くわばらくわばら》だ。あんな衿垢《えりあか》臭い田舎娘の運命にまきこまれてはたまらない。もともと俺は水性だ。水は方円の器《うつわ》に従うし、水はどんなすきまからでもすらりと身をかわす。水遁《すいとん》の術というべきか。逃げるが勝ちなり。

古伝の名曲を吹き澄ましながら、辻潤は野枝の不幸を見殺しにしようとする自分の心の言いわけをしていた。

野枝が生れてはじめての運命の転機に立たされ、懊悩《おうのう》していたその明治四十四年の夏の日は、わが国女性史の上でも特筆すべき記念の夏であった。

野枝が家の圧迫と家族の無理解にあえいでいる時、東京の片すみでは長い因習から脱出して、女が人間として自由に生きようとする女性解放ののろしがあげられるべく、着々と準備が始められていたのだった。平塚らいてう主宰の女性だけの文芸雑誌「青鞜」の発刊のため、らいてうを中心とする数人の若い女たちが、八月の炎天の日盛りを全身汗みずくになり、かけまわっていたのだ。

野枝が辻潤を訪れて数日後、月が改まり九月三日の朝のことだった。

辻潤はいつものように寝床で朝刊をひろげていて、ほうと首をおこした。朝日の第一面広告欄に「中央公論」「太陽」「日本及日本人」といった著名な綜合《そうごう》雑誌の広告の間にはさまって、見なれない雑誌の広告が目についた。

「青鞜」という名は辻にはただちに十八世紀ロンドン社交界のモンタギュー夫人のサロンから出たブルーストッキングを想起させた。いつかどこかで誰かが青足袋《あおたび》と訳していたことばである。広告には唯一の女流文芸雑誌と謳っている。世間の嘲笑《ちょうしょう》や嘲罵《ちょうば》を先まわりして自ら「青鞜」としゃれのめす編集者の心意気に辻は新鮮な知的なものを感じた。

数日後、本屋の店頭にあらわれた「青鞜」を辻はいち早く買い需めた。それは辻の予感と期待以上に新鮮な思いがけないほど力強い文学を通してのまぎれもない女の解放の雑誌であった。

編集者平塚らいてうが、三年前森田草平と「塩原雪の彷徨《ほうこう》事件」と騒がれた心中未遂をした平塚明子《はるこ》であることはすぐ察せられた。根がフェミニストの辻は三年前の事件当時から、平塚明子の言動に好意的な興味と理解を持っているつもりだった。
三年前の八月末日、やはり朝日新聞を広げたとたん、社会面に数段ぬきの大見出しで書かれた記事を読んだ時のことを辻は思いだす。

《自然主義の高潮　紳士淑女の情死未遂
情夫は文学士小説家　情婦は女子大卒業生

（前略）

決死の原因

森田文学士は一昨年の大学出身にて秀才の誉れあり数篇の小説をも著して文名を知られおり、家に若き妻に子さえある身の上なるに、春子（原文のまま）と共に某女学校に同僚として教鞭《きょうべん》を執《と》りしが悪因縁となり、文学上の趣味を同じゅうするより遂《つい》に離れがたき情交を通ずるに至りたれど、一方には妻あり子ある身のとうてい晴れて双棲《そうせい》の歓を全《まっと》うするに由《よし》なく、浮世のえにしを怨《うら》みるの余り情死の覚悟をなし、森田学士はまず妻子を郷里に遺《のこ》して煩累《はんるい》をのぞきし後、春子と二人死所を求めて東京を出でたれども、幸か不幸か死所を得ずしてついに警官の手に捕わるるに及べり。古来情死の沙汰《さた》珍しからずといえども、本件のごとき最高学府の教育をうけたる紳士淑女にして彼の愚夫愚婦の痴にならえるは、実に未曽有《みぞう》の事に属す。自然主義、情慾《じょうよく》満足主義の最高潮を代表するの珍聞というべし。しかも両人が尾花峠の山上において取押えの警官に対し「我輩の行動

は恋の神聖を発揮するものにして、俯仰《ふぎょう》天地に愧《は》ずるところなし」と揚言《ようげん》するに至っては沙汰の限りならずや(後略)》

という調子のもので他の新聞もすべてこれにならった激しい筆勢で二人の「愚行」を糾弾していた。ふたりの出逢いは新聞の記事とは違い、生田長江《いくたちょうこう》の主催する文学サークル「閨秀《けいしゅう》文学界」で識りあったもので、草平は講師、明子は聴講生であった。この事件で漱石門下の秀才だった森田草平もほとんど社会的に葬られようとしたのを、漱石の好意でその翌年一月から朝日新聞にこの事件を扱った告白的私小説「煤煙《ばいえん》」が発表された。新聞記事やその他の報道が誤り伝えた事件の真相を正しく認識して貰おうとした草平の小説の中では、ふたりはあくまでプラトニックラヴに終始している。主人公明子は、近代的自我に目覚めた聡明なインテリ女性であり、これまでの女の概念と全く違ったタイプとして描かれ、自意識過剰の言動はしばしば奇怪とも奇矯《ききょう》ともなる。その唐突な、事ごとに相手の意表をつく言動が、新鮮な魅力となって明子を男の目にスフィンクスのような謎《なぞ》めいた女に見せるのだった。

決して男を愛するとはいわない女に、男はずるずるひきずられていき、最後には決して自分を愛さない女と承知しながら雪の山中に入り心中をくわだてる。

女はこの決死行の直前にさえ遺書に、

《我生涯の体系を貫徹す。われは我ケースによって斃《たお》れしなり。他人の犯すところに

あらず》

と書き残すような自意識過剰ぶりである。

草平はこの小説「煤煙」によって文学的に復活したが、読者はますますこの事件を不可解なものとし、漱石でさえ、要するに火遊びにすぎないと軽蔑した。平塚明子は「煤煙」に対する激しい反駁文《はんばくぶん》を書いたが、ほとんどかえりみられなかった。

辻潤はこの事件を通して未知の平塚明子にこれまでにはなかった自我に目覚めた新しい女の未来の可能性を認め、ひそかに興味と同情を持っていた。

これまでの常識なら、未婚の娘があれほどのスキャンダルで新聞に書きたてられ、世間から徹底的に叩きつけられたということは、もう社会的に殺されたも同然だった。けれども三年たった今、あの醜聞《しゅうぶん》の噂の女は堂々と顔をあげて、こんなにも立派な雑誌を出してみせた。辻は思わず明子に拍手を送りたいような気持で「青鞜」の頁《ページ》を繰っていった。

目次には与謝野晶子のような既成作家の名と並び、森鷗外夫人しげや国木田独歩夫人治子などの名も見え、今年一月大阪毎日新聞の懸賞小説に当選して華々しくデビューしたばかりの田村俊子の名ものっていた。同時に荒木郁子、物集《もずめ》和子など無名の名前も並んでいる。

作品はどれも辻の目から見れば幼稚で、文学以前のものばかりだった。にもかかわらずそこからは人の心をまっすぐに撃ってくる真摯《しんし》なはりつめた情熱が感じられた。

そぞろごと
山の動く日来る
かくいえども人われを信ぜじ
山は姑《しばら》く眠りしのみ
その昔に於て
山は皆火に燃えて動きしものを
されど　そは信ぜずともよし
すべて眠りし女いまぞ目覚めて動くなる

一人称にてのみもの書かばや
われは女ぞ
一人称にてのみもの書かばや
われは　われは(後略)

巻頭にかかげた与謝野晶子の詩は、さすがに雑誌の抱負と夢を存分に言い現わし、力強く歌いあげていた。

《元始、女性は太陽であった。真正の人であった。

今女性は月である。他によって生き、他の主によって輝く、病人のような蒼白《あおじろ》い顔の月である。

私共は隠されたるわが太陽を今取り戻さねばならぬ（後略）》

という全篇ソプラノ調で歌いあげた平塚らいてうの発刊の辞は、長い文中にさまざまの論理的矛盾をみせているが、読者の胸に力強い感動を呼びおこすだけの魅力を持っていた。

翌日、辻は「青鞜」を野枝に与えた。野枝は一目見るなり激しくその雑誌にうたれた。

《私はすべての女性と共に潜める天才を確信したい。ただ唯一の可能性に信頼し、女性としてこの世に生れ来った我らの幸を心から喜びたい。

私共はもはや、天啓を待つものではない。我自からの努力によって、わが内なる自然の秘密を曝露《ばくろ》し、自から天啓たらんとするものだ。

（中略）

その日私共は全世界を、一切のものを、わがものとするのである。

その日私共は唯我独尊の王者として、わが踵《かかと》もて自然の心核に自存自立する反省の要なき真正の人となるのである。そして孤独、寂寥《せきりょう》のいかに楽しく、豊かなるかを知るであろう。

もはや女性は月ではない。その日、女性はやはり元始の太陽である。真正の人である。私共は日出る国の東の水晶の山の上目映ゆる黄金の大円宮殿を営もうとするものだ。女性よ、汝《なんじ》の肖像を描くに常に黄金の円天井を選ぶことを忘れてはならぬ。よし私は半途《はんと》にして斃るとも、よし、私は破船の水夫として海底に沈むとも、なお麻《ま》痺《ひ》せる双手を挙げて「女性よ、進め進め」と最後の息は叫ぶであろう。（略）》

らいてうの発刊の辞の中のこんなことばや晶子の詩を声をあげて読むうち、野枝の真黒な双眸から大粒の涙があふれ出てきた。

女という女が今こそ目覚めて、旧い因習から脱却し、自分の旗をかかげ、自分の足でしっかりと立ち雄々しく歩いて行こうとしている時、自分だけは、因習に捕われ、旧い家の鎖にまきつかれ、愛もない結婚に縛られようとしている。

野枝には「青鞜」の中にみなぎる女の自覚と自由への憧れが、日本中のあらゆる女の共感を呼ぶものだと思われた。女という女が腕をつなぎ花環《はなわ》のように地球を取り巻く図が幻影となって見え、その列の中からただひとり取り残される自分の惨《みじ》めさに軀が震えるほど口惜しく恥しくなってくる。

辻は予想以上に「青鞜」に対して敏感な反応を見せた野枝をいじらしく思った。この娘の境遇からくる不平に手を藉《か》す冒険はさけるにしても、目の前の野枝の苦痛を慰め、その成長したがっている魂の正しい欲求に手を藉してやることは教師として当然の義務だと思うのだった。

学校への行き帰りに、あるいは放課後の人気のない音楽室で、辻は「青鞜」をテキストのようにして、わが国の女性の自覚の歴史をとき聞かしてやるのだった。

明治三十二年に高等女学校令が公布された当時はわずか二十校程度だったのが、この年ではもう二百五十校をかぞえる激増ぶりを示していた。専門学校も明治三十三年には津田梅子が女子英学塾を、吉岡弥生《やよい》が東京女医学校を創立している。翌年には成瀬仁蔵《なるせじんぞう》の日本女子大学、横井玉子の女子美術学校なども創設された。こうして明治の女にも学問への道が展《ひら》けたとはいっても、その恩恵に浴すことができるのは、女の中のほんの一摑《ひと》《つか》みの少数な階級的エリートたちにすぎない。女学校教育を受けることでさえ、野枝のように田舎育ちのしかも貧困な家庭の娘にとってどれほど奇蹟《きせき》と努力をまたねばならなかったことか。

一方、日露戦役の前後から出版も企業として成り立ちはじめ、婦人むけ雑誌が続々刊行された。

「女学世界」「新女学」「婦女界」「婦人世界」「淑女かがみ」「女子文壇」「むらさき」「婦人之友」「婦人評論」「世界婦人」「婦人界」「婦人画報」等である。けれどもこれらの雑誌は若い娘向きのロマンティシズムの文学的傾向の程度の低い文芸誌と、家庭婦人向きの生活技術を教える実用向きのものに大別されていた。それらから女の進歩や自覚をうながすという積極的な強い意識は見られなかったけれど、出版界の活況から、婦人解放の西欧思潮も、この頃にはようやく紹介されはじめていた。

「伊藤くんは景山英子《かげやまひでこ》の『妾《わらわ》の半生涯《はんせいがい》』を読んでるかい？」

「いいえまだです」

「あれは読んでおく方がいいね。女の自覚史の上で何といっても我国では第一にのろしをあげた女傑だからね。岡山の人なんだが、自由民権運動で活躍した女だ」

「今生きてる人ですか」

「ああ、生きてるとも、何度も恋愛や結婚をして、何人もの男の子供をどっさり生んでいる。社会主義の仲間で夫の家に書生していた石川三四郎という自分よりうんと年下の男と恋愛したりしてるよ」

辻は、まばたきもしないで興奮した時のくせで厚い肉の鼻腔《びこう》をふくらませ、迫るような表情をする野枝の、反応を楽しみながら言葉をつづける。

「景山英子がせっかく女のために気をはいたが、後につづく女の人材がいなくて、女の立場は一向によくならなかった。結局それから十年もたって、社会主義者の男たちの手で、外国の女の解放思想が紹介されているんだよ。明治三十七年には堺利彦《さかいとしひこ》と幸徳秋水がベーベルの『婦人問題の解決』を訳しているし、その翌年だったかには山口孤剣《こけん》が

『男女関係の進化』というのを出している。堺はカーペンターの『婦人問題』やエンゲルスの『男女関係の進化』というようなものを出しているよ。最近じゃ木下尚江《きのしたなおえ》の『良人の告白』『火の柱』なんて小説はわかり易いし、婦人問題を社会問題として、扱ったものとして一読の価値はあるよ」

「あたし、木下さんの小説は読みました。あの小説の中の白井俊三はすてきだわ」

野枝は目を輝かしてようやくことばをはさんだ。辻の話を聞いていると自分の無学の度が知られ、絶望的にさえなってくる。あれほど憧れてあれほど無理をして入った女学校で、自分は何を学び得たというのだろう。何も知っていない。何もわかっていないと思うと、野枝は心細さでもっともっと識りたいという欲求に、心がねじあげられるような気持になっている。

「その本、みんな読みたい！　あたしに読めるでしょうか」

「ああ、大体、ぼくが持っているから貸してあげよう」

そんな会話をしながら、辻はやっぱり、この陽にぬくもった獣のような野性的な匂いを発散するぷりぷりした小娘に自分が惹かれているのは、この娘の中の伸びたいという火のような欲求に共感し、この娘の持っている才能を充分エデュケートしようとしているにすぎないのだ、それにやっぱりこの娘の中に流れる熊襲の血をうけた熱い血にふれてみたいという欲望も三分くらいはあるのだろうか、などと考えてみるのだった。

野枝は二学期はもうやけになったように学校の勉強は放棄してしまって、辻から借りる女性解放論の書物ばかり読みふけっていた。かと思うと、飲めもしないウイスキーを無理にのんでみたり、学校をさぼって町をさまよってみたりする。何をしてもそれらははかない抵抗にすぎず、現実には、もう九州の婚家から毎月学費がきちんきちんと届いていて、野枝の生活はその金の上に生きているのだった。

この明治四十四年はまた新劇の勃興《ぼっこう》期にも当っていた。

「青鞜」の出た九月の二十二日、三の両日には、余丁町《よちょうまち》の坪内逍遙《しょうよう》博士の邸内にかねて新築中の文芸協会の試演場が完成し、その舞台開きが行われた。イプセン作島村抱月《ほうげつ》訳の「人形の家」がはじめて上演され、無名の女優松井須磨子がノラに扮《ふん》し、未曽有の好評を博したのである。

《主人公のノラに扮するは松井すま子である。開幕に鼻歌をうたいながら快活そうに舞台へ出て来た所は押出しがわるくてノラらしく思われなかったが、良人のヘルマーに甘える所からリンデン未亡人に自分の秘密を打開ける所、後に至って大自覚をするというこの性格の閃《ひらめ》きが見え、それから良人に未亡人の身の上を頼む所、子供と隠れん坊して無邪気に遊ぶ所、クログスタッドに脅かされて「何でそんな事が」と信じないうちに良人の咄を聞いてからしだいに恐怖に襲われて「嘘々そんなことがあるものか」という独舞台の幕切まで、初めは静かな水がしだいに波瀾《はらん》を起して千態万状に変じて行く。その間にすこしのタルミなく表情の科白《せりふ》の緊張して見物は全くこの主人公に引付けられてしまう。(中略)最後にノラが大気焔を吐いて家を去る所は原作の妙だけでも男性なる自分にさえ痛快な心持がした》

という伊原青々園《せいせいえん》の劇評をはじめ、ノラの須磨子への絶讃は後をたたず、この劇は同じ年、十一月に帝国劇場で再演された。須磨子のノラは、九月よりも更に洗練され、空前の大成功をおさめた。

創刊号から「ヘッダガブラア論」をのせていた「青鞜」はこの女の自覚劇を見逃すはずはなく、翌年正月号に「人形の家」特集号を出した。

この頃叔父は大阪へ引越し、従姉の千代子と、教頭の家に預けられていた野枝は、もちろん、「人形の家」を観る自由などはなかった。しかし、世間の噂や「青鞜」誌上で、ノラ松井須磨子の存在を識り、昂奮《こうふん》せずにはいられなかった。辻はまた、イプセンのノラが、外国の婦人の解放運動に果した文学的・社会的位置から説き、いわゆるノライズムについて野枝の疑問に答えてやった。

「人形の家」を読み、ノラを識るに至って、野枝はいっそう自分の境遇の不甲斐《ふがい》なさに腹を立てずにはいられない。家も夫も子供まで捨て、自分自身に生きようとする幕切れのノラの決意は、事情はちがっても、やはり家と因習にがんじがらめにされ、人形のように嫁がせられた自分の身の上と引きくらべ、他人事とは思えないのだった。

ノラのように、いつか自分だって家も血縁もふりきって、自分の自由に生きてみせる。野枝は、いよいよ反逆心を心の底に固めながら、刻々近づいてくる卒業の日に望んでいた。

年があけ、野枝は数え年十八、辻は二十九の春を迎えた。

卒業と同時に野枝は郷里に帰り、婚家に入らなければならぬ日が刻々と近づいていた。野枝はどんなことがあっても卒業さえしたら、郷里には帰るまいという決心を固めていた。その後の方針は何ひとつ立っていない。ただ死んでも婚家に入りあの愛のない夫と暮すのは厭だった。一時はアメリカへ夫と渡り、アメリカで家出してやろうと考えていたが、どうやら福太郎のアメリカ行は中止になった模様である。もう野枝を福太郎にひきとめる何の魅力も残っていないのだ。

またたくまに三月が訪れ、二十六日の卒業式が近づいてきた。卒業試験も夢中ですませてしまうと、野枝は千代子をどうやってまいて東京に残るかということばかり考えていた。一番穏当なのは二人で帰郷の途につき、途中で自分が千代子をまき、数カ月ほど、ほとぼりのさめるまでどこかにかくれていることだと思った。どこへ……野枝の頭にその時、染井の辻のささやかな家が浮んできた。親切でやさしそうな辻の母、勝気らしいがさっぱりした辻の妹、ふたりとも自分に好意を持っていてくれるような気がする。事をわけて頼んだら女中がわりにかくまってくれはしないだろうか。しかし肝腎《かんじん》の辻の気持を推《お》しはかると、野枝は自信がなく心がひるんでしまう。辻はあくまで野枝にやさしく、好意的だったけれども、それはあくまで教師と生徒という枠を一歩も出たものではない。どううぬぼれて考えても、辻がそれ以上の気持を自分に持ってくれているとは考えられない。それに浅草の美少女との間もある……野枝は辻の家にかくまってもらうという自分の心の底に、家にかくれ巣を求めるという以上の気持が働いていることに気づかなかった。しかし思いきって辻にそのことを頼めない心の中には、自分が生徒として以上に辻の愛を得ていないという自尊心のひるみがあった。

何の実際的な計画もたたないうちに、思いがけない事態が突発してきた。千代子の祖父が急逝したため、二十六日の卒業式を終えるとすぐ翌二十七日には二人で至急、帰郷するようにという叔父からの命令が来たのだった。

野枝は卒業式の前夜は一睡もできず泣き明かした。

卒業式には辻は姿を見せず、記念写真をとる時にもあらわれなかった。そのことが気になって野枝は式の間も落ちついていられなかった。謝恩会とか、お別れ会とかさまざまな行事がつづいている中からぬけだし、紋付姿にひさし髪にリボンをつけた珍しく盛装のまま野枝は染井の辻の家を訪れた。

辻は風邪《かぜっけ》気で熱があったのだといいながら、出てきた。

「寝床をしきっぱなしなんだ。外へ出よう」

「いいんですか、お軀は」

「うん、もう大丈夫だ。散歩したくなっていたところだ」

辻は野枝の先にたってどんどん家から離れていく。人家の少いこのあたりは、丘や森にかこまれてそれらの樹々や草は、もう早春の芽生えをみせ、ほのかな緑に色づいていた。

丘の上の林に立つと遥かに王子の飛鳥山《あすかやま》がかすんでいる。丘の下の谷あいの向うに寺があり、そこの鐘の音はどこの寺よりいい音色だと辻がいつも話していた。

辻は野枝のおくれがちになる足を待ってやりながら歩きつづけた。野枝は時々足がもつれ、ころびそうになった。

「どうしたの」

辻の手が野枝の軀を支えた。

野枝の全身にびくっと、震えがはしった。あわてて辻は手を離した。野枝はまっ赤になって、目をきらきら輝かしていた。

「昨夜一睡もしていないんです、だからふらふらして」

「ばかだなあ、だめじゃないか、そんな無茶なことして」

辻は林の中の草の上に腰をおろした。自分の隣りの枯草の上を掌《てのひら》で叩きつけておいて腰にさげていた手拭《てぬぐ》いをおいてやり、

「ここで坐っていよう。その方が疲れないだろう」

野枝は素直にその上に袴の腰をおろした。

袴の裾から黒靴下の脚《あし》がのび、真新しい編上靴《あみあげぐつ》が光っていた。

「小さな足だね」

辻ははじめて気づいたようにいった。野枝は背丈は大きくないけれど、骨ぐみはしっかりした感じで、肉付もこりこりとひきしまっている。野性的で溌剌《はつらつ》とした感じを人に与える野枝の印象から、そのきゃしゃな足が妙にいじらしく可愛らしいものに辻の目には映った。

「手と足が小っちゃいんです、ほら」

野枝は自分の両手を揃えて辻の前に出した。

男のようなしっかりした字を書く野枝の手にしては、いかにもそれは不似合《ふにあい》な小さな子供っぽい手をしていた。甲にも短い指にも肉がふっくらともりあがり、指のつけ根にひとつずつ、鉛筆の尻でおしつけたような可愛らしいくぼみがついている。短いわりに先すぼまりで節の低い上品な指をしていた。貧乏に育ったとはいえ、その手には野枝の家系の昔の富裕な血が匂っていた。何代もつづいた労働者の持つ力強い手ではなかった。

辻は無意識に野枝の手をとっていた。その手は冷たくひえきっていた。

「寒いのかい」

「いいえ」

かぶりをふった拍子にまた野枝の双眸に涙がわきあがってきた。野枝は辻に手をあずけたままなので、ふきもせずそのまま大きく目を見開き、辻の顔を見上げて涙を流しつづけた。子供のように力んだ泣き顔が無邪気で、この女がもう人妻と呼ばれるということがナンセンスに思われてくる。辻はいきなりそのまるい肩を抱きよせてやりたい衝動にかられた。野枝が今、どんな百千の甘いことばよりも、自分の愛撫《あいぶ》に慰められるのかを知っていた。

けれども辻は野枝が力尽きたように、辻の肩に頭をよせた時、軽く肩に手を廻し支えてやっただけで、遂にその腕に力をこめずに終った。

着物を通しても野枝の肌の燃えているのが掌に伝ってくる。ひとしきり泣きじゃくると、野枝はようやく気が鎮まったというように顔を離した。泣きはれた瞼《まぶた》が赤くふくらみ、頬が湿ったなめし皮のように柔いでいるせいか動作まで物うげでこころをそそるものがあった。

あたりはすっかり黄昏《たそが》れ、谷の向うの寺の勾配《こうばい》の強い屋根も、王子の飛鳥山も夕靄《ゆうもや》に包まれて幻灯画のように霞《かす》んできた。

今更、野枝は辻に訴える何のことばもなかった。これまでもう何度同じことを繰りかえして聞いてもらったかしれない。そして結局は仕方がないというのが辻の無言の慰めだった。

「大丈夫かい？　帰れる？」

別れぎわに辻は立ち上って訊いた。

「ええ……」

「眠らなきゃあだめだよ」

「はい」

「明日だけだね、もう……明日、竹の台で青木繁の遺作展があるの知ってる？　見にゆく閑《ひま》はある？」

「行きます」

野枝はすがりつくように答えた。汽車の出発は午後一時すぎだ。午前中なら時間があった。

その夜はさすがに、ここ二、三日の不眠のせいで野枝はぐっすり眠った。夢も見なかった。

翌朝目が覚めるとすぐ、野枝はそそくさと身支度して、千代子にも行先をつげず家を飛びだしていた。上野の桜木町の停留所で待ち合せる約束になっている。電車を降りるともう辻が先に来ていた。

どちらもだまって肩を並べる。まだ朝が早いせいか、公園の中はひっそりと静まり人影もなかった。自分たちの足音を聞いているうちに、野枝はいよいよ今日、東京を離れるのだと思う感傷が胸につきあげてきて、また泣き出しそうになった。辻もさっきからひとことも口を利かない。いつもとはちがう妙に重苦しいよそよそしい態度で黙々と歩を運んでいく。

美術館は開いたばかりで、森閑としていた。日頃憧れている自分の郷土出身の天才画家の絵を前にしながら、今日の野枝にはろくろく目に入って来なかった。辻がゆっくり動き、思いだしたように歩を運ぶと、野枝もそそくさと次の絵の前に移る。見終っても何の印象も頭に残っていなかった。

それでも中で一時間はいたらしかった。いつのまにか場内に人々が群れてきていた。外に出ると、辻は相変らず怒ってでもいるように口をきかずただ先に立ってどんどん歩きだした。野枝が小走りに追わねばならないほどの速さだった。広い公園の中は木立が深く、その下の道をたどれば果しもなく深い森の中に迷いこんでゆくようだった。いつのまにか町の騒音もとどかないひっそりとした森の只中《ただなか》につつまれていた。

疲れて、野枝は立ち止り、傍の木に手をかけて息をついた。数歩先から辻がつかつかと引きかえしてきた。眼鏡の奥の細い目が強く光っていた。ふだんでも青白い顔がいつもより白けている。いきなり野枝は抱きすくめられた。樹に押えつけられている背が痛かった。痛いと声をあげるひまもなく唇がふさがれていた。野枝は自分の全身が爆竹のような音をたてはじけ飛ぶような感じに襲われた。目の前が真暗になり次には無数の花火が火をふくのを見た。男の腕の力は強く、唇は冷たく、舌は熱かった。

辻が腕を解いた時、野枝は樹に添ったままその場にずるっと坐りこんでしまった。膝《ひざ》の力がぬけしばらく立ち上れなかった。まだ目の前に無数の花火がうち重なって燃えている。

辻の顔の上にもその炎の影がゆれうごめき表情も捕え難かった。

辻は一言も発しなかった。

足元に濡れた小犬のようにうずくまり震えている野枝を見下し辻はみるみる血の冷えてゆくような気持を味わっていたのだ。もうすでにしまったという気持が胸をかけめぐっている。ここまで押えてきておいて、もうあと二、三時間というこの別れる間際になって、とうとう我にもなく自制の綱がたち切れたことが我ながらだらしなく、口惜《くちお》しかった。ついにこんな小娘の幼稚な誘惑に足をすくわれてしまった。これでいよいよ娘の面倒な重苦しい運命を背負いこむはめになるかもしれないという恐怖が背筋を冷やしていた。そのくせ一度火のついた本能は辻の理性を裏ぎって、もう一度野枝のフランネルのような肌の匂いと、きものまで燃えたたせている血の熱さをたしかめてみたい衝動に憑《つ》かれていた。

「怒ったのかい」

陳腐《ちんぷ》で気障《きざ》だ！　辻は自分の言葉に自分で傷つきながら、野枝の前にしゃがみこみ、もう一度そのまるい肩に手をのばした。野枝はすぐ、ぐらっと重い花弁をささえかねた花茎《かけい》のようなしなやかさで辻の胸に倒れこみ、袴の中で、脚を崩した。無意識に男に抱かれやすい姿勢に、軀の安定をはかっていた。

ふたりが新橋駅にかけつけた時はもう予定の列車はとうに出ていて、見送りの人も帰ってしまい、プラットフォームで千代子だけが半泣きで待っていた。

夜の汽単にきりかえるしか方法はなかった。

夕方、野枝たちが出直して行くともう辻が来てくれていた。数人の友だちと千代子が話しているひまに、野枝は甥に汽車の模型を買ってかえるのを忘れていたと言いだした。

「今なら大急ぎでゆけば間にあうよ。まだ四十分ある」

辻がそそのかすようにいう。野枝はもう一分でも辻とふたりきりになりたい気持で、すぐ駅の外へかけだしていった。辻はだまっていっしょについてきてくれた。駅の前から銀座の方へ肩を並べながら、文房具店や玩具《おもちゃ》やをさがしたが、一向に見つからない。野枝はもともとただ辻とふたりになりたかったのが目的だから、熱心に探すわけでもない。

「どうもみつからないね」

「もういいんです」

野枝は怒ったようにいって、くるっと道を引き返しはじめた。自分が今、何を求めていらいらしているのか野枝にはわからなかった。この人ごみの銀座の大道の真中で、まさか男に抱擁されたいというわけでもないだろう。それにしても辻の気のきかなさはどうだろう。大方、自分の気持くらい察してくれてもいいのに――。まるで走るようにして早足で帰ってみると、教頭と中野が顔をみせていた。千代子はまた野枝が消えてしまったのではらはらしているところだった。もう辻とは一言も交すひまはなかった。発車の時、娘たちは走り出した列車について追いかけてきたが、辻はプラットフォームの後方でひとり立ったまま身動きもしなかった。

大阪からは叔母のキチも乗りこんできた。叔父は一足先に九州へ発っていた。野枝は叔母や千代子から顔をそむけ、窓外ばかり眺めているふりを装っていた。刻々に遠ざかる東京と辻の俤にしか心はなかった。列車が東京との距離をつくるにつれ、野枝は辻の抱擁が、出来心の遊びにすぎないのではないかと思い惨めになっていった。

下関に着いた時、停車時間のわずかのひまを盗み、プラットフォームのポストの前で野枝は絵葉書にペンをとった。

「とうとうここまで来てしまいました」

そこまで書くと想いがせまってきて涙があふれ文字も見えなくなってしまった。今、野枝ははっきりと、相手がどうあろうと、もう自分は明らかに辻を恋していることを悟らないわけにはいかなかった。

野枝を新橋に見送って、まだ二週間とすぎないある朝のことだった。

書斎の寝床にもぐったまま新聞をひろげている辻の耳に、母と話す若い娘の声が聞えてきた。

「まあ、きれい、もう九州では桜はすっかり終ってしまいましたわ」

野枝！　まさかと思って、辻は耳を疑った。野枝が今頃あらわれるはずはない。けれどもやはり娘の声は野枝のものだった。玄関の横の枝折戸《しおりど》からすぐ庭に入ると、六畳の前に出る。親しい客はたいていそうして庭先から辻を訪れた。

庭に入ってきた母と野枝の声はいよいよはっきりと辻の枕にひびいてきた。

「それじゃずっと夜汽車にゆられ通しで、今着いたばかりなら、さぞ疲れていらっしゃるだろうに」

「ええ……でも、平気です。東京に帰ったのが嬉しくて、何ともありませんわ」

野枝の声がたいそう明るく、暢気《のんき》そうに聞えてくる。辻はいそいで寝床を片づけると書斎を出ていった。

「どうした」

母の背後から声をかける辻を見上げ、野枝はさっと髪の根もとまで赤くなった。発つ前よりやつれが目立ち、目がまた一まわり大きく見える。母が席を外すのをまちかねたように野枝はわっとその場につっ伏して泣きだしてしまった。

帰郷して九日めにもう野枝は家を飛びだしてしまったのだ。福岡で小学校に勤めている幼友達の下宿に身をひそませ、そこから担任の中野に手紙で窮状を訴え、旅費を送ってもらったのだという。

「それで中野の所へはもう寄ってきたの？」

「いいえ、東京へついたら、もう一番先にここへ来たくなって」

野枝はまた耳を赤くして目を伏せた。旅費の無心を辻にはせず、中野にしたのは、もう辻に恋をしていることを自覚した野枝の自尊心だと察してやると、辻は野枝がいじらしくなってくる。と同時に、胸にあわただしくこみあげてくるのは、取りかえしがつかないという感じでもあった。あの日の上野での抱擁さえ制していられたら……自分の無意識の媚態《びたい》で挑発しておきながら、それと自覚せず、一方的に男から誘惑されたと思いこんでいる野枝の稚純さが、辻には可愛くも腹立たしくもなってくる。

野枝をかくまう決心のつきかねている辻より早く、ミツは野枝の立場にすっかり同情してしまった。下町の江戸っ子らしい俠気《きょうき》を持つミツは飛びこんで来た窮鳥《きゅうちょう》をかくまうのは当然のように単純に考えている。

「可哀そうじゃないか、話のけりがつくまで置いておやりよ」

ミツの一言で野枝はその日から辻家の居候《いそうろう》になった。

それでも辻はずるずる野枝をわが家に置く危険を感じていた。野枝が辻を熱烈に恋していることは辻にむける時のきらきら炎を燃やしているひたむきな瞳を見れば誰にもわかった。すでに末松福太郎の妻として入籍している野枝と、教師の身で肉体関係に陥っては身の破滅だった。けれども田舎娘の野暮純情さを南国少女の持って生れた血の熱さで燃えたたせ、ひた押しに全身でよりかかってくる野枝と一つ家に暮していては自分の自制心に限界のあることも辻は識っていた。

親友の中野に計り、辻は野枝をひとまず卒業まで野枝の寄宿していた教頭に託そうと考えた。文学青年の中野は、自分の天才的な教え子と、親友との恋愛に感激し、当事者以上に興奮している。中野についでは野枝を可愛がり、何よりも辻の才能を認めてくれていた物わかりのいい教頭なら、自分たちの味方になってくれるだろうというのが辻と中野の見通しだった。

ところがすでにその時には野枝の叔父代準介から捜索願が出されていて、教頭も校長もこの事件に学校が巻きこまれることを何より怖れていた。辻の率直な相談は誰よりもまず教頭から手ひどい反撃をうけた。

「教師の身で教え子を誘惑するとはもってのほかだ」

頭からどなりつけられて辻は啞然《あぜん》とした。気がついてみれば、校長も教頭も、中野まででが、辻と野枝の間はすでに肉体関係の成立しているものと決めこんでいるのだった。

申し開きの余地もなかった。

野枝をそそのかし、合意の上で家出させておき、責任を学校側にもたせようとする卑怯な男だときめつけられた。事なかれ主義の校長は馬鹿丁寧な態度で言った。

「実は、野枝さんの御主人の末松氏から、野枝さんを帰さなければ訴えると再三いって来ているのです。ま、恋愛はあなたの自由ですが、もし、あくまで野枝さんとの恋を貫かれるなら、それはその、学校をお辞《や》めになった上でやっていただきたいのでして」

「わかりました。じゃ、今日限り学校はやめさせていただきます」

辻は反射的に言ってしまってはっとなった。しまった！　またしまっただ。ようやく得られた比較的平安な生活をおかげで一年になるかならずでまたもや棒に振ってしまった。賽《さい》は投げられてしまったのだ。あの小娘の燃える瞳のおかげでどこまで自分は追いつめられていくのだろう。

辻は急に場所柄もなく不謹慎な笑いがこみあげてくるのを防げなかった。突然笑いだした辻にあっけにとられている校長たちに背をむけ、辻はその脚で永久に上野高女を去ってしまった。

無謀な話だった。激情が鎮まるとたちまち明日からの生活が不安になった。しかし不思議に学校には未練もなく後悔もなかった。それほど惚れぬいているわけでもない小娘のために、男の職を犠牲にするということが悲壮さよりも滑稽《こっけい》さを呼ぶ。辻はそんな冷たいもう一人の自分の目が、現実の自分のドン・キホーテぶりを嘲《あざけ》っているのを感じていた。

——しかし俺は野枝さんのことがなくったって、もういいかげん教師ってものが厭になっていたんだ。考えてみろよ。十九の年から十年間、こんなしがない職にしがみついてこられたという方が人間離れのした忍耐だよ。あの土臭い衿垢娘のことは要するにスプリングボードにすぎないんだ。あの娘のことがあろうとなかろうと、早晩俺は、ある朝突然に辞表を叩きつけるという行為においこまれていたろうさ——

——それにしたって無謀すぎるぜ、もっと要領よくやるものだよ——

——いいじゃないか無謀で、大体俺はこれまであんまり無謀でなさすぎたよ、冒険が無さすぎたよ。もう三十に手が届こうというんだぜ。それにどうだ、およそ青春らしい青春を送ってきたか、すべてが計算ずくだ。愚劣で単調で平凡でケチケチした生活、夜の次には朝が来て、朝の次には昼が来るという決りきった生活、キセキもおこらなければ、冒険《アバンチュール》もない生活、もうあきあきだ——

——それであの貧乏娘を一生背負いこむのか、あの気の強い、勝手な、野暮ったい、ヤキモチヤキで泣き虫で、だらしのない、どうやら経済観念も無さそうな、あの女を——

——しかし、それが女というものじゃないのかね。俺はこれまで、一度だって自分の感情を自由に野放図に押し広げてみたことがないのだ。傷つくわずらわしさだけを臆病に警戒して事なかれ主義でおどおど生きてきた。欲求不満のその毒素がもう軀中に鬱積《うっせき》して今にも爆発寸前の状態だ。ちょっと火をつけてやればいいのだ。火付役は洗練された下町娘の白い手よりは熊襲娘の野生の血の方がふさわしいじゃないか──

──それがおきんちゃんに対する申しひらきか──

──あの下町娘は繊細すぎるよ。きれいすぎる。あの娘を幸福にする自信がない。あの女は俺以外のたいていの男なら幸福にしてやれる、しかしあの熊襲娘は──

──わかったよ、もういい。要するにお前は野枝に惚れているんだ、というのが厭なら、あの小娘の中の可能性という幻影に──

辻はまっすぐ家には帰らず、好きな染井の森をひとり歩きつづけ、気持の整理をした。二時間もそうしているうち、軀が軽くなるような解放感にようやく全身が洗われたような爽やかさを覚えてきた。どうにかなるだろう。これを機会に、もう自分のしたいことだけをして生きてやろう。何と長い間、自分の欲望のすべてをケチくさい「生活」という化物のために喰い荒されてきたことだろう。スチルネルも言っている。

──何人も何人を支配したり、命令したりしない状態である。自分のできることだけをすればいいのだ。自分の能力の領分と他人の能力の領分をはっきり意識することである──

スチルネルでいこう、スチルネルだ。

「先生」

呼びとめられて辻はふりかえった。

林の樹々の影を全身に受け、まだらに染められた野枝が、思いつめたような真黒な目でじっと見つめていた。

「どうしたの」

「あんまりおそいから、心配で……たぶん、ここじゃないかしらと思って……」

野枝は今日、辻が教頭たちと自分のことで会見したことを識っていた。

「ここへおいで」

野枝は耳を疑うように辻を見つめ、びくっと肩をふるわせ、かえって一歩後に退った。

上京以来、辻は野枝の手を握ろうともしなかったのだ。やっぱりあの抱擁は遊びだったのだという屈辱感が、野枝の心をこの数日来深く傷つけていた。教頭の家へ渡そうとする辻の心も、その方向でしか考えていなかった。

「どうしたの、ここへおいで」

立ちすくんでいる野枝の方へ辻が近よってきた。

はじめて野枝は辻の腕の中で荒々しく抗《あらが》った。辻は余裕のある態度でそんな野枝をじっくり取りおさえながら、陽にむれたぐみの実のような野枝の唇を捕えた。

ようやくぐったりした野枝から唇を放した時、辻は低い声でいった。

「学校辞めてきたよ」

「ええっ」

「野枝さんと恋愛するなら、辞めてからしてくれとさ」

「先生」

九州育ちの野枝はシェンシェイと発音する。それを気にして、野枝はこの単語は不用意にいったことはない。けれども今は夢中だった。さっきよりもっとあらわな国訛《くになまり》で、

「先生！」

と叫びながら、野枝は自分から辻の胸にしがみついていった。野枝のまるい熱い軀をぐいぐい力まかせに押しつけられ、辻は野枝を抱いたままどうと倒れてしまった。充満しきって発火点に達し、出口を求めてあえいでいた辻の体内のガスに、野枝の野生の血が今点火される音を聞いた。

三十に手の届こうとする男と、二十にみたない娘の恋は、その日を境にして炎をひとつにし、凄じく燃え上っていった。

そうなってみると、道徳とか法律とか人の思惑などにびくびくしてきた今までの自分が辻にはおかしかった。

十重《とえ》二十重《はたえ》に自分を巻きしばっていた縄を一思いに渾身《こんしん》の力で自ら断ちきったような

爽やかな解放感で、当分は我を忘れた。

客分としてそれまで一番広い六畳の部屋に寝かされていた野枝は、毎晩、辻の書斎にしのんでくるようになった。

ミツはすぐふたりの新しい関係に気づいたが、当然の成行として愕いた風もみせなかった。ただ客扱いしていた野枝に、娘同様、水仕事や針仕事をさせた。またの日は、鏡台や金だらいを縁側に運ばせ、生れて一度も剃刀《かみそり》をあてたことのない野枝の衿足や顔の産毛を器用に剃ってやり、ありあまる太目の素直な黒髪で、粋な結綿に髪をあげてやったりした。

いつのまにか六畳の寝床は不要になり、野枝は三畳の辻の寝床を共有するようになっていた。

辻は自分でも呆れるほど野枝のこりこりひきしまった、奥へたどるほど火のような熱さをたたえた、みずみずしい肉体に溺《おぼ》れこんでいった。

数え年十八の野枝の若さは疲れというものを知らなかった。浅黒い皮膚はしめり気を帯びた肉の厚い異国の花びらのように、男の肌に吸いつくと容易にはがれなかった。

みずみずしさは深山の泉のように、汲《く》めば汲むほど底からふきあげる豊かさで、掬《すく》うたび、限りもなくあふれ、あふれた。

学校に通う必要のなくなった辻は、暁方《あかつきがた》まで野枝の中に溺れこんでいるかと思うと、ま昼の林の奥の、木もれ陽の下で灌木《かんぼく》の帳《とばり》にこもり、劫初《ごうしょ》の人間のようにのびのびと互いをむさぼりあって飽くこともない。

一カ月もすると、野枝の頬は、ひきしまり、瞳はいっそう黒さとうるおいをましてきた。辻は生れてはじめて人が生きるとはどういうことかということを全身の細胞で味わっていた。

肉の快楽の極致には、死への甘美で危険な誘いがあることも識った。

辻は何度愛撫の最中に、野枝のなめらかな首を締め、その上で自分も息をひきとりたいという幻影に、恍惚《こうこつ》と誘いこまれそうになったことだろう。

「野枝を生かしてやるよ。女の可能性の極みまで伸ばしてやる。野枝の中の才能という才能をひきずりだしてやる。俺の知識もいのちもすべてを注ぎこんでも野枝を必ず、すばらしい女にしてやる」

暁闇《ぎょうあん》の薄光の中で、夜を徹した愛撫の極みにようやく意識を失っている野枝の熱い軀をゆり動かしながら、辻は老いた呪術師《じゅじゅつし》のように窪《くぼ》んだ目に異様な光をこめ、ひとりつぶやきつづけていた。

＊

一九一二年（明治四十五年）七月のはじめのある暑い日の午後だった。本郷駒込蓬莱町《こまごめほうらい》の古刹万年山《こさつまんねんざん》の本堂裏の一室にある「青鞜」編集部の机上には、その日も全国から寄せられた読者の便りがどさっと積みあげられていた。

昨年九月創刊号を出して以来、すでに十号を発刊している「青鞜」は、近づく一周年記念号の準備にもそろそろかかる必要があった。発刊ほぼ一年間の反響と成果は、社員はもちろん、主幹の平塚らいてうこと明子自身にさえ、全く予想外のものだった。

今や「青鞜」ということばは、全国津々浦々に行きわたっているし、新聞の読める者なら、「新しい女」という刺戟的な流行語が、「青鞜」に物を書く女たちをさしていると知らないものはなかった。

去年の夏の日盛り、汗みずくになって創刊号準備のため、駈《か》けずり廻っていたことを思いだすと、まだつい昨日のような感じがする。

平塚明子は、机上の郵便物を選りわけながら、机の向う側で夢中になって会計のそろばんを入れている保持研子《やすもちよしこ》の方に目をやった。

発刊当初千部出すのもびくびくものだった「青鞜」が、今では二千部をとうに越えている。会計を預っている保持研子は、一周年記念号から思いきって三千部に増刷しても自信があるという数字をこの間から示していた。今、単なる営利だけが目的の婦人雑誌でも三千部出れば優に経営が成り立つといわれている。全く素人《しろうと》ばかりの、お嬢さまの集りの編集員ではじめた「青鞜」が一年たたぬうちに早くも三千部に近づいたということだけでも、この雑誌の成功が実証されたことになる。

うつむきこんだ研子の額に汗が滲みだし、おくれ毛が汗にぬれて、べっとりと暑苦しそうにこめかみにはりついていた。明け放った縁側や窓から風はいくらか吹きこんできても、風自体がなま暖く温気《うんき》にむれているので一向に涼しくない。境内《けいだい》の樹々の梢《こずえ》に鳴く油蟬《あぶらぜみ》の声がうるさく、いっそう暑さをかきたててくるようだった。

去年の夏は本郷千駄木町の広大な物集和子の涼しい邸内で、編集したことが思いだされる。

創刊の当初から協力してくれた有力な社員だった物集和子はすでに「青鞜」を去っている。木内錠《きうちてい》も、中野初も去っていった。木内と中野は、生活の忙しさからとの理由で、物集は、あまりにジャーナリズムにのりすぎた最近の「青鞜」の雰囲気が、保守的な彼女の家庭の雰囲気と合わなくなったという理由からだった。

創刊の最初から苦労を分けあった幹部というのは、結局明子と研子のふたりになっている。明子は、まだ指を動かしつづけている研子のむっくりした肩さきに目をやりながら、研子がいなかったら、はたして自分は「青鞜」発刊にふみきっていただろうかと考えていた。

去年、この雑誌の発刊を決心した頃、平塚明子はこの雑誌が、これほど世間に騒がれ、全国の女たちからこれほど熱狂的に迎えられようとは予測もしていなかった。いつも何となく遊びに行っていた生田長江の家を、いつものように庭先からふらりと訪れた時、座談のついでに、長江が、

「女ばかりの文芸雑誌を出してみませんか」

と言いだしたのがことの始まりだった。話しているうちに、長江はしだいにこの計画に熱を帯びてきた。

「百三十頁ぐらいのものにして百部刷って印刷費は千円ぐらいでできますよ。費用は……そうだな、お母さんに相談してごらんなさい。それくらい出してくれるんじゃないかな」

そんな知恵までつけられているうち、明子もしだいに、その雑誌に興味を持ってきた。三年前におこした森田草平との心中未遂事件が、ようやく世間の人々から忘れられかけているとはいえ、明子の心の中ではあの事件で受けたさまざまな心の傷が癒えきっているわけではない。事件後、草平が発表した小説「煤煙」も、明子の目から見れば、ず

いぶん草平のいい都合に書いてあって、あのふたりだけしか知らない事件の真相には何ひとつ切りこんではいないと思うのだ。きれいごとばかりで、要するに、娘一人を東京を離れた淋しい山の中につれだしさえすれば、自分の胸に倒れこむだろうという期待と野心をみせていた草平の心情など少しも書かれていない。雪の山に登る描写だって、頂上で眺めたこの世ならぬ月明の氷殿の荘厳境だって、草平の筆には一向に描かれておらずあきたらぬことばかりだった。毎日、禅寺へ参禅するため、一里や二里の道を平気で歩きつづけた健脚の明子が、雪の山道もまるで平地のようにすいすい身軽に登っていくあとから、運動神経の鈍い草平が一足ごとに脚をすべらせ、雪に腰までのめりこみ、見るも無惨で滑稽なおよそロマンティックなどとは無縁の不様《ぶざま》さで、よたよたついてきたことなど、あの小説には一行だって書かれていはしなかった。明子は、まるで、色気狂いか、神経衰弱の女のようにしか表わされていない自分の描写に腹を立てた以上に、あの事件の解決策として、夏目漱石たち、草平の周囲の先輩が口をきいて、草平と明子の結婚をとりまとめ、世間の非難の口を防ごうとしたやり口に憤慨していた。

そんな常識的なごまかしで、生命《いのち》がけのあれだけの試みをけがして平気なのかと思うと、わずかに残っていた草平に対する好意も、完全にかき消えてしまったのだった。

虚無的になっていた明子の無為の明け暮れの中に、「何か」を産みだすという能動的な活力が久しぶりでいきいき動きはじめてきたのだ。

明子の動きだした心にいっそう拍車をかけたのは、明子の姉の女子大の友達の保持研子だった。研子は女子大を卒業して、四国の郷里へ帰る気がなく、東京で何か働こうとして、さしあたり、学友の平塚家に仮寓《かぐう》しているところだった。明子から生田長江の案を聞かされた研子はたちまちその話にとびつき、明子以上に乗り気になった。研子の熱意にひきずりこまれたかたちで、まだ決心のつきかねていた明子がようやくその気になった時、明子の母の光沢《つや》が、

「どうせお前の結婚費用としてとっておいたお金だから」

と、百円を投げだしてくれた。明子の父、平塚定二郎は会計検査院の院長になった高級官吏で、ブルンチェリの「国家論」の翻訳なども ものしたインテリゲンチャだった上、妻の光沢《つや》を、結婚後、桜井女塾や共立女子職業学校へ通学させたような理想主義者だった。明子は物心ついた時は祖母に育てられ、母の通学する姿をながめたのを覚えている。そんな母だから、草平との事件後の明子を再起させるため、「青鞜」発刊に積極的援助を惜しまないだけの理解を持っていたのである。

熱心で、実際家の研子に追いたてられる形で、明子はしだいに「青鞜」発刊への道へはしりこんでいったのだった。

「ああ、やっと終った。部数はどんどんのびているのに、売掛金の回収率が悪いのと、郵便費が馬鹿にならなくて、あんまり黒字にもなっていないわ」

「あせることありませんよ」

研子は、部屋の隅にある土瓶から麦茶をとってきて明子へつぎ、自分の湯のみにも充たした。いつもは、誰か社員が二、三人は集り、未知の読者が訪れたりするのに、今日の暑さに出足がすくんだのか、珍しく閑散としている。

「ほら、またこんなに脅迫状が来ている」

明子は束にしたはがきや封書を片掌にのせてみた。単なる文芸雑誌を発行するつもりで始まった「青鞜」が、一年たらずの間に、いつのまにか、女性の解放運動のような使命を持った感じがしてきた。いつからとははっきりいえないほど、それは自然にそういう形になっている。少くとも雑誌に「もの」を書いて発表しようなどという若い女たちが、すでに発表したい何かを自分に持っている自我のある人たちであったことが原因といえるだろうか。男のかげにかくれ、家のかげに身をひそめ、自分というものを一切外へ出さないのが女の美徳とされていた時代に、親や夫や、姑《しゅうとめ》とのいざこざを、平気で文章にして発表したり、大胆な恋愛小説や人妻の恋の歌などをぬけぬけと書くということが、もうすでにこれまでの常識や道徳の枠内からははみでていた。その上、「青鞜」の女たちは、女だけの集りにも酒やビールをのむというので、世人をあっけにとらせた。同時に「青鞜」の発行とほとんど時を同じくして起った新劇の活潑《かっぱつ》な活動から、ノラやマグダのような、旧来の既成道徳では許れない女性像が紹介されたため、その賛否両論の活潑な批判が「青鞜」の「新しい女」への批判と混同されてしまって、男に従順でない「行きすぎた困った女たち」というような観方を一部につくってしまった。その上、若い女ばかりの集りということへの低級な好奇心からさまざまな卑猥《ひわい》な臆測がされ、無責任で、でたらめな噂だけが流されてきた。

最初は至極無邪気に集った社員たちも、自分たちの一挙手一投足が、たちまち世人の意地悪い目に捕えられ、思いもかけない悪質のゴシップやスキャンダルにでっちあげられていく過程で、しだいに目覚め、今更のように、女の地位や力が現実の社会では一向に認められていないという事実を認識させられてきた。勢い、社員の言動は、挑戦的になり、自衛本能から、同志的な愛情に結束を固め、自分たち女の置かれた不当な位置をくつがえし、本来の尊厳を奪回するためあらゆる非難にたちむかい闘う意志を強めたのだった。

そんな時、いっそう、世間を刺戟し、誤解を招く事件がたてつづけにおこっていた。「五色《ごしき》の酒事件」であり、「吉原登楼《とうろう》事件」であった。二つとも、今年の春新しく社員に加入した尾竹一枝がからまっている。尾竹一枝は、「青鞜」で紅吉《べによし》と号していた。大阪在住の文展画家尾竹越堂《えつどう》の長女で、女子美術入学のため上京し、上根岸に住む伯父の文展画家尾竹竹坡《ちくは》の家に寄寓《きぐう》していた。女子美術は中退し、伯父の家に出入りする青年画家や白樺《しらかば》派の文人たちと交り、粋人《すいじん》の遊び人として名の通っている竹坡の寛大な監督の許に、当時の娘としては最大限の自由を享受して、暢気に我ままに暮していた。竹坡夫人のもとへ届いた「青鞜」の勧誘状をみて、その存在を知り、自分から「青鞜」に近づいて入社した。

人並より大柄な体に、まるで童女のようなナイーヴな心をのこしている十八歳の少女は、しゃれた薩摩《さつま》の紺絣《こんがすり》のお対《つい》の上下を少年のように爽やかに着て、伯父の釣鐘マントを羽織ったりしていた。愛に恵まれすぎて育ったため、愛情に人一倍敏感であり貪欲だった。大きな体に似合わず、異常に傷つき易い繊細な病的な神経を持っていた。子供のような甘ったれぶりを、厭らしいとそしる者もあったが、編集部では、一枝の個性は、珍重され、その怪しげなアンバランスな言動も面白がられて好意的に迎えられていた。

一枝は、明子の美貌と才智に一目で心を奪われてしまった。この当時の女学生間には、レスビアンラヴの傾向は、一種の流行のようになっていたらしく、この年の正月、新聞の懸賞小説に当選した田村俊子の「あきらめ」の中にも、レスビアンラヴの官能的な描写が堂々と描かれていたりした。

一枝の情熱的な傾倒に、明子も充分応えてやり、ふたりは誰の目にも完全な同性愛の一対に見えた。

男女の恋が不倫なものとして世間のきびしい目の中で禁じられていた中で、女同士の同性愛がさほど異常視されなかったのは、男女の恋を肉体的なものとしてしか捉えられなかった当時の道徳観念の盲点を同性愛がついていたからだろう。「青鞜」の中でも、明子と一枝の同性愛は公然としていて、そのこと自体では格別社員の非難も受けなかったのである。

《「見せて、見せて、ね、みたい」

私の心は震えた。紅吉は恋のために、ただ一人を守ろうとする恋のために、私の短刀で私の知らぬ間にある夜ひそかに我とわが柔らかな肉を裂き、細い血管を破ったのだ。私は何でもそれを見なければならない。

長い繃帯《ほうたい》が一巻一巻と解けてゆく。二寸ばかり真一文字に透明な皮膚の切れ目からピンクの肉がのぞいている。もう血は全くでてない。私は腸《はらわた》の動くのを努めて抑えた。そしてじっと傷口を見詰めながら、まっすぐに燃える蠟燭《ろうそく》の焰《ほのお》とその薄暗い光を冷たく反射する鋭利な刀身と、熱い血の色とを目に浮べた。

「なぜこんなことをした」

「もうしまいます」と手をひっこめる。

「あなたは私を呪《のろ》ったんだ。あのロシヤの少女の」私は不安の中にたわむれた。

「呪う、呪うなんて」

「血はどうしたの、すすって仕舞《しま》った」

「とってあります」

傷口は石炭酸で消毒された。私はもとのように心を入れて繃帯した。……そうだ。そうだ。八日目の夕。ふたりの記念すべき五月十三日から数えて。私の心はまたあのミイチングの夜の思い出にみたされた。紅吉を自分の世界の内なるものにしようとした私の抱擁がいかに烈《はげ》しかったか。私は知らぬ。けれど、ああまでたちまちに紅吉の心のすべてが燃えあがろうとは、火になろうとは――（略）》

こんな文章を明子自身が随筆として発表するほど、ふたりの仲は公然としていたし、彼女たちは同性愛を恥とも考えていなかった。

元来、平塚明子は、王朝の貴女を連想したくなるような上品な端麗な美貌の持主だった。やや浅黒いきめのこまかい素顔に、鳶色《とびいろ》の目が大きく涼しく切れ、形のいい鼻筋の爽やかさが冷たくみせるのを、燃えるようなやや大きめの厚い唇がふせいでいた。たっぷりあまる黒髪を広い額の真中から分け、それを三つ編みにして首筋ひくくまとめている。無造作なその束髪が、知的で静的な明子の容貌に最も似合っていた。軀は小柄だけれど均斉がとれていて腹部から腰の線に、牝豹《めひょう》のような思いがけない精悍《せいかん》さがほの見える。肩から胸にかけてきゃしゃで、薄く少女めいた印象が残っているのが、どこか明子を清純な感じにも見せている。男でも女でも、一目で、そのすがすがしい容貌に魅せられるものを持っていた。学生時代人知れず参禅に凝り見性《けんしょう》したせいで、いつでも姿勢がよく、美しい瞳は物に動ぜず臆せず、まっすぐ相手の目にそそがれる。

そんな明子を中心にして集ってくる若い娘たちは、多かれ少かれ、明子の外貌《がいぼう》からくる人間的魅力に惹かれ、同性愛的な親愛感を抱いていた。花園の中の向日葵《ひまわり》のように、明子はいつでも多くの花々に仰がれながら、自分は理想の太陽を追ってひとり高く首をあげていた。

一枝の紅吉は、そんな明子に激しい異常なほどの恋情を抱いて「青鞜」に通っているうち、広告取りを自分から引き受けて、日本橋の小網《こあみ》町のカフエ「メーゾン・ド・鴻《こう》の巣《す》」へ広告取りに出かけた。

「鴻の巣」は、パンの会の文士や芸術家のたまり場になっていて、紅吉は、遊び仲間の文士と訪れ、主人とも顔見識《かおみしり》だった。その夜、主人は紅吉を慰めるために、目の前で五色の酒をグラスにそそいでみせた。何のことはないカクテルの一種で、リキュウル、ペパアミント、マラスキー、ヴァニラ、コニャックを比重の重い順に注いだもので、赤、青、白、緑、とび色が五段の横縞《よこじま》になってグラスを飾る。紅吉はその鮮かな色彩と魔法じみたカクテルに魅せられ、虹《にじ》をのむように一気に咽喉《のど》に流しいれた。

何事にも子供のように好奇心が強く、子供のように感じ易い紅吉が、誰彼となくつかまえて、五色の酒をのみほしたと大げさに吹聴《ふいちょう》した。それはたちまち口から口へ伝わり、いつのまにか、「新しい女が五色の酒に酔いしれている」というセンセーショナルな見出しになって、あられもない女たちという印象でジャーナリズムを賑わしてしまった。

またそれから、何ほどもたたないある日、紅吉の伯父の尾竹竹坡画伯の家に、明子と中野初が訪れた時、竹坡は、三人の若い娘たちを相手に、機嫌よく酒をのんでいたが、興がつのって、

「お前たち、女性の解放なんて大きなことをいっていて、吉原の女郎たちの生態も知らないじゃ話にならない。どうだ、これから見学につれてってやろうか。いっしょに行く勇気があるか」

というような話になり、娘たちは、軽い好奇心と興味半分から、この通人《つうじん》の画伯にくっついて吉原見学に出かけてしまった。竹坡の上りつけの吉原大文字楼へ上り、竹坡のひいきの栄山という女を呼び、他愛もない話をして、何時間かすごし、その夜は帰ってきた。

ところがまた、この事件も、紅吉の無邪気で大げさなおしゃべりから、男友達の間にたちまち広がった。同じ町内に住んでいた東京日日の新聞記者、小野賢一郎の耳に入ったのが運の尽きだった。小野はたちまちそのゴシップを面白おかしく脚色して、三流新聞に流してしまったのである。

今や、「青鞜」の「新しい女」は、五色の酒をあおり、吉原に上り、男も顔まけの遊《ゆう》蕩《とう》をするというスキャンダルが湧き、良風破壊の不良女性たちの集団のように非難が集中してきた。

それ以来、編集部の机上には「青鞜」や明子を非難する抗議文や脅迫状が続々と集り、同時に男のすることを女がしてなぜ悪いという愛読者たちの激励の手紙が舞いこむなど、騒ぎが大きくなってしまった。

いずれにしろ、たまたま重なったこんな事件のため、「青鞜」の名はいやが上にも有名になり、部数はまだ上昇をつづけているのだ。

おばさんというニックネームのある堅実派の保持研子は、こんな風評をまねいたのは、社員に軽率な行動があったからだと批判し、紅吉はじめ明子も、研子から相当強硬にたしなめられている。たまたま紅吉が軽い肺疾患にかかり、茅ケ崎《ちがさき》の南湖院《なんこいん》へ療養にいったため、編集室には自然に、昔の静かさがかえってきた。

研子もこの編集が終ると、すぐ南湖院へゆくことになっている。もともと研子の方が南湖院には旧い患者で、今でも院内の林の中に一軒家を借りていて、夏は病院の手伝いなどしていたのだ。

郵便物の束を二つに分け、互いに読み捨てているうち、明子が、上気した顔をあげて、今読み終った封書をさしだした。

「これ、読んでみてやって。なかなかしっかりしてるじゃありませんか」

切手を三枚も貼った、しっかりした男のようなペン字の分厚い封書だった。裏には、

「福岡県糸島郡今宿村　伊藤野枝」

と書いてある。

「九州の子なの」

「いえ、今は東京にいるらしいの、中に東京の住所があります」

日に何通かは、主宰者の明子あてに身上相談の手紙が来る。そういう手紙には馴《な》れている明子も研子も、伊藤野枝という未知の少女の今日の手紙には少からず心惹かれた。家族の無理解から、気の進まない結婚を余儀なくさせられた娘の一途な反抗心と悶《もだ》えが、なまなましく熱気のこもった文章で綴られていた。

「まだ十七、八らしいけど、ずいぶん、しっかりした頭で理路も通っているでしょう」

「文章もなかなかりっぱよ」

「こんな頭のいい、しっかりした少女は何とかのばしてやりたいわ」

明子は、その場で返事を書き、とにかく一度遊びに来るようにいってやった。

平塚明子の達筆の手紙を受けとった朝、伊藤野枝は、まだ三畳の寝床の中で本を読んでいる辻潤の所へ駈けこんでいった。

「来ました！　返事が来ました」

「だから、いったじゃないか、読んでごらん」

辻潤は大して愕いた顔もせず薄く笑っていた。野枝にらいてうあての手紙を書かせたのは、辻自身だったのである。どうせお嬢さんの道楽仕事だ。三号雑誌で終るだろうと噂されていた「青鞜」の着々とした出版ぶりに、辻潤は発刊当初から懐《いだ》きつづけている好意をいっそう深め、心の中で応援している。近頃のあんまり名誉でない噂も評判ももちろん耳に入っているけれども、ジャーナリズムの記事の出所のからくりを識っている辻潤は、そんなことで彼女たちを見損うことはなかった。まだ出奔《しゅっぽん》したままの状態で、一向郷里との話合いがつかず、そろそろじれてヒステリックになりかかっている野枝の目を、自分以外の外部にむかって開かせてやる必要を感じ、思ったままをらいてうに書き送るようすすめたのだった。

辻自身はあれ以来、さっぱりと止《よ》してしまった学校へは出ず、終日、好きな読書三昧にふけり、少しずつロンブロゾオの「天才論」の翻訳をすすめていた。野枝ひとりの食いしろくらいはどうということもないけれど、定収入の入らなくなった辻の家計はたちまち窮乏にひんすることは火をみるより明らかだった。

野枝が来て三カ月めに入ったこの頃では、もうわずかな貯えも底をつき、辻の書棚から二冊、三冊と書物が消えている。母のミツが風呂敷《ふろしき》包《づつ》みをかかえて、こっそり質屋へ通うのも辻は見て見ぬふりをしていた。目の前に迫ってきている一家の経済の破綻《はたん》に無関心というのではないけれど、一度禁を解き味わってしまったこの無際限に自由な自分の時間の貴重さ快さは、辻に他のことを考えさせるゆとりを与えなかった。

なるようになるさ。いくところまでやるさ。

辻は、そんな時もスチルネルの思想を刹那《せつな》主義《しゅぎ》的《てき》エゴイズムに結びつけ、もう少しこの窮乏の底をみとどけてやろうと、居直ってみるのだった。

けれども野枝は辻の愛撫に溺れれば溺れるほど、辻に結びつけられていく自分を感じ、未解決な郷里の結婚話が苦痛になってきた。同時に目に見えて底をついてくる辻の家計の現状にいたたまれないような遠慮と後《うしろ》めたさを感じるのだった。辻の母も妹も、まだ野枝に対してどこか他人行儀なへだたりと見栄をのこしていて、窮乏を露骨にはみせまいとしているけれど、かえって野枝は身を切られるような気分になる。辻の失職の原因が、直接には自分のためと思うと、やはり、この家の窮乏の責任の一端は自分にあると思われるのだ。

辻にすすめられ、それから五、六日後、野枝は万年山へ明子を訪ねていった。

はじめて野枝に逢った明子は、一見十六くらいにしか見えない小柄な子供っぽい野枝の感じに、この可愛らしい少女があのしっかりした手紙を書いた少女と同一人かと愕かされた。

野枝は無邪気ないや味のない態度で、悪びれず熱心に、自分の窮状を訴えた。今、世話になっている家が、女学校の教師だった辻潤の許だということも、辻が野枝のため失職したということもかくさず打ちあけた。けれども、辻と自分の肉体的な関係についてはさすがに黙っていた。明子はそこまで聞きながらも、野枝の一見子供っぽい印象と、辻の年齢から、ふたりの関係をそういう形では想像することもできなかった。逢ってみて野枝の聡明さと、ひたむきな向上心をよりたしかめた明子は、こういう少女こそ、「青鞜」で育て、立派に才能の可能性をひきだしてやらなければならないという、使命感のようなものを感じた。野枝の立場が決して野枝ひとりのものでなく、まだまだおくれている日本のすべての女の、社会的な位置と封建的な旧道徳の誤った因襲《いんしゅう》の問題だというようなことを説き、明子は野枝を励まし、力づけた。机の上にたまった同じような悩みを訴えた各地方からの読者の身上相談の手紙の束をみせられ、野枝は奮《ふる》いたった。

「あなたの闘いは決して、あなたひとりの孤独な闘いには終らないのよ。一人のあなたが因襲の束縛から救われるだけでなく、やがては私たち女がすべて、そういう過去の誤った因襲や家族制度の重圧から解き放されるような社会をつくらなければならないのよ」

想像していた以上の明子の美しさと、聡明な口調と、やさしさに感激して、野枝は大喜びで辻の許に帰ってきたのだ。明子との会見を逐一、辻に報告した後で、野枝はまだ興奮のさめやらぬ顔付をして、

「何て洗練されたすてきな人でしょう。あたしだって、いつかはあんなになれるのかしら」

と、うっとりした目つきになってつぶやいた。

明子に励まされたのが動機になり、野枝は必ず、自分で離婚話をつけてくるからと、一応今宿へ発っていった。

いざ帰ってみると、野枝が考えたように話は簡単には片づかなかった。すでに受取って、野枝の使ってしまった学費の返済だけでも、野枝の実家では不可能だという。

叔父も父母も、今更、福太郎に断ることはできないと、しまいには泣いて野枝をかきくどく。困ったことにはこれほどにふみつけられてもまだ福太郎は野枝との結婚をあきらめておらず、帰るなら喜んで迎えるといっていることだった。

「こんな恥しいことをしてくれて、わたしたちは、もう村の衆にも肩身が狭うて、外も歩けない」

母に泣かれるのが一番やりきれなかった。

野枝は連日の家族との論争に疲れはて、気も狂いそうな感じになった。いっそ自分ひとりがあきらめて、死んだ気になって嫁ごうか——そこまで思うと、辻への恋慕が猛然と身うちに燃え上ってきて、そんな想いをうちくだいてしまう。三カ月の同棲《どうせい》の重みが、別れてきてみて、今更のように野枝にひしひしと感じられる。自分がもはや心身でしっかりと辻に結びつけられていることを感じた。あれほどの犠牲を払ってまで自分への愛を貫いてくれた辻を裏切ることができようか。東京へ逃げようにも、今は一銭の金も持たせられないし、監視されている。

野枝は思いあまって平塚明子あてに、くわしい経過を知らせ、このままだと自分は死を選ぶしか道はないと、切迫した調子で訴えた。

野枝の手紙を受取った明子は、今更のように愕いた。みるからに勝気そうな、野性的な情熱をむんむんあふれさせていた野枝を思いだすと、激情にかられ、自殺しかねまじい気もしてくる。不安にかられ、明子はその足で思いきって辻を訪ねていった。辻に、野枝の現状を知らせ、辻の意見も聞き、相談したかった。

ようやく訪ねあてた家に辻は留守だった。明子はミツに来意をつげ、名刺を置いて帰ってきた。

その翌日は、明子は辻の訪問をうけた。初対面の辻に明子は、すぐ好意を感じた。気の弱そうに見える一面、辻はいかにも繊細な神経質な感じのする、どこか粋で渋味のある青年に見えた。ちょっとしたことばの端々《はしばし》にも、並々でない教養がうかがえるし、言葉にも物腰にも、いかにも江戸の下町育ちらしい小粋さがうかがわれ、同じきっすいの東京人の明子には、たちまちことば以外の何か通ってくるものがあった。辻の方でも明子に深い理解と好意を抱いているのが明子には感じられ、いっそう辻に初対面とは思えない友情を感じることができた。こんな保護者イコール恋人を持った野枝は幸せだと明子は感じた。辻が野枝をどれほど大切に思い、そのまだ海のものとも山のものともわからない才能の芽に期待と抱負を持っているかということも、明子は辻との会話から汲みとっていた。辻が経済的には底をついているという打明け話も明子はさっぱりした気持で聞いた。

「とにかく野枝さんを東京へ呼んでやりましょう。旅費ぐらいは私の方で何とかします。また、東京へ帰ってからの野枝さんの仕事のことも何とか考えてみましょう」

明子は力強く辻に告げ、辻の協力も需めた。

八月に入って明子からの旅費を受取った野枝は、ようやくそれで故郷を脱出することができた。ふたたび辻の胸に抱きとられ、野枝はもうどこへも行くものかとしゃくりあげた。

帰郷中の野枝の態度から、その決心の固さをみてとった野枝の周囲の人々は、今度こそはもうあきらめたらしく、ようやく福太郎との仲を破談にした。どんな形で使った金を返済したのか、野枝はその方法さえ訊かなかった。

いよいよ辻の家に辻の妻の位置で落着いた野枝は、日と共に家計の窮迫の底をついてくる不安の中でも、新婚らしい幸福に酔い、当分は世の中で辻以外は目にも映らなかった。

平塚明子は茅ケ崎へ紅吉の見舞かたがた避暑に行っており、保持研子も南湖院へアルバイトかたがた移っていて、「青鞜」編集部はそっくり茅ケ崎に移ったかたちだった。

野枝が黒衿かけた着物に丸髷《まるまげ》を結い上げ、辻潤の尺八に三味線を合せたりして、心身ともに蜜月に酔いしれていたその夏は、明子にとってもまた、宿命的な恋の相手奥村博《ひろ》史《し》にめぐりあうという、劇的な、華《はな》やかな夏でもあった。

奥村博史は一八九一年(明治二十四年)生れで、平塚明子より五歳年下の、この年数え年二十二歳の青年だった。青年というより紅顔《こうがん》の美少年といった方がふさわしい風貌《ふうぼう》で、色が白く、目がやさしく、どこか女性的な感じの、女好きのする顔だちをしていた。明子が物心ついた頃から応接間に下ったシャンデリアのきらめきや、父の書斎の金文字の光る皮表紙の洋書などを見馴れて育ったのとは対照的に、藤沢の土蔵のあるむやみに広大なくらい邸の中で、祖父のような年齢のもうすっかり世の中から隠遁《いんとん》した気の父と、おとなしい母と三人で、ひっそり暮していた。ひとりっ子の博史は小さい時から異常に神経の繊細な子で、肉類は体質が一切よせつけず、小さな菜食主義者だった。おかっぱ刈りのせいもあって女の子とよくまちがえられるような博史は友だちもほしがらず、土蔵の中の長持の中につまった広重や春信の版画を見飽きなかった。版画に飽きると、家の近くにある廓へこっそり遊びにいく。そこには大和屋、蔦屋《つたや》、松坂屋、三浦屋などという廓が軒を並べていて、白粉《おしろい》くさい宿場女郎たちは争って可愛らしい博史を抱きあげ、白い頰をおしつけてくる。女郎の手から手へ渡っていく時、幼い博史の手がはだけた女郎の長襦袢《ながじゅばん》の胸からあふれるゆたかなものに、ふと触れることもある。女の子のようだといわれつけて育った博史は、それを恥しいとも思わず、同年輩のいたずらの激しい荒々しい少年たちと遊ぶのがかえって怖かったし嫌いだった。

　小さい時から、自然の美しさに敏感で、花が咲いた、木の葉がゆれる、自分の指がこんなに動くなどと、不思議がったり感動したりして、すぐ涙ぐむ。小さな虫一匹殺すこともいやがり、人がそんなことをしているのを見ただけでも大声をあげて泣きだしてしまうような子供だった。

「坊主にした方がいいかもしれない」

　老父はそんな博史をみてつぶやいていた。老父にはもう収入というものはなかったけれど、父の言い分は、

「別に働いてもらわなくてもいいけれど、あるものをなくさないくらいにはやってくれ」

というのだった。少年時代は、生れついての美貌がいよいよ美少女めいた美しさになり、上級生や、家に宿泊した若い将校に熱烈に想いをかけられるという経験が多かった。

　中でも近くの郡長が年甲斐《としがい》もなく息子のような博史の美貌に迷い、後見者きどりで家庭に近づいたあげく、祭りのある日、ついに手込めにしてしまうという事件があった。

老いた両親は、そうした事情を知らないまま、郡長のような力強い後見が身寄りの少い博史の将来には有益だと喜んでおり、需められるまま郡長一家に広い邸の一部を貸し与

えてしまった。

　夜になるとしのんでくる郡長の同性愛の厭らしさに博史はどうにもがまんがならず、ついに自分名義の貯金をおろして、着のみ着のままで上京してしまった。

　絵画《えか》きになることがすでにその頃の博史の希望として宿っていたので、画塾に通いながら、気ままな下宿住いの青春を楽しんで暮した。博史の家出で、ようやく真相を識った老父母と郡長は気まずくなり、また広い邸には老人だけがひっそりと住む生活が返ってきた。

　甘やかされいたわられすぎて育った博史は、荒々しい世間の生存競争に立ちむかっていくといったような男らしい野心や、闘争心は全くなかった。夢のような芸術への憧れにみたされ、絵をかくことと、前田夕暮《ゆうぐれ》の「詩歌」の同人になって、歌や詩を作っていれば満足していた。中学時代からの初恋の少女が、鎌倉で胸を病んでいるのも、博史には心の傷になるより、調和のある理想の美的生活の、彩《いろど》りの一つのように感じられている。

　そんな博史が夏をしのぎに帰っていた父の家から、八月も中旬すぎたある朝、鎌倉の少女を見舞うつもりで藤沢駅へ出かけていった。待合室で、博史はふと、窓際に立って煙草《たばこ》を吸っている自分より二、三歳年上らしい和服の青年の手に視線を奪われた。青年が持っている真新しい雑誌の表紙に「朱欒《ザムボア》」の字が読めたのだ。北原白秋の主宰するその詩の雑誌は、文学青年の博史には見逃せない新鮮さで目を射た。

まだこのあたりの本屋では発売されていない最新号なのに気づくと、子供のようにこらえ性のない気持で、その中が見たくなってきた。ベレーをかぶったいかにも文学青年らしい長髪の美青年の博史が、いきなりその青年に声をかけた時、男は愕きもせず、

「ああ、これ？　どうぞ、ぼくは見てしまったから」

とあっさり雑誌を渡してくれた。博史が息をつめて頁をめくっている横で、男は生あくびをかみしめながら、

「この近くに朝飯くわす家しりませんか。三浦屋からの朝帰りで、腹ペコなんだ」

と訊いた。雑誌をみせてもらった手前、むげにはできず、博史は駅前の小料理屋へ案内して、おそい朝飯をおごった。男はさっぱりした態度で打ちとけると、名を訊こうとも名乗ろうともしないで、

「きみ、これから、南湖院へいっしょにいきませんか。女友達を見舞いにゆくんだけど。ちょっと変り種の女たちがいて面白いよ」

と誘った。博史は男のどこかのんびりした雰囲気に誘いこまれると、まだ建物を望見しているだけの南湖院の白堊《はくあ》のロマンティックな全容が魅力的に浮んできた。

「いってみようかな」

「いこうよ。どうせ遊んでるんでしょう」

若いふたりはそのままつれだって茅ケ崎行の電車に乗りこんでしまった。男が、「朱欒」を発行している東雲堂《しののめどう》の主人西村陽吉だということを、この時、博史はまだ識らなかった。

西村は「青鞜」の発行を九月から引き受けることになっていたので、その相談をかね、茅ケ崎に来ている平塚明子を訪ね、ついでに紅吉をも見舞うつもりだったのである。ほんのその場の出来心でつい、朝飯をおごってもらった美しい文学青年を誘ってみたにすぎなかった。

南湖院の白ずくめの壁の応接間は、あけ放った窓から涼しく潮風が吹きこんできて、レースのカーテンをふくらませていた。

部屋の真中のテーブルには、五十センチくらいの松の盆栽が枝をひろげていた。西村陽吉の後からはにかんだ微笑を白い頰に漂わせて奥村博史はその部屋へ入った。いきなり目に入った松の鮮かな緑の向うからすっと立ち上った女の顔が真正面から博史の目に映った。切れ長な大きな目の鳶色の瞳がひたと博史の目にあてられまばたきもしない。博史は電気に撃たれたような気持になって一瞬身じろぎもしなかった。それはまばたくほどの短い時間だったのかもしれないけれど、博史には数分もの時間、じっとふたつの目に射すくめられたような感じがした。女の容貌やスタイルが目に映ってきたのは、その部屋に入ってよほど経ってからのような気がした。

西村に紹介され、博史はようやく平塚明子というその女の外に二人の女がいたことに気づいた。保持研子という肥った、片目のちょっとおかしい女も、男より大柄なくせに色の黒い童顔の妙に甘えたしなのある尾竹一枝という女も、博史の目からたちまちかき消えてしまった。いっしょに来た男が西村陽吉という名なのもこの時はじめて博史は識った。

「きみ、何て人だったっけ、まだ聞いてないや」

西村にいわれて、博史もはじめて、

「奥村博史です」

と名乗った。尾竹一枝がけたたましい声をあげて、軀をゆすって笑った。明子はまだ博史をみつめたまま、薄く唇の端をあけただけだった。

博史はその微笑しか目に入っていなかった。モナリザそっくりだと、心に叫んだ。いや、ヴァンディックのオランジュ公と許嫁《いいなずけ》の絵にあるプリンセス・マリイに似てる。そうだ。ボッティチェリイの女の顔もこのタイプだ――

博史は平塚明子のすがすがしい美貌に文字通り一目で魂を奪われてしまった。

明子は他の二人より小柄だったけれど、一番堂々とした感じを持っていた。思いきってあらい滝縞《たきじま》の浴衣《ゆかた》に薄はなだ色のカシミヤの袴を胸高にきりっとはいていた。

その日は、とりとめのない話をして博史は病院を辞した。

世間知らずの博史は、文学青年の端くれと自認しながら、あれほど世間を騒がせている「青鞜」とか「新しい女」には全く興味がなく、今日、逢ったモナリザのような女が平塚明子と聞いた時でさえ、「青鞜」の主幹の平塚らいてうと結びつかなかったくらいだった。もちろん、数年前の森田草平との心中未遂事件など全く識らなかった。この日逢った明子は博史にとっては、何の背景も、肩書もない、ただ、名画の中からぬけ出してきたような、博史の夢に描いていた理想の女の俤を具えた女人《にょにん》であるにすぎなかった。その日に、もう鎌倉の少女を見舞う気も失《う》せて、家に帰り、瞼の中の明子のイメージをスケッチしたりして日を暮してしまった。

博史にとってこれほどショッキングな感動を与えた、明子との出逢いは、明子にとっても、かつてない異様な胸騒ぎと共に残された。明子はまだ二十六歳の今日まで、本当の恋というものにめぐり逢ってはいなかったのだ。草平との事は、禅で見性した直後の異様にいきいきとはりつめた心が、あらゆる世間の現象に対して好奇心の網をはりめぐらしているそんな状態の時、向うからとびこんできた事件だった。最初の草平の恋文を手にして以来、明子は心情では少しも燃えないこの恋愛事件を、頭の中で組みたて、恋人らしく振舞うことに興味を持った。要するに口では何といっても、育ちのいいプチブルの箱入娘が、観念的に知っている恋愛の幻影に憧れ、恋の実体を肌身を汚さない程度に覗いてみようとした幼稚な試みの冒険にすぎなかったのだ。その後、明子は禅寺で識った若い僧に、自分から誘惑した形であっさり処女を与えている。その男に恋をしているのでも、その男の肉体に惹かれていたのでもなかった。そのことも、観念的に想像する性の扉の奥を一思いに覗いてみようという、好奇心を制御できなかったというだけにすぎない。美しく才智に輝く明子は、どこにいっても熱烈な崇拝者の瞳に迎えられることに馴れていた。男も女も、明子を見た者は、たいていの者がその静的な知的な美しさに魅せられる。崇拝者の目に馴れている明子は自分の心が動きだす前に、彼らが自分に吸いよせられてくる心の動きが掌をさすように見え、そのためらいや、恥らいや、迷いや、嫉《ねた》みの心理の綾を、冷たい目で見透すことに興味を覚えていた。恋をし、心を奪われることは、ことに相手が男である場合は、女は精神的にも肉体的にも男の隷属物になってしまうような気がしてならなかった。自我を失わないで熱烈な恋ができるなら……他に奪われることなく、他を奪いつつ恋に酔えるなら……そんな恋愛の幻想を明子は抱いていたのかもしれなかった。紅吉の愛を受け入れることで、明子は精神的にも肉体的にも何ひとつ失うものはなかった。愛の場合、与えることは、失うことにはならなかった。けれども、一口に言えば、明子が二十六歳の今日まで、まだ本当の恋の相手にめぐりあっていないというのが本当だった。相手を動かしても、明子自身はまだ男から真に心を動かされた経験がなかったのだ。

奥村博史を見た後の明子の心には、全く思いがけない心のざわめきがのこされた。明らかに相当年下の、まだ一介の画学生にすぎない子供っぽい美少年から、明子はかつて覚えのない不思議に甘美な心の動揺を感じさせられた。

これまでのほとんどの男や女たちのように、一目で明子の美しさに魅せられた相手の愕きは読みとれたけれど、博史のように、裸の目で、その感動をみずみずしく表わしたものには出会ったことがなかった。紅吉の子供っぽさとかナイーヴぶりとはまたちがう、もっと、嬰児《えいじ》のような純な清らかな目だと明子は思った。と思ったのは、よほど後のことで、明子もまた博史と目を合わせた瞬間、博史から伝ってきた電流のようなまぶしい震えが全身を激しく熱く走りぬけていくのに茫然《ぼうぜん》と我を忘れたというのが正しかった。気がついた時は、明子は無性にあの美少女めいた青年のすべてを、自分の中にしっかりと捉えこみたいという渇きを覚えていた。咽喉のやけつくような、細胞のむず痒《がゆ》いようなそんな全身の渇きの覚えもまた、二十六歳の今日まで明子には未知のものであった。

ふたりの宿命的な出逢いの一瞬を、当人たち以上に敏感に正しく把握した者がいた。博史が応接間に入ってきた瞬間から、明子の表情に瞳を釘《くぎ》づけにさせて息もひかえていた紅吉だった。

その翌日、博史は思いがけない手紙を受けとった。差出人は尾竹紅吉と記されている。

《不吉の予感が私を襲って、私は悲しい、恐ろしい。そして気遣わしいことに今ぶつかっているのです。それがはっきり安心のつくまであまり面白くもない生活を送らねばなりますまい。そして幾日かののちに私は生れて来るのです。だがそれまで私は淋しい、私は苦しい。

平塚がぜひあなたに来るようにと、そして泊りがけです。待っています。いらっしゃいまし。

紅吉》

何のことやらさっぱりわからなかった。博史は明子に気を奪われて紅吉のことは男のように大柄で、童顔の、甲高《かんだか》い妙な声ではしゃぐ変な女だったとしか覚えていないのだ。頭がおかしいのかもしれないと思ったが、手紙の最後の文句だけは心にのこった。

それから三日ほどして、博史はまた南湖院を訪れた。まさかあの紅吉の手紙が、嫉妬の苦しまぎれに、怖いものを早くみたさの心理で、明子にも内緒でよこしたものだなど、博史は夢にも想像しなかったのだ。同性から理不尽な手ごめにあったり、言いよられたりした経験のあるくせに、博史には女の同性愛というものが想像もつかなかった。

明子から初対面の日、「青鞜」一周年記念号の表紙絵を描いてくれと言われたのを理由にして、博史は描いた絵を持って出かけた。

その日は、保持研子の新しい恋人も来合せていた。夕食後五人で船遊びに出た。馬入《ばにゅう》川《がわ》を船で上り月見をして帰った時には、もう上り終列車がとうに発車していて博史は藤沢に帰れなかった。

その日一日、紅吉が異様に興奮してはしゃいだりふさいだりしていたけれど、博史は明子との会話に夢中で、紅吉からもらった手紙のことさえ忘れていた。紅吉の泊りがけでという手紙の予言通りの結果になって、その夜、博史は南湖院に泊ることにした。研子が借りている庭の奥の林の中の一軒家が博史に明け渡された。研子は病院の空部屋に、明子は海岸に借りている漁師の家の離れにとそれぞれ別れていった。その夜の深夜近く、急に雷鳴が鳴りとどろいて荒模様になってきた。博史が眠れないままに輾転《てんてん》していると、戸口に女の声がする。明子が提灯《ちょうちん》をさげ、後に漁師の妻をしたがえて入口に立っていた。

「あんまり雷が烈しいので、もしかしてお休みになれないんじゃないかしらと思うと何だか心配で……お迎えに来てしまいましたの……」

博史は雷が別段怖《おそろ》しい性ではなかったけれど、もちろん深夜の明子の出迎えに喜んで従った。写生用の絵の荷物をとりまとめて、明子の後から家を出たとたん、いきなりばりばりっという烈しい雷鳴が鳴りわたり、空を裂き稲光りがあたりを包んだ。悲鳴をあげ、いきなり博史にしがみついたのは明子の方だった。まるでモナリザのようにとりすました感じのある落着いた明子の子供っぽい怖がりように、博史は急に明子が自分に駈けよってきた感じがしていとしくなった。

明子の部屋には匂うような真新しい青がやが吊ってあった。その夜、博史は明子の浴衣をきせられた。背丈の高い博史が着るとつんつるてんで、顔だちは少女のように美しくても黒いつやつやした脛毛《すねげ》のはえたたくましい博史の脚がにゅっとつきでてしまう。

明子はそんなことにも涙の出るほど笑い、子供を寝かせるようにして、博史を寝かしつける。需められるままに、博史は自分の家庭や、生いたちについて語った。聞き上手の明子は内気な博史が自分でも不思議に思うほど、何もかも話せる雰囲気をつくってくれる。まだ時々思いだしたように雷鳴は駈けめぐっていたが、青がやの中のふたりには聞えなくなっていた。博史はもう明子がつい二、三日前逢った女のような気はしなくなった。すぐ横に手をのばせば触れるところにくちなしのように匂っている明子の軀がまぶしく、目も頭も冴えるばかりだった。

「眠れないの」

明子はやさしく手をのばし博史の額に手をおいていたが、すっと、かやをぬけだすと青いペパアミントの瓶を持って来た。目をとじていた博史は、唇に柔かなものを感じて、はっと思った時はなめらかな舌が歯を割ってすべりこみ、それと共に、香《かぐ》わしいペパアミントが口中に流れこんだ。むせて博史は咳きこんだ。その背を明子の腕がかかえこみ、重い熱い軀が博史を掩《おお》ってきた。酒はすっかり博史の咽喉に流しこまれていたが、明子の唇はまだ花にとりついた蝶のように博史の唇から離れようとはしなかった。

どうして、明子の下から逃げだしたのか覚えがなかった。

かやの外に坐って震えている博史を、かやの中から明子の声がやさしく呼んだ。

「入っていらっしゃい、もうおとなしく寝かせてあげますから……ほんとにかわいい坊やなのね……」

その頃、博史のぬけだした林の中の家では紅吉がまっ青な顔をして坐っていた。雷が鳴りだした時から紅吉は不思議な予感にさいなまれ、いてもたってもいられなくなってきた。払っても払っても浮び上る幻影にじれて、夢中で病室をぬけだし林の中へ走りこんでいた。

案《あん》の定《じょう》、そこに博史の姿はなく、博史の持物も何もなかった。反射的に夜具に触れてみると、すでに体温さえ残っていない。やはり紅吉を苦しめた妄想《もうそう》は的中していたのだった。その夜まんじりともしないで悶え明かした紅吉が夜の明けるのを待ちかね、明子の家へ駈けつけてみると雨戸が閉っている。漁師の妻が顔をだし、紅吉の血相の変った顔をみておろおろした。ばつの悪そうなそのうろたえ顔をみただけで紅吉はすべてを察した。部屋の中にはかやの中に枕が二つ並んでおり、部屋の隅には博史の絵の道具がそっくり置いてあった。涙がふきあげてくる目で海岸をみると、渚の方から一枚の毛布にくるまって、明子と博史がみずみずしい朝日を浴びながら散歩しているのが見えた。

庭先の真赤なカンナの群が紅吉の目の中で燃え上り、軒の赤いガラスの風鈴が、ちりちりと鳴った。すべてはおだやかで明るい、夏の嵐のすぎ去った朝のぬぐったような海の風景だった。

《これを書く私の手があんまり震えるのを私はただじっと眺めているのです。あれからいつも楽しいこと悲しいことばかり夢見てる私をどうぞときどき思いだして下さい。私の子供を可愛がってやって下さい。嫉妬深い心にも同情してやって下さい。

私の子供(紅吉)はあなたからもう便りがありそうなものだと言っています。私の子供
私は三十日までここにおります。それまでにあなたの絵をぜひ一枚頂きたい。あなたの自画像ならなお好《よ》いのですけれど、こんなこと聞いて頂けるかと心配です。三十日の夕刻までに。私は今日また一日悲しいことを思いつづけなければなりますまい。

この間、南郷の弁天さまの境内で撮った私たちの記念写真ができましたからお目にかけます。海水帽に浴衣がけの男の方は評論家の生田長江先生で、一番右の端にお行儀よく立っていられるのが先生の奥様です。紅吉は坊やのように可愛くとれましたでしょう。ある人は私をロゼッチの女だと言いました。

お便り心からお待ちしております。

八月二十七日　　　　　　　　　　　　　　明》

藤沢へ帰った翌日には追っかけるようなこんな明子の手紙が届いていた。今、天下の視聴を一つに集め、よきにつけ悪しきにつけジャーナリズムの脚光を華やかに浴びている話題誌「青鞜」の、主幹の書いた、これが恋文であった。全国の無数の自我に目覚めつつある新しい女たちから女神のように仰がれ崇拝されている女、かつては妻子ある文学士を死の直前にまで誘いこんだ思いきって大胆な女、女として最高の教育を受け、良

家に育ち、あまつさえ参禅の厳しい修行にまで堪えぬき見性し、一方ではニイチェを論じるほどの知的で男まさりの女、その二十六歳の女が書いた恋文が、何と女学生じみた初々しさに綴られていることか。けれども博史にとっては明子の過去はすべて無縁だった。嵐の夜の青がやの中の奇矯な明子の情熱には臆してついていけなかったけれども、はじめて愛を語りあった年上の姉のように優しい女であるにすぎなかったのだ。博史の目には鎌倉に病を養う初恋の少女の恋文と、明子のそれは大差ない文面だった。

明子がなぜあんな気持の悪い紅吉のような女をそれほどかばったり可愛がったりするのか、博史には一向に理解できなかった。それでもまだ二人を同性愛的な仲だとは思ってもみなかったので、紅吉の心中など思いやることもなく、肖像画も病院に届け、明子に別れをつげると、かねての計画通り、三浦三崎へ写生の旅に発ってしまった。

城ケ島《じょうがしま》の岬陽館《こうようかん》で博史は「詩歌」の同人として識りあった一人の男と同宿した。文学青年の新妻莞《にいづまかん》だった。新妻は博史の許に毎日、日によっては一日に二回もたてつづけに手紙や、食料品や本の小包みを送ってくる女があるのに目をみはった。ましてその送り主が、あの有名な平塚らいてうその人と識った時は、好奇心を通りこし異様に興奮した。初心《うぶ》な、歯がゆいほど世間しらずの博史をすかしたりおだてたりして、茅ケ崎からの一部始終を聞きとると、新妻の胸はこの恋愛事件に対する興味と嫉妬でふくれ上ってきた。

「とんでもない奴にひっかかったね。君は全く子供だから困ってしまうよ。事もあろうに、あんなあばずれ女の玩具にされて、あげくの果《はて》はぽいと捨てられてしまうだけだよ。いったい、きみはあの女の過去を承知しているのかね」

新妻は友情めかした口調で博史をおどしつけ、知っているかぎりの明子の過去のスキャンダルに尾鰭《おひれ》をつけ誇張して聞かせてやった。紅吉との同性愛についても口を極めて悪口雑言した。博史は新妻の言葉を全部信用したわけでもないけれど、新妻の口から出る明子の過去の噂はどれひとつ快いものではなかった。とりわけ紅吉との同性愛に関しては、うなずけないものを感じた。折も折、病的な嫉妬にかりたてられた紅吉は、岬陽館の博史あてに、明子をあきらめないなら、殺すの、死ぬのという常軌を逸した脅迫状をたてつづけに送りこんだ。

「そら、見ろ、だからいわないこっちゃない。こんな不良少女たちとかかわっていたら出世前のきみに傷がつくだけだ。早く手を切ってしまえよ」

紅吉の手紙の不愉快さにすっかり気を腐らせている博史の横から、新妻は鬼の首でもとったように煽動《せんどう》する。博史は明子への思慕は薄れないけれど、紅吉と明子を結びつけた連想の不潔さにはがまんがならず、ついにこのうるさい事件から逃げだそうという考えになった。すかさず、新妻はそんな博史にペンを持たせ、訣別《けつべつ》の手紙を書かせた。

新妻は少くとも天下の平塚らいてうの秘密に関与し、あまつさえ、絶交状を書かせるという事態に、英雄的な興奮を覚えて酔っていた。このドラマの主人公のような気分に支配され、シラノきどりで、名文句をひねりだした。博史は気乗りのしない顔で一つの義務でも果すようにその言葉を文字にした。

《それは夕日の光たゆたっている国のことでした。

その国の、とある海辺の沼に二羽の可愛い鴛鴦《おしどり》が住んでおりました。それはそれは大そう睦《むつ》まじく、影の形とでも申しましょうか、いつもいつも一緒でないことはありませんでした。そして姉の鴛鴦は口癖のように『私の子供』と言っては妹鳥のことを話すほどでした。静かな幾日かが、こうした幸福のうちに流れました。

とある夏の日のことでした。どこからともなく若い美しい一羽の燕《つばめ》がその沼に訪れて来ました。

若い燕には赤い憧れの夢があったのです。いつまでもいつまでも清く美しくありたいという夢があったのです。燕はみずからその夢を覗いて見ては、何よりもの楽しみにしておりました。燕はそれほどに若く、そうしてまた実際美しかったのでした。

すると、その燕の夢の鏡の中に、どこからともなく映った影がありました。この影の何であるかはわからないながらに、燕はその夏の幾日かを姉妹の鴛鴦の沼に来ては共におもしろく遊んでは帰りました。

ある日のこと、みんなして海へ行って帰りが遅くなってしまって、とうとうその沼のほとりに泊ることになりました。

その夜の燕の心にはいろいろの影が落ちました。まるでそと海の嵐のように暴れました。それに雷と稲妻のとてもとても烈しい晩でしたので燕は眠られずにおりましたら、姉鴛鴦が迎いに来て『私の巣に来ておやすみ』と言うのでした。それから燕はそのまま伴なわれて姉鴛鴦の巣まで来てしまいました。そうしてその夜は明けたのでした。

しかし燕はその夜のことをもうよく覚えてはおりません。心の稚《おさ》ない燕には、それを覚えているには余り荷がかち過ぎたのでした。それきり燕はその沼のほとりを飛んでしまいました。そしてとある島に渡ってしまったのでした。そして燕の淋しさは姉鴛鴦から貰う手紙やいろいろの本などに島の秋を慰めておりました。

するとある日のこと突然思いがけなく妹の鴛鴦からてんで見当違いの手紙が舞い込みました。それは燕に宛てた絶交状でした。燕は一度は怒りました。一度は悲しみました。そうしてが、それもいっとき、やがてものを落着いて思わせられるようになりました。そうして黒い沈黙の幾日かがつづきました。

かれこれしているうちに秋も半ばになりました。もの思いの沈黙にばかりふけっていた燕は、もうその頃には昔のままの燕ではありませんでした。過ぎ去った日のエピソードを喜ぶには幾らかおとなになりかけていたのでした。で、時にはこんなふうに考えることがありました。

『さてさてこうした呑気《のんき》な日も一体いつまで続くことだろう。いやいやこんなくだらぬ騒ぎに捲《ま》き込《こ》まれてぐずぐずしている間に、自分の仕事はどんなふうになるのだろう。自分は男だ。自分の仕事が何より大事だ。ことに自分が手を引けば変になった姉妹の仲もまた甦《よみがえ》ろうというものだ』

そしてこのことを長い手紙に書いて姉妹の鴛鴦に送り、自分というものを忘れてもらうように二人に頼みました。

これは考えて見れば陳腐な思想には相違ありませんけれど、何にも増して「自分」が愛《いと》しい燕には、こうして渦の中から抜け出すよりどうにも仕方がなかったのでした。

燕はその当座ばかりでなく、しじゅう鴛鴦のことを思い出さぬ日とてはありませんでしたが、水性の鴛鴦たちはやがて日もなく燕のことなど忘れてしまって『燕とはいったいどこの野良鳥だろう』などと言うようになりましたとさ。

九月十七日　　島を去る日に　　　　　　　　　　　　　H生》

こんな寓話《ぐうわ》を美文調で書いた博史からの絶交状を受けとった時、明子はさすがに後を追うような真似はしなかった。博史への恋情は生れてはじめての能動的なものだっただけに、自尊心は傷つけられたが理由など訊こうともせず、前田夕暮の新刊歌集「陰影」の扉に、

《あれ、あの美しい鳥が燕というのでしたの。けれどほんとうにね、私の知っている、

そうして愛している燕なら、きっとまた季節が来ると気まぐれにでも街中のあの酒屋の軒を訪れることをよもや忘れやしないでしょうね。きっときっとまた季節が来ると》

頁を返すと、裏にまた——

《おしどりが時たま沼の水を濁したからって、どす黒い渦がふいに沼のまん中に現われたからって、何でそれがあの若い燕の艶のいい翅《はね》をよごすものですか。燕はいつまでもいつまでも蒼空《あおぞら》に清い美しい夢を描いていればいいじゃありませんか。

ほんとうにね、私の知っている、そうして愛しているあの燕なら、そうそう小利口な分別《ふんべつ》くさい鳥じゃないはずですが……》

とだけ書いて、城ケ島の博史の許へ送った。

博史からの別れの手紙は、仔細《しさい》にみればみるほど明子には怪しいと見えた。こんな大事を決心したにしては、そういう寓話にかこつけて書くというのがいかにも作為的だし、その文章も、およそしらじらしく美文すぎてゆとりがありすぎた。これまでの博史の素直で、純真で、およそ飾り気のない手紙とは別人のような感じがする。多分にうさん臭さを感じながら、明子はその手紙を紅吉にもみせた。紅吉もまたあんまりあっさり身を退いた博史の態度に拍子抜けした顔で、まるで手品をみせられているような疑い深い目をしてその手紙をくりかえし読み直した。

秋になると博史と明子の短い恋も、そのあっけない終りのいきさつも、ことごとく紅吉の口から「青鞜」の関係者にはたちまち伝わった。

いつものあらゆる噂の伝わった時と同様、紅吉の大げさなおしゃべりがもとになって、その事件の一部始終もまた、外部へ洩《も》れ、ジャーナリズムのいい餌食にされるのに何ほどの日も要さなかった。

いつのまにか「若い燕」ということばが「若い恋人」と同義語として使われるほど、博史の手紙は世間に広まってしまった。

紅吉が何度も脅迫状を出した話なども、とうてい紅吉は秘密にしておけず、自分の口から明子にも人にも伝えてしまった。明子は表面一向に動じない態度を示し、秋と共に「青鞜」の編集に熱意をみせていた。けれどもこの事件で明子が人知れず失恋の苦痛を味わい、生れてはじめて、自分の愛する者に裏切られた苦杯をなめた痛手の深さが、並々でなかったことを識っているのは紅吉だった。紅吉は博史が去っても、もはや昔のような明子の無垢《むく》な愛が自分との間には帰って来ないことに絶望していた。明子が口に出さないまでも、心中、紅吉の軽率な行動を責めていることをも識っていた。夏以前は、全員が紅吉を非難しても、明子ひとりがじれったいほど紅吉の軽挙妄動をかばったのに、秋になってからは、明子の目は紅吉に冷たかった。というより、他の社員並に公平になったというのが正しかったけれど、紅吉はそんな明子の態度を愛の裏切りとしかとらなかった。

病気は治ったものの紅吉の神経の昂《たか》ぶりは異常で、誰の目にも明子と紅吉の間の不穏な空気が感じられた。いたたまれなくなった紅吉は、保持研子のすすめもあって「青鞜」を脱退していった。十一月号の編集後記に書きのこした「群衆の中にまじってから」がその最後の文章となった。けれども個人的には相変らず、明子の書斎や、編集部を訪れ、その交渉は継続されていた。

伊藤野枝が「青鞜」に参加したのは、時期的にいえばちょうど、紅吉の去った後の穴うめのような形になった。紅吉の訣別の辞の載った十一月号に、野枝の例の「東の渚」の拙《つたな》い詩がはじめて顔をみせているし、そのカットは、紅吉の書いたものだった。

辻の家の家計はいよいよこの頃になると底をついてきた。失職して半年あまり経っていたが、辻の翻訳や雑文は予想したほどの金にならなかった。質草も、売るべき本も、もうほとんどなくなっていた。相当のんきで鷹揚な母のミツも、

「いったいどうするつもりだえ」

と、辻にぐちの一つも並べるようになっていたが、

「何とかなるさ、そのうち」

とうそぶくばかりで、辻は一向に金をつくって来ようとする気配もない。実際のところ、辻潤は三十歳近くになって手に入れた今の自分の時間がありがたく、二十四時間をすべて自分の興味のあることだけに自由に使える幸福は、金や名誉で買えるものではないと

思っている。

少しずつ進んでいるロンブロゾオの「天才論」の訳業だけが、今、辻の頭を占めているすべてだった。

野枝は、一家の窮状が迫るにつれ、やはりその原因は自分からだというひけ目があり、肩身のせまい思いをする。かといって、終日そのことにくよくよするには野枝の心は若すぎたし、その軀はあまりに健康だった。小さなくりくりひきしまった軀に若さと情熱はあふれ、貧しさは一向に苦にならない。辻から吸収する知識の豊富さに目くるめきそうなほど心がきおいたっていた。識りたいと思うこと、教えてほしいと思うことのすべては、辻に訊きさえすれば、七の疑問が十二の答になってかえされてくる。その上、辻はあくまで優しく、昼間、知識をおしげなく注ぎこんでくれるように、夜は支えきれないほどの愛を浴《あび》せてくれる。

食卓のものが日と共に乏しくなるのと反比例して、野枝は心身がみちたり、現実の飢えや寒さを忘れていられた。

明子は野枝を紅吉の代りに「青鞜」の編集委員として採用し、野枝には人より多い報酬を支払うようはからってやった。

学生時代、学級新聞をひとりでつくっていた野枝の編集の経験と才能が思わぬところで物をいった。その日から役に立つ編集員として、野枝は先輩たちから好意をもって迎えられた。

想像していた以上に、野枝にとって「青鞜」は居心地のいい楽園だった。

無造作な束髪にして、みなりにもかまわず化粧気もない野枝は、一見、年より二つ三つ老けてみられがちだけれど、そこに集る誰よりも年少だった。その潑剌とした生気と、野性味は、小柄なひきしまった軀にみなぎりあふれ、動作も声も、いきいきと弾ませている。少し馴れるにつれ、小鼻をひろげるような話しかたで、誰とでも熱心によく話し、誰の話にも一番よく明るい声をあげて笑いころげる。知識欲と向上欲に燃えて、野枝の黒い瞳はいつでもせいいっぱいにみひらかれている。手を動かしていても、物を読んでいても、誰の話も聞きもらすまいと耳をそばだてている。そこに野枝がいるだけで、何となく空気に活気がついてくるような、不思議な生気を全身から発散するのだった。

野枝はひたすら、一日も早く「青鞜」の雰囲気にとけこみ、人事のこみいった関係を理解し、旧い仲間らしく馴れようとすることに努めた。ほとんど隔日ごとに、明子の書斎や、万年山の編集室へ出かけていく。その外出がいくばくかの金になるということで、姑や小姑《こじゅうと》の手前も、野枝は遠慮を感じないですむ。

帰ってくるといつでも、机に向っている辻の横に坐り、堰《せき》をきったような勢いで性急にその日の経験を洗いざらい話す。

「やっぱり、平塚さんが何といっても一番すてきだし、人物ね。大きいところのある人ね。そりゃあ、色んな個性の強い人の集りでしょう、年中ごたごた心理的なもやもやもあるわけでしょう。それを平塚さんは、すうっととりすましてるような顔をしてて、ちゃんと裁いているのよ」

「そうだろうね」

「それに、とても、やさしい人だわ。いつでもおそくなると、俥《くるま》のことや電車のこと心配してくれるし、入口まで送ってくれて、気をつけてねって、いってくれるのよ。何でもないことだけど、そうされるととても嬉しいわ。できないことでしょう」

「そうだね」

「とにかく、『青鞜』は今、一つの転機に来てるようよ、五色の酒だの、吉原登楼だの騒がれた、うきうきした甘いムードが、紅吉さんの脱退といっしょに去っていって、何かしら、一つのはっきりした思想みたいなものを打ち出さなければならない段階に来てるような気がするわ」

「らいてうがそういったのかい」

「ううん、あたしが、みんなの話を聞いていて、そういうふうに感じるのよ。それに社員も大幅に入れかわった感じね」

辻は野枝の話しぶりやその内容から、最初は、先輩たちの、あまりに自由な束縛のない言動に、目をみはり、ついていけるだろうかとおびえていた気持が、しだいに彼女たちの雰囲気に馴れとけこむにつれ、自分なりの自信を持ち、早くも先輩たちの中にまじって、自分の椅子を小さいながらも獲得したらしい感じをほほえましく見守っていた。野枝の話しぶりは情熱的で、鼻の上にしわをよせたり、瞳をいそがしく、くるくるまわしたり、大きな薄い唇を時々舌でしめして、活潑に話す。辻はいつでもただ、ふんとか、そうかいとか、短いことばを合の手にはさんでやるだけだった。けれども、

「哥津《かつ》ちゃんて、ほんとに感じのいい人よ。一番好き。ほっそりして、粋できれいで、東京の下町娘のいいところをみんな集めてるの、銀杏《いちょう》がえしがとても似合うの、でも英語もうまいのよ」

などという時は、哥津の父親が明治の版画家としては第一人者で、版画の手法に光と影を入れることに成功した小林清親《きよちか》であることを教え、そのついでに、版画の歴史や、鑑賞の仕方まで話してやる。また、岩野清子が、いつでも丸髷姿で美しく化粧してやってくるといえば、清子の夫の岩野泡鳴《ほうめい》の文学やその思想について語った。

「ぼくは『スバル』の連中に自分が一番近いと感じているけれど、泡鳴は自然主義の連中の中では一番好きなんだ。あれはいいやつだよ」

「逢ったことあるの」

「ないさ。大体ぼくは文士とか学者とかとつきあうのが嫌いなんだ」

それから、泡鳴と清子が同棲を始めた頃、清子が精神的には結ばれても肉体を許さな

いというので、家の表札にも軒灯《けんとう》にも岩野、遠藤とふたりの名を並べて出し、世間ではそれを面白がり、霊が勝つか肉が勝つかと野次馬根性で騒いだというような話もしてやった。

野枝は、辻から聞かされる話のすべてを吸取紙のように素速くたっぷりと吸収していった。外でおこったどんなささいな、つまらない話でも言い忘れていると気持が悪いとみえ、突然、夜なかに目を覚ました時なんかにもせかせかと話しかける。そんな命令も約束もしないのに、辻は野枝の行動や心の動きのすべてがガラス張りの中の物をみるようにのこさずはっきりとわかってくるのだった。

野枝が一番愕かされた人物は、やはり紅吉だった。気まぐれでとっぴで、一瞬も考えが一所に定着していなくて、今いったことを平気でくつがえしたようなことをいう。大へんな嘘つきなのに本人はその嘘を嘘だとは夢にも考えていない。そのくせ、明子始め「青鞜」のすべての人間が紅吉を退社後の今でも気にかけずにはいられない。そんな紅吉は、野枝にも積極的に近づいてきて友情を求めるようなことをする。親しくなってしまうと、ふた言めにいうことは明子への悪口雑言だった。そのくせ、明子への愛が今もって絶ちきれず、自分の愛が明子から一向にむくわれなくなったことにじれきって悩んでいる。矛盾のかたまりのような人間としか思えない紅吉に、不思議な魅力があって、野枝もまたやはりその魅力に無関心ではありえない。

「いったい、どういう人間なのかしら、本当に不思議なのよ。みんなは才能のある人だといってるわ」

「やっぱり一種の芸術家なんだろうな、本当の芸術家ってものは、多かれ少かれ、多少精神分裂症だからな」

「じゃ、あなたも分裂症？」

「もちろんさ、それも重症だな」

そんな会話が辻とできるということ自体が、野枝にとっては夢のように幸福な生活だった。

十月の水、金曜の午後から定期的に始められた青鞜研究会にも、辻はつとめて野枝を出席させていた。その研究会は阿部次郎や生田長江を講師にまねき、万年山の事務所で開かれ、ダンテの神曲の解説など西欧文学の紹介や啓蒙《けいもう》が行われていた。参加者は「青鞜」読者によびかけ、聴講をうながしていた。

野枝が「青鞜」の編集を手伝いだして以来、外出が多いばかりでなく、仲間との話に興がのりすぎ、気がついたら電車もなくなっていて、帰れないなどいうこともあったが、辻は野枝の帰りがどんなにおそくても起きて待っていたし、そのことで文句をいうことなどは一切なかった。また母に対しても、そんな野枝をとがめさせないように気をくばっていた。

一度帰ってきた野枝が、たまたま辻が外出先から帰っていないのをみて、夜だというのに、ふたたび、外出するなど言いだした時でもミツは、

「御苦労だね、寒いから気をつけておいき」

と優しいことばで送りだす。夜はたいてい辻とのおしゃべりや読書や原稿書きで深夜まで起きている野枝は、朝早く目覚めない。普通の嫁なら、どんなに夜がおそくても姑より早く起きなければならないのに、辻は、ミツに、

「野枝は勉強させてるから」

と断り、朝寝を認めさせてしまう。野枝は辻といっしょに、いつでも家で一番おそく起きてきて、姑のつくった朝食を辻とふたりで食べるということでその日が始まるのだった。

辻の失職による経済的窮乏さえなければ、野枝は申し分のない幸福な新婚生活といわなければならなかった。

野枝が手伝った最初の「青鞜」十二月号に、榊纓《さかきおう》というペンネームで神近市子がモーパッサンの「コルシカの旅」の訳を載せていた。

神近市子は、野枝と同じ九州の生れだが、長崎県佐々村の医者の家に生れた。明治二十一年生れ、平塚明子より二歳若く、野枝よりは七歳の年長であった。

父の養斎は漢方医だったが、これからの医学は西洋医学でなければならないと、子供

には新しい教育をさせる程度の進歩的な考えは持っていた。両親の晩年に生れた市子は、祖父のような年齢の父から溺愛され、我ままいっぱいに育てられていた。父が市子の四歳のとき病死した後も、長兄が家業をつぎ、その兄が夭逝した後は姉の夫になる人が眼科医を開くという形で、経済的な苦労を知らず成長している。小さい時は男の子よりわんぱくで新しい下駄ははいて出るとすぐ、割ってしまうというような暴れん坊だったが、十二、三歳の頃はもう一《ひと》かどの文学少女になっていた。家にあった亡兄ののこした古雑誌や硯友社《けんゆうしゃ》系の作家のものや、水滸伝《すいこでん》、八犬伝などに読みふけり、小学校の上級頃には、蘆花《ろか》の「不如帰《ほととぎす》」、木下尚江の「火の柱」、藤村《とうそん》の「若菜集」等をはじめ、平木白星《はくせい》、薄田泣菫《すすきだきゅうきん》、土井晩翠《ばんすい》等の詩集まで手当りしだい読んでいた。

英語を勉強したくて、女学校はわざわざ長崎のミッションスクールの活水《かっすい》女学校を選んで寄宿生活をした。女学生時代からその秀才ぶりはあらわれていたが、卒業後は更に津田英学塾を志望した。市子の家では、次兄が家業をつぐようになっていたので、市子の学資は出してもらうことができた。市子が英学塾を選んだのは、当時から津田へ入るのはむずかしいと評判だったため、そんなにむずかしいならひとつ入ってやろうと負けず嫌いから受験したものだった。自信のある市子は予科をとばし、いきなり本科の試験を受け見事に合格した。八人受けた中で二人合格したが、その一人は一年で落第して、結局は市子だけが残った。本科には予科を何年もやって入った人ばかりで秀才揃いだったが、市子はその中で負けずに相当な成績をおさめていた。

一年上のクラスには山川菊栄《きくえ》がいた。津田を出たら文学で身を立てようと考えていた市子は相変らず文学書を読んでいたので、大杉栄と荒畑寒村《あらはたかんそん》の出している「近代思想」や「青鞜」も見逃さなかった。たまたま市子のクラスはおっとりしたお嬢さんの多いクラスだったため、市子のような学生は何となく目立って異端視されていた。そんな時、市子が「青鞜」の第二巻九月号に本名で「手紙の一つ」を載せたのが学校側に見つかってしまった。処女を奪った後で冷淡になっていく男への抗議を書いたものだった。

当時の津田英学塾は青鞜講演会に生徒がいったということを聞いた女教師が、いきなり教壇にひざまずき、

「おお、神さま、哀れな彼女を悪魔のいざないから救わせ給え」

と祈るような雰囲気だった。市子はたちまち熊本健次郎教授に呼びつけられた。

教授は職員室の机の中に、市子の作品の載った「青鞜」をなげ出して、

「結婚の話でもないのかね」

と嘆息した。結婚でもすれば、まるくおさまるとでも思ったらしい、市子が、

「ありません」

と答えると、教授は仕方なさそうに苦笑した。退学さわぎにならなかったのは、市子の秀才が惜しまれたのだろう。けれども東京においては危いというので、卒業と同時に弘《ひろ》

前《さき》の女学校に追いやられてしまった。明らかな島流し的政策だった。

十一月号から神近市子がペンネームを使いだしたかげには、そんな事情がからまっていたのだった。

市子はモーパッサンの次にはエリスのホイットマン論を訳し、津田を卒業するまで載せつづけた。弘前へ行ったらフランス語でも勉強しようと思って着任したところが、一カ月たたないうちに市子が「青鞜」社員であることがばれて、首になってしまった。英学塾は仕方なしに、市子を東京に呼び戻し、神田の女子商業の英語教師の席をあっせんし、傍らフレンド女学校の校長ボールスの夫人のセクレタリーをやらせた。

後年、一人の男を中にして争うことになる宿命の三人の女のもう一人も、ちょうどこの頃「青鞜」に顔を出してくる。第三巻一月号に「私は古い女です」の原稿を寄せた大杉栄の妻、堀保子であった。

一九一三年十二月二十五日、クリスマスの日はちょうど「青鞜」の新年号の校正の最後の日に当っていた。前年七月に天皇の諒闇《りょうあん》を見送り、今や明治は暮れ、やがて大正の新しい時代へ歴史が大きく移り変ろうとしていた。

十五冊目の「青鞜」の校正刷を前にして、誰の胸にも深い感慨があふれている。誕生以来、世間の誤解と無理解から、不当な罵倒《ばとう》と圧迫をうけつづけてきただけに、とにもかくにもここまで守りぬいたという気負いと自信と、更に戦闘的な昂ぶりを、誰もが心に感じていた。

《新しい女という言葉はいつどこから流行しだしたのか知らないけれど、近来新聞や雑誌で盛んに御愛嬌《ごあいきょう》をみせているものらしい。どうやら新聞やさんが始め、新聞やさんがこしらえ上げた一種の風船玉のようだ。そして青鞜社の同人たちは幸にもその風船に擬せられて、やすやすと方々にあがっているようだ。私共もこの「新しい女」という有名なものに対する我々の意見や感想を、新年号に大いに書いてみようじゃないかというような話しも、今編集室でもち上っている。我々はジャーナリストの見解から全くはなれて、真面目にいわゆる新しい女や真の女について考えて見たいのだ》

十二月の編集後記に、のろしを打ちあげるように書いたその言葉を守って、新年号の編集方針は、これまでよりははるかに積極的に、世間の常識へ向って、戦闘的な姿勢をとっている。

はっきりと「婦人問題特集号」と銘うち、その編集の意図を明らかにした上で、これまでの単なる文芸雑誌の雰囲気からの脱皮を見せようとしていた。

新年号の付録「新しい女、其《その》婦人問題に就いて」の特集こそは、必ず世論をわきたたせるし、今よりもっとさまざまな攻撃の火の手があがるだろう。その反響を考えただけで、もう野枝は胸がしめつけられるような興奮を覚えた。

「青鞜」のこの編集感覚は時代にずれてはいず、むしろ、ジャーナリズムに先行した形で、「中央公論」は「青鞜」十二月号の後記に刺戟されてか、平塚らいてうに「新しい女」という題の随想を新年号のために需めてきている。

野枝は明子にすすめられ、自分も付録に「新しき女の道」という文章を書くため、明子の「中央公論」へ出す原稿を読ませてもらっていた。

《私は新しい女である。

少くとも真に新しい女でありたいと日々に努めている。真にしかも永遠に新しいものは太陽である。私は太陽である。少くとも太陽でありたいと日々に願い日々に努めている》

こんな調子のついたいつもの明子の文章ではじまる書きだしも、

《新しい女は「昨日」を呪っている。新しい女はもはや虐げられたる旧い女の道を黙々として、はた唯々として歩むに堪えない。

新しい女は男の利己心のために無智にされ、奴隷にされ、肉塊《にくかい》にされた旧い女の生活に満足しない。

新しい女は男の便宜のために造られた旧き道徳、法律を破壊しようと願っている。

――略――

新しい女は今美を願わない。善を願わない。ただ、いまだ知られざる王国を造らんために自己の尊き天職のために、力を、力をと叫んでいる》

というような絶叫も、野枝はすべて暗誦していた。それにくらべたら、自分の「新しき女の道」の原稿は何と幼稚で、たどたどしいものだろう。それでも野枝は満足だった。多くの先輩たちの中にまじって、とにかく、堂々と自分の意見がのべられるのだ。こんなに早く、こんなに自分の文章を活字にして天下に示す日がくるなど考えただろうか。

去年の夏以来の苦しみを考えると夢のようだった。

この新年号にはまた、はじめて試みる青鞜講演会の予告が出してあった。二月十五日（土曜日）の予定で、場所は神田美土代町の青年会館。会費二十銭。公告にはわざわざ、

「男子の方は必ず婦人を同伴せらるる事」

と書いてある。その講演会に、野枝は明子から出演するようにいわれている。まだ決心はつかないけれど、出ることになるかもしれない。

野枝にとっては、今度の「青鞜」はどの頁をあけても胸がとどろくものばかりだった。

「青鞜」は今こそ、ふりかかる火の粉を払うために団結して立ち上った感じがしている。そんな中で、野枝にはアナーキストとして有名な大杉栄の妻の堀保子の寄稿にも、ちがった意味のショックを受けていた。それは、保子の聞書きを大杉が代筆したと断ってあるだけでも、異様な感じがするが、内容も思いきって皮肉たっぷりなものだった。いきなり、

《私は古い女です。古い家庭と古い周囲との間に育って、古いしかもごく初歩までの

教育を受けた、何から何まで古い女です》

ということばで始まったこの文章は、自分がもし新しい女と見られるならば、自分といっしょにいる男が、新しい思想や主義を持っているせいで、自分はただ古い女として、その男に従順にいいなりになっているにすぎないと言い、「青鞜」からの原稿依頼が「大杉御奥様」となっているけれど、自分は入籍していないと述べ、次のようにその理由をつづけている。

《女が男と一緒になれば、女はさきに申した思想や感情と共に、その姓も男に捧《ささ》げてしまわなければならぬのが私共古い女の掟であります。私も実はそういたしたいのですけれど、何分男がそれを受けいれてくれません。そして私は男のいうなりに、やはりもとの堀保子のままでいます。

姓というものが、これほどまでに大切にしなければならぬかどうかは、私存じません。また男もそれが大切なものだとは申していないようです。ただ男は自分ら二人の間に、法律などという不粋《ぶすい》なものの入ってくるのを、ひどく嫌っています。男と女との関係はその始まりや終りを、法律で認めて貰わなければならぬような、またいわして貰わなければならぬような、そんな性質のものではないように、申しています。

いつか(私の)男の事件で、私も参考人として裁判所へ引きだされまして、私の籍のいれてない事に就いて、さんざん御役人様にお叱りをこうむった事があります。その方のおっしゃるには、もし子供が出来たら何うするか、というのです。私も仕方がありませんから、私生児としてでも届けましょう、といいて置きました。

私とは違った意味で、また世間の多くのいわゆる内縁の夫婦とも違った意味で、御自分からこんな事をおっしゃりまたはなさる女の方があれば、それもやはり新しい女のなさりそうな事の一つかと、私には思われます。

男の申しますには、若い女と男とが相愛の仲となれば、こうして、別々に住まっていて、別々の独立の生活をして、なお、もし他にも相愛の男か女があればそれらの人とも遠慮なく恋し合って、その愛がさめればいつでもその関係を離れる、という風になれば理想なんだそうでございます。けれども古い女の私には、とてもそんな事は承知ができません。またせよといわれてもとてもできそうにもありません。

けれどもなお男の申しますには、こういう理想は、今日の社会制度、今日の経済制度の下では、わずかの例外者を除いては、とてもできない事だそうでございます。それで私もまずまず安心しています。

新しい女とおっしゃる方々も、やはりこんな風の恋愛観をもっていらっしゃるので、ございましょうね。——略——》

この原稿を読んだ時、野枝はいきなり頰っぺたをなぐられたような気がしたと、辻に話した。辻は、

「それは大杉が書いたにきまってるよ、大杉はそんないたずらの好きなところのある男なんだな。保子っていうのは、大杉の糟糠《そうこう》の女房だよ。たしか三つ四つ姉さん女房だけれど、大杉が惚れてもらった女だ。もとは堺枯川《こせん》(利彦)の門下の深尾韶《しょう》の恋人だったのに、大杉が自分の着物に火をつけて、口説いてものにしたという有名な話が伝わっているんだよ。堺枯川の女房の妹だよ、たしか」

とその文章の解説をしてくれたものだ。

「変ってるわね、大杉栄って」

「しかし、大杉は『青鞜』によほど好意を持ってるんだな。でなきゃあ、わざわざこんなことを書いてよこしゃしない。それにこの文章には一理があるよ」

「だって、これじゃ、女があんまり可哀そうじゃありませんか。あたしだってがまんできないわ」

野枝が唇をとがらせていきまくのを、もう辻はだまってにやにや聞いていた。

まだこの時、大杉は野枝とも市子とも逢っていない時だったから、まさか、これを読む「青鞜」の中の女たち二人までも、この文中のような「男の理想の恋」を始めようとは夢にも考えていなかったはずである。

保子のこの文章は社内でも話題になったが、この大杉の意見に一番共感を示したのは平塚明子だった。

「誤解され易いけれど、入籍の問題なんか、核心をついていると思うわ。自分の信じない法律の定めによって入籍するなんて、そもそも納得のいかないことじゃありませんか」

「だって、それじゃ、子供はどうするの」

「ふたりで話しあって、都合のいいどっちかの籍へ入れればいいわ。私生児っていう観念が、今の法律の定めたものでしょう。そんなものに囚《とら》われなければいいのよ」

考えてみれば、野枝自身がまだ辻に入籍しているわけではない。福太郎の籍からは、ぬいてくれたらしいけれど、まだ、野枝の実家にむかって、籍をよこせなどとてもいえない段階だった。

けれどもそのことで、野枝は不安も何も感じてはいない。大杉や明子のいうほど、はっきりした自覚はないけれども、辻との生活での心身のつながりの実感の前には、形式的な入籍のことなど、どうでもいい感じがしているのだった。

その年の最後の編集の日とクリスマスをあわせて、忘年会にしようといいだしたのは、明子だった。

みんなはその足で「メーゾン・ド・鴻の巣」へくりだしていった。ちょうど来あわせた紅吉も、東雲堂の西村陽吉も加わって明子、野枝、哥津に岩野清子に荒木郁子《いくこ》が集った。鴻の巣の二階の部屋で賑やかな酒宴になった。野枝ははじめて、実際に酒をのむ

「新しい女」たちの実態を目にしたが、それがおかしいとも思わなかった。ただ、その夜は、明子が西村陽吉と目にたつほど親しくするので、異様な落着かない雰囲気が流れてきた。紅吉は早くも明子と陽吉の間にかもされている新しい恋愛関係をかぎつけ、神経的にいらだっているし、陽吉とつい最近まで恋仲で、お互いの気の弱さや照れから、その恋がたち消えになったばかりの哥津も、不快そうだった。

野枝は、もうこの二、三カ月の間に、明子の過去の恋愛事件についてはさんざん紅吉から聞かされていたけれど、目の前にはじめてみる明子と陽吉の傍若無人な有様には愕かされた。

哥津の恋人と知って、明子が誘惑したとしか思えない事情にもすっきりしない気持がのこった。

あんなに超然としている明子にも、普通の女のような、男をおもちゃにしてみたいいたずら心があるのかと思うと、裏切られたような気もするのだった。

酒に酔い、いつもの端然とした姿勢が崩れ、ついにその場に手枕で横になってしまった明子には、野枝のはじめてみるどきっとするようななまめかしさがあふれていた。

「やっぱり平塚さんも女なんだ。もしかしたらただの女なのかもしれない」

野枝はそんな明子をみて、紅吉や哥津が、明らかに今夜は明子に反感を抱いているのに同情しないわけにはいかなかった。

紅吉がウイスキーと日本酒をちゃんぽんにしてやけ酒をのみ、へどをはいてしまい、醜態《しゅうたい》を演じた。そんな紅吉をみるにつけ、野枝には明子が残酷すぎるような気がしてきた。

けれどもその翌々日、明子から、

《昨夜はあんなに遅く一人で帰すのを大変可哀想に思いました。別に風もひかずに無事にお宅につきましたか。お宅の方には幾らでも、何だったら責任をもってお詫《わ》びしますよ。昨夜は全く酔っちゃったんです。岩野さんの帰るのも知らないのですからね。しかし今日はその反動できわめて沈んでおります。そして何でもできそうに頭がはっきりしています。今朝、荒木氏宅へ引上げ、只今《ただいま》帰宅の処、明日あたり都合がよければ来て下さい。いろいろな事で疲れているでしょうけれど。ちょっと気になるから伺います》

というような、ゆき届いたやさしいはがきを貰うと、やはりすっと凧《たこ》がひきよせられるように明子にかけよっていく自分の心を感じるのだった。辻は、野枝の明子に対する非難を聞いても、

「あの人は、やっぱり、あの仲間の中じゃ、一まわり大きい人物だよ」

といって笑っている。結局、野枝も、辻の明子評にうなずいてしまうようであった。それに明子が野枝にひときわ目をかけてくれ、事あるごとに、野枝の立場をひきたててくれようとする好意には感じないわけにいかなかった。

新しい年が明けたが、野枝は終日、家にひきこもって辻と暮した。年賀に行くにも家中着たきり雀で外出もできなかった。

辻は、内職に、最低限の時間を費して、家庭教師や夜学の教師に出てはいたが、それも投げだしがちなので、暮にはペン先一本を買う金もないほど貧乏も底をついた。

その上どうやら野枝は暮あたりから妊娠したらしい気配があった。

「仕方がないさ、生れてくるものは生むさ」

のんきにかまえている辻の言葉をどこまで頼りにしていいかわからないけれども、だからといってどうするあてもない。まだ実感の伴わない妊娠という現実を前にして、野枝は、ただとまどっていた。

七草すぎて、紅吉のところに招かれていった後、神近市子に出会った。誰にでも人なつこい紅吉は、「青鞜」の中でもインテリの市子の頭のよさにすっかり惚れこんでいて、この頃はしきりに友情をあたためているらしい。

野枝は、市子とは研究会で顔をあわせたきりで、二度めの出逢いだったけれど、あんまり好きになれなかった。市子の方でも野枝の野暮ったさや、どことなく人をくったようなずうずうしさや、そのくせ、自分の魅力を計算したかまととぶった甘え方が鼻について、第一印象から好きになれなかった。化粧気もみせず、みなりもかまわないくせに、妙にむっとつきあげるような色気が滲む女だと思ってみていた。

期待をかけていた「青鞜」新年号の評判は悪くないらしい。何よりも、「青鞜」が世間の非難を逆手にとって、堂々と自己主張の姿勢を定めたということは、各方面に好奇心と興味と期待を持たせたようであった。中でも、二月十五日の講演会の予告が一番話題を集めていた。

当日、野枝はさすがに朝から緊張と興奮につつまれていた。やはり、会の講演者の一人に選ばれていたのだ。

ミツは野枝が演壇に立って演説すると聞き、

「そんなみなりでいいのかねえ」

と、自分の若い日のおさらい会の舞台に出るように考えて、おろおろしていた。

「あんまり、気ばらず、素直にやるさ。どうせ、野枝を出すというのは、一番若いところがみそなんだからね。むずかしいことをいわなくていいよ」

辻は何度か慰めたり、力づけたりして、野枝が「この頃の感想」という原稿を読みあげて練習するのを聞いてやったりした。

「来てくれる？」

「さあ、ね」

「来てちょうだいよ。心細いもの」

「行ったってどこにいるかわかりゃあしないさ」

「でもそんなに人が集るかしら」

「集るだろうな。野次馬だけでも相当集るだろうよ。ただし、どうかな、警察が出たりしなきゃあいいが」

治安警察法第五条をふりまわされれば、どんな集会だって危いのだった。まして、去年の暮、西園寺内閣を倒して出て来たばかりの第三次桂内閣は「思想弾圧政策」を旗印にかかげている。

「いいわ。そんなことを聞くと、ふるいたっちゃう。あたし、やってやるわ」

勝気な野枝は、かえって張りきって、男の子のように、ぶんぶん腕をふりまわしてみせた。

辻は野枝には曖昧《あいまい》な言い方をしたけれど、十二時前から美土代町の青年会館へ出かけていった。内攻的で神経質な辻にとっては自分の女が聴衆の面前で演説をぶつ姿など、とてもまともに見ていられたものではないと思う。野枝の壇上の姿を想像しただけで、肌が痒くなるような照れ臭さと恥しさを感じる。かといって、はじめて壇上から演説する野枝のことを見捨てておけるほど無関心でもいられない。

行くこともやりきれないし、行かないでいるその時間の心配もやりきれない。妻の講演をのこのこ群衆にまじって聞いている自分の姿は想像しただけで、ポンチ絵だ。かといって、どこかで心配のあまり、昼酒でもあおっている自分はもっと道化だ。屈折の多い辻の心では、何度も同じ思案が行きつ戻りつした上で、とうとう、青年会館の近くまでひきよせられてしまったのだった。

行ってみて辻は愕いた。せいぜい、三百人もあつまればいい方だと思っていたのに、続々とつづいている参会者は、入口から通りへあふれて、会場整理もつきかねるような騒ぎだった。男子は必ず婦人同伴でという謳い文句にかかわらず、やはり集ってくるのは男が圧倒的に多い。後ろの人波に押されるような形で場内に入ってみると、千名は優に超えている超満員だった。女の姿も三分の一ほどは見えていた。辻はなるべく知人に逢いたくないと、身をひそめていたが、あちこちに知った顔が見える。学生や文学青年が圧倒的に多かったが、石川三四郎や大杉栄の顔が見えていた。辻はまたついこの間、通訳を頼まれて会ったばかりの福田英子が、大きな出目《でめ》で壇上をみあげている横顔をも探しあてた。

辻のそばには、山川菊栄(青山)をはじめ、津田の学生の一団がちょっと華やかな雰囲気をみせている。

堺利彦の妻もおとなしそうな肩を人々の間に埋めていた。

保持研子の司会に始まり、研子の後に、野枝が前座としてまず壇上に登場した。

辻は身を縮めるような気持で野枝を見つめていた。

「へえ、ばかにちっちゃいじゃないか」

「あれでも『青鞜』の女かい？」

「まるで女学生じゃないか」

「別ぴんじゃねえな」

「ちょいと可愛いよ」

辻の周囲でそんな無遠慮なささやきがおこっている。

野枝は女学生のようにかしこまって、それでも辻が心配したほどには上りもせず、にこにこして自分の原稿を朗読した。何度も聞かされた内容だから辻には話の中身はわかりすぎている。わずか二十分にもたりない時間が辻には小一時間もかかったように長く感じられた。野枝がお辞儀をし、拍手がわきおこるとほっとした。首筋がこちこちに凝りかたまっている。要するに、野枝の話の内容は、

《女の無自覚なのは、男の長い間の無意識の圧制によるものだ。まず女が目覚めるためには、男に自覚してほしい。今のままでは女は男の無自覚によって知識的にも生活的にも孤独におちいっている》

といったようなものだった。辻は可もなし不可もなしといった野枝の話を聞いているうち、野枝が上野女学校の講堂で、卒業生代表して祝辞を読んでいた姿と声を思いだした。

あれからまだ二年と経っていない。その間に、野枝は何と成長したことだろう。

辻は千人の聴衆にむかって、ふと、あれは自分の女房だとどなってやりたいような誇りを感じた。話の内容が幼稚であろうと、調子が一本調子であろうと、少くとも、大の男も怯《おび》えているこの思想弾圧の社会情勢の中で、堂々とこれだけの講演をしてのけた勇気と度胸はほめてやっていいものだった。辻は今、自分が野枝をいかに大切に育ててきたか、そしてまた野枝がいかに貪欲に自分の血肉から肥料を奪いとって成長してきたかをなまなましい感動と実感で感じとっていた。

「赤ちゃんが出来るのかしら？　どうしたらいいの」

自分の胸に顔をおしつけ、心細そうにささやいたついこの間の夜の野枝のいじらしさがふいに全身の肌によみがえってきて、辻は唾《つば》をのんでいた。

野枝の次には生田長江が壇上に上り、その次は岩野泡鳴だった。辻は、作家の中では特に好きな泡鳴なので興味を持って聞いていたが、これは途中で宮崎虎之助が妨害するという一幕があった。馬場孤蝶《こちょう》、岩野清子と、プログラムは予定通りすすみ、最後は平塚明子の閉会の辞で幕を閉じた。明子が演壇に上り、会場に一種の歎声《たんせい》が湧いたのを見て、辻はそっと場外へ出た。

その翌朝、辻の寝ている枕元へ、新聞を持ってかけこんできた野枝がわっと泣きだした。

「あんまりだわ。あんまりひどいわ」

感情家の野枝はちょっとしたことでも、すぐ子供のように声をあげて泣きだす。そのかわり、ひとしきり泣けば、たいていけろっと、泣きやんでしまうのだった。

野枝がつきだす朝日新聞を辻は寝床から首だけだして広げた。

社会面下段に写真入りで、昨日の講演会の記事が麗々しく扱われている。

《新しき女の会
いわゆる醒めたる女連が壇上で吐いた気焔
当代の新婦人をもって自任する青鞜社の才媛連は五色の酒を飲んだり雑誌を発行するくらいではまだ醒め方が足りぬというので、十五日午後一時から神田の青年会館で公開演説をやることになった。

定刻以前から変な服装をしてわざと新しがった女学生や、これから醒めに掛って第二のノラでゆこうといった風の新夫人連が続々として詰め掛けたが、この数日来憲政擁護や閥族打破の演説会で武骨な学生の姿のみ見慣れたる者には、一種変な対照であった。

最初白雨と称する肥った女教員風の人が開会の辞を述べ、次には伊藤野枝という十七、八の娘さんがお若いにしては紅い顔もせず、「日本の女には孤独ということがわからなかったように思われます」といった調子でこの頃の感想というものを述べたが、内容はいかにも女らしい吝零《りんれい》貧弱なもので、コンナのがいわゆる新しい女かと思うとまことに情無《なさけな》い感じがした。

生田長江氏の「新しき女を論ず」は内容もあり筋も通り近頃痛快な演説であったが、次席岩野泡鳴氏の「男のする要求」は氏一流の刹那的哲理の閃めきはあるにしても、ややもすると脱線し、得意の離婚説の所になると、聴衆席にいた自称救世主の宮崎虎之助氏が憤然として演壇に駆け上り、泡鳴氏に摑みかかって、「君の離婚の説明をせよ」と怒鳴り立て、生田長江氏が中に入ってようやく鎮撫《ちんぶ》する大騒ぎをやった。

この間に沢田柳吉《りゅうきち》氏のピアノ弾奏があってちょっと息を抜き、次には「婦人のために」という題で馬場孤蝶氏の皮肉にして例の通りキビキビした演説があり、最後に泡鳴夫人岩野清子が丸髷に紋服という奥様風で演壇に上り、「思想上の独立と経済上の独立」という題で滔々《とうとう》長広舌を振った。中には見当違いの法律論や経済論をやってハラハラさせた所もあったが、相当内容もあった。ことに「ノラ論」のごときに至っては泡鳴氏以上の卓説で、大いに新婦人のために気を吐くものがあった。かくして電灯輝く五時頃、平塚明子が閉会の辞を述べて散会をつげた》

野枝が泣いているのは自分への批評だった。

「いいじゃないか、どうせ、全文みたら、ひやかし半分の記事だってわかるし、野枝があんまり若いんでからかっただけなんだ。聴衆はあれでなかなか、素直ではきはきしてるなんて感心してたよ」

「あらっ、そんなこと、今まで言やしなかったじゃないの」

野枝の涙はもう乾きかけている。

「馬鹿だなあ、そんなこと一々、照れくさくていえないよ。ちょっと可愛いとか、何とかいってたさ」

「ほんと？　で、あなたが聞いて、どうだった？　ね、どうだった」

辻はもう聞き飽きている内容に感心するはずもないとも言えず苦笑していた。

「要するに、こんな時節に、ああやって、若い女が勇敢に壇上に立ったということだけで、いつか歴史に残ることだよ。ぼくなんざ、根が臆病だから、とてもあんな真似はできない」

野枝は辻の慰めにもうすっかり機嫌を直していた。

「ね、この新聞、お姑さんが読まないようにかくしておいてね、恥しいから」

この講演会の効果は、時日を経るに従って大きくあらわれてきた。

「中央公論」四月号は、杉村楚人冠《そじんかん》の「新しき女の為に弁ず」を載せ、六月号には「婦人界の新思想に対する官憲の取締」の特集にあて、浮田和民《かずたみ》、岩野泡鳴、田川大吉郎、島村抱月、安部磯雄《いそお》らを動員した。さらに七月号は「婦人問題号」を臨時増刊するという矢継早《やつぎばや》な、婦人問題特集の編集方針をみせた。

《十九世紀は平民崛起《くっき》の時代にて、二十世紀は婦人覚醒の時代とは学者の道破せるところ、単なる好奇心をもって「新しい女」を是非し、「婦人問題」を目指して一場の噂の種とするがごとき時代は過ぎ去れり。厳粛なる態度と精密なる資料とに拠って、婦人問題の由来および現在将来にわたる幾多の難問を糺明《きゅうめい》し、もってこの大問題を根本的に解決するは、実に刻下の急要事たることと信じ、来る七月十五日をもって「婦人問題号」を発刊し、江湖《こうこ》百識の士の一読を乞わんと欲す》

というのが、その予告広告であり、ジャーナリズムがいかに真剣に「婦人問題」をとりあげようとしてきたかがうかがわれるのである。

他の雑誌や新聞にも、急激に婦人問題を扱った記事が多くなってきた。一九一三年、大正という新しい時代の開幕は、「婦人問題」によって幕が切って落された感があり、その開幕のベルを鳴らしたものこそ「青鞜」に拠る「新しい女たち」だったといえるのであった。

「青鞜」では更に、この問題を追求するため、「婦人問題特集」をひきつづきつづけた。なお、二月号には、はじめて、社会主義者の原稿を載せる決心をした。福田英子の「婦人問題の解決」という原稿である。

福田英子はこの頃、染井からあまり遠くない滝野川の中里というところに住んでいた。ちょうど辻潤がその頃、アナーキストの渡辺政太郎《まさたろう》とつきあっており、渡辺から、通訳を頼まれた。フランスで勉強して日本の社会主義運動を研究に来たという中国人が、日本の婦人解放運動の草分けである往年の女闘士福田英子に会いたいという。ただし、日本語がわからないので、英語で話すから、辻潤に英語の通訳をしてくれないかというのであった。辻潤は渡辺政太郎とは親友づきあいをしていたし、その人柄を愛していたので、ただちに引き受けた。そんな関係から、

「『青鞜』もここらで、福田英子の原稿くらいとってみせると値打が出るんだがな」

と寝物語に野枝にいったことがある。野枝からその話を聞いて、明子はすぐ、その案に賛成した。今や「青鞜」は単なる文芸雑誌の域は越えている。たしかに、福田英子の原稿をのせるのは時宜《じぎ》に適ったもののように思われた。明子は自分で英子をわざわざ訪ねてゆき、その原稿の依頼をした。大きな目を、黄色くにごらせ、古着の行商でほそぼそ暮している英子は、明子には何だか、うるおいのない、きつい、感じの悪い女に思えたけれども、原稿の依頼には喜んで応じてくれ、やがてそれは送られてきた。後にも先にも「青鞜」が載せた唯一の社会主義者の評論がこれであった。

《――略――絶対的の解放とは婦人としての解放でなく「人」としての解放であります。婦人の自由ではなく「人」の自由を実現することであります。――略――徹底したる共産制が行われぬうちは、とうてい充分なる解放は行われませぬ。――略――共産制の実施せらるると同時に、一切の科学的知識と機械力とは万人平等の福利のために応用せられます。――略――》

この英子の論文の載った「青鞜」二月号は、ただちに発禁に遇った。

さまざまな波瀾を巻きおこして一世の視聴を集めながら歩いてきた「青鞜」に、ようやく、官憲の取締りの手がのびてきたのである。

明子にも、野枝にも、「青鞜」自身にもいよいよ本質的な受難の幕が切っておとされようとしていた。

＊

青鞜講演会が終った頃から、野枝は最初の妊娠の悪阻《つわり》に苦しめられはじめていた。姑も義妹も野枝の妊娠を快く迎えてくれたけれど、相変らず失業したままの辻ひとりに頼っている家計は、もう底をついている。この中から出産の費用やその後の育児の費用を捻出することはとうてい不可能だった。

何とかなるさと、のんきにいう辻に頼りきれないものがあって、野枝は肉体の不快がつのるにつれ、心細くヒステリックになってきた。

健康で恥しいほど食の進んでいた野枝が、一口か二口で、食事をもどすようになり、急に辻の煙草をほしがって、ぎちぎち歯で黄色い葉を嚙みくだいたりする。欲しいみかんも充分買えないから、台所から梅干をとってきては飴玉《あめだま》でもしゃぶるようにその種まで吸いつくしている。

「潤、神田の法事は明後日《あさって》なんだよ。わかってるのかい。少しは何とかなるのかえ」

「ああ、何度いうんだい。わかっているよ」

「だってお前、出かけるからにはいくらか包んでゆかないじゃ」

「わかってるって」

そんな姑と辻とのひそひそ話を小耳にしただけで、野枝は激しく胸がつきあげてきて、だすものもない空っぽの胃《い》の腑《ふ》をしぼりあげて苦しむのだった。

姑や義妹が、露骨に自分を責めないだけに、心の中では自分のために職を失った息子の不甲斐なさをなじっているのだという被害妄想が野枝の神経にこびりついてしまっていた。

ふたりきりになるとよく泣いたり、ヒステリックにとめどもないぐちを言いつのったりする野枝を、辻はもてあましながら、すべては悪阻のせいだろうと大目に見守っていた。かといって、母や野枝の望むように、すぐ新しい職に就く気はさらさらないのだった。野枝の口がひとりふえてもどうせ貧しい家計には大してこたえたとも見えない。赤ん坊ひとりくらい何とかなるだろうという楽天的な気分があった。もっとつきつめれば、人一倍神経の細い気の小さい辻には、ひとつの生命が自分の血肉をわけて生れてくるという厳粛な怖しい現実に、まともに目を据える勇気がないといった方が正しかったのかもしれない。自分の不安をまぎらすために、辻はただ終日、机にしがみついていて、金になるともわからない「天才論」の翻訳にうちこんでいた。

野枝にとっては「青鞜」の仲間と逢っている時だけが、生理的な不快も、家計の不安も忘れていられる。

講演会が終って半月ばかりすぎた二月の末日、野枝は紅吉に誘われて哥津を訪ね、その帰り更に上山草人《かみやまそうじん》の家に誘われた。草人は芝の日蔭町に「かゝしや」という眉墨屋《まゆずみや》の店を出して妻の浦路《うらじ》に商わせていた。

文芸協会を脱退した上山草人は伊庭孝《いばたかし》、秋庭太郎《あきば》、杉村俊夫らと近代劇協会を設立し、第一回公演を昨年一月有楽座で旗上げし、「ヘッダ・ガブラー」をだしものにし、興行的にも大成功をおさめていた。特にヘッダに扮した草人の妻の浦路の好演技は好評を博し、四日の上演が二日の日のべになり、大阪公演も全市を沸きたたせるほどの成功をおさめて帰った。すでに一座は第二回公演の準備に入っている。野枝は、青鞜講演会の慰労会のパーティーに出席していた上山草人をちらっと見かけた程度だったが、この日本人離れのした特異なマスクの才能ある俳優に大いに興味を持っていたので、紅吉の誘いに応じた。紅吉の顔の広さはつきあうにつれ、そのかぎりもなさに愕かされる。

「女優がないのでこまってるのよ、上山さんのところでも。使えるのは浦路さんひとりでしょう。今度の公演にはずぶの素人を見つけてきたんですって。素質があるって評判よ」

「どこの人なの」

「みんなで『カフェ・パウリスタ』にいった時、草人さんがみつけたんですって、そしたらその人がいつも『かゝしや』に眉墨を買いにきてた人だったたっていうの。とんとん拍子に話がついたそうよ。衣川孔雀《きぬがわくじゃく》って派手な芸名までもう決ってるのよ」

紅吉のこんな情報通は毎度のことなので野枝は愕かない。素質と運さえあれば、一躍スターになれる女優という職業も悪くないと羨《うらや》ましい気さえしてくる。何だっていいのだ。自分の中に眠っている才能の可能性を思う存分ひきだして、自己を主張して堂々とこの世に生きてゆくことさえできたら誰も本望なのだ。野枝は、そんなことを思いながら「かゝしや」に案内されていった。出逢いがしらに有楽座に出演時間がせまったといって出かける上山浦路に店先で逢った。それを見送りに出て来た束髪の十七、八の娘が愛想よく紅吉に笑いかけた。大柄で丸顔の、瞳のいきいき動く血色のいいその美少女が今噂してきた衣川孔雀だった。孔雀に店番をさせて、紅吉と野枝は、奥の座敷で草人と話しあった。

「いいでしょう、あの娘。あれは大物になりますよ。せりふもくせがないし、めっぽうカンがいいんだ」

草人は店の孔雀を自慢そうに紹介して、今度の「ファウスト」では一躍グレートヘンに抜擢するんだと自信ありそうに語った。

紅吉は、草人にも、その日一日、野枝や哥津にしゃべっていた、らいてうの悪口をいいつのっている。最近らいてうから絶交状が来たというのですっかり興奮しきっているのであった。

「らいてうといえば紅吉さん、例の若い燕がうちの劇団に入っているのを知ってますか」

「えっ、奥村さんが？　ほんと？」

紅吉は目をまるくして膝をすすめた。

「ほんとうですよ。原田潤って歌を歌うやつがいっしょにつれてきたんです。何でもふたりで千葉の海岸で共同生活をしていた仲間だというんでね」

「まあ、あきれた、燕が俳優にですって？」

紅吉はもうらいてうの悪口も忘れ去った顔付で新しい興味に捉われている。

「あの奥村ってやつは全く女だねえ。どうみたって女そのものですよ。男まさりのらいてうが可愛がるのもわかる気がするな」

「へえだ。あきれた！　平塚さんはそれ、きっと知りませんよ。いい気味だわ。でも大変だ。きっとまたふたりの仲はよりがもどるわ。大体、あの奥村って人はおとなしくってやさしいのよ。あの事件だって、平塚さんが積極的に誘惑したにきまってるんですもの。とにかく器用な人だから、役者のまねもできるんだわ」

「まねじゃないですよ。ちゃんと『ファウスト』のシイベルになるんです」

「ああ、あのアウエルバッハのあなぐらの場でね」

紅吉はこの新ニュースにすっかり心をうばわれ、まるで恋人の出演の話を不意に聞かされたように興奮してきた。

「奥村さんにあたしからしっかりおやりなさいっていっておいてね」

ぬけぬけと、本気でそんなことをいう紅吉の横で野枝はおかしさをこらえかねた。奥村に嫉妬して脅迫状をつきつけ明子との仲を破らせたのも紅吉の真情なら、今、奥村によろしくといっているのも紅吉の本音なのである。いつでもその場で、自分の気持を何度でもくるりくるりと変節でき、そこに何の不自然も抵抗も感じないのが紅吉の得な性格であり、人に真似のできない自由さでもあった。奥村博史が上山草人の近代劇協会に入ったというニュースはもうその翌日には「青鞜」の仲間にことごとく知れわたってしまった。もちろん紅吉が情報元であった。

明子はそんな情報にも平然として顔色も変えなかった。西村陽吉との恋がすすみ、すでに若い燕の博史など明子の記憶にものこっていないのかと、野枝は落ちついた明子の様子から臆測した。

けれども三月二十七日から三十一日まで帝劇で上演された「ファウスト」には、初日から平塚明子の端然とした姿がかぶりつき近くの席に連日見えていたという噂が、野枝の耳にも伝わった。

「そればかりじゃないのよ。平塚さんは、燕に、毎日薔薇《ばら》の花を楽屋見舞にとどけてやってるのよ。やっぱり、無関心じゃないんだわ」

紅吉は今度もすべての情報を提供するのに大わらわだった。

奥村のシイベルは可もなく不可もなしといったところだったらしいが、美貌の奥村が絵心のある筆で、自在に自分の顔をつくったのだから、学生としてはもったいないような美青年が舞台にあらわれていた。「ファウスト」評は新人奥村博史の名前や演技については一言もふれなかったけれど、無名の新星衣川孔雀の演技力は、未来の松井須磨子と騒がれるほど絶讃を博した。すべての劇評家がいっせいにとりあげてその前途を華々しく祝った。興行的に大成功した「ファウスト」は前例にならって大阪公演にも出かけ、ここでも連日大入りの盛況を示した。グレートヘン役の衣川孔雀の名声はいっそう高まった。けれどもすでにこの頃、予想外の大成功に早くも心がゆるみ、好評に酔い、座長の上山草人は妻の浦路と衣川孔雀の間で三角関係を生じ大悶着《だいもんちゃく》を起していた。それが原因にもなって一座はすでに大阪公演の終りから分裂紛争をはじめ、早くも解散の気運に傾いていた。

生れてはじめて自分の肉体を使って金を稼ぐという経験をもった奥村博史は、今度の興行で分配された出演料を握ってひとりのんきに京都奈良の春をさぐりに旅に出かけていった。草人夫婦の醜い争いの渦中に巻きこまれるのは博史の神経が堪えきれなかったし、久しぶりで離れていた絵筆を存分に握ってみたい欲望が押え難くなってもいた。

何カ月ぶりかで孤独にかえり、菜の花が地平の果まで霞む古都の野に佇《たたず》んだ時、博史はふいに思いがけない激しさで明子の美しい瞳を思いだしていた。東京の帝劇公演の時、毎日、仲間にからかわれ、意地になって明子の席をわざと見むきもしないふりをしたことが悔まれてならなかった。素直に花のお礼を言うべきだったという後悔がこみあげてきた。誰にもしられず揚幕《あげまく》のかげからこっそり覗き見た時の明子の夏より少しやつれた、それだけにいよいよろうたけてみえたなつかしい俤が、菜の花畠《はなばたけ》の金色のかげろうの中から無数に顕《あら》われてくるような気がしてきた。去年の夏以来、すべてを忘れようとつとめてきた日々が急にむなしく色あせたものに思われてきた。博史は画架を金色の野に向って立てながら、一向にキャンバスを彩らず、堰をきったような激しさでなつかしさのあふれてくる明子の俤を追いつづけた。

桜の咲く頃あたりから野枝の悪阻の苦しみも自然におとろえていった。健康が回復するにつれ、野枝は生来の快活さと精力的な行動性をとり戻し、家事にも辻のすすめる勉強にも、「青鞜」の編集事務にも熱心に活躍しはじめた。

その頃「青鞜」の事務所は巣鴨に移っていて、ほとんど毎日のように明子の丸窓のある部屋に集っていた社員や編集員は、巣鴨に通い、明子の部屋からはしだいに遠のいていた。「青鞜」に対する世間の迫害や誤解はますますひどくなっており、一部の文学者をのぞいては、世間じゅうから白眼視《はくがんし》されていたといってよかった。文部大臣奥田義人《よしと》、言論界の長老山路愛山《やまじあいざん》をはじめ教育界の成瀬仁蔵や三輪田元道《みわだもとみち》、下田次郎まで「新しい女」について否定的な論文や意見を発表するばかりでなく、同性の中からはもっと激越な反対論があびせかけられた。下田歌子、鳩山春子などが先にたち、「青鞜」に対抗して結束した真新婦人会の宮崎光子や日向きむが最も戦闘的で激しい攻撃をしむけてきた。社会のどんな誤解や攻撃にもびくともしない明子も、二月号が発禁に遇い、これまではたいていのことに目をつむり娘の自由を認めてくれていた寛大な父の定二郎から、

「社会主義者の原稿をのせなければならないような雑誌なら早速止めてもらおう。もし、やめられないならとっとと家を出ていって勝手にやるがいい。社会主義者の出入りなども一切許さない」

と、始めて、真向から叱りつけられたのにはこたえた。社会主義とは関係がないといって、一時は父の怒りをなだめたものの、つづいてらいてう自身の「世の婦人達に」が載った四月号、更にらいてうの処女評論集「丸窓より」などが、内務省によってたてつづけに発禁処分を受けたのには、さすがの明子も手ひどいショックを受けた。

警視庁までのりだして四月には代表人として中野初、保持研子の二人を呼びつけ「日本婦人在来の美徳を乱すから、社員は今後行動に慎重を期するように」という警告を与えた。そんな中でも社員はいよいよ結束を固め、「青鞜」の質を落すまいと努力し、文芸講演会なども企図したが、これはまず会場を断られるという冷たい現実にぶっつかっ

て沙汰止《さたや》みになってしまった。

　毎日朝から晩まで、めぼしい会場を求めて研子は歩きまわった。どこでもみな貸すことを拒まれた。個人としては同情にたえないが、あなた方に貸すと世間に自分まで非難されるからと正直にいうものもあったし、あんまりあなた方の御乱行が評判なのでと、はっきり断るものもあった。何《いず》れ後ほどお返事すると逃げるものもある。結局は、どこ一つとして会場を貸してはくれないのだった。

　できるだけ互いに励ましあって気をひきたててはいるものの、こんな事態の中で誰の心も晴れやかであるはずがなかった。

　そんなある日、久しぶりで明子の丸窓の部屋を訪れた野枝は、机上に置かれている絵葉書を、明子が話の間じゅう無意識に長い指で撫でさすっているのを見た。野枝の目がその葉書に止められているのに気づいて、明子はにこっと、押えきれないような笑いをもらした。やはり指でその奈良らしい風景をなでながら、

「燕がね、奈良から便りをよこしたのよ」

「奈良にいるんですか?」

「ええ、『ファウスト』の公演で大阪へいったの。この前別れの手紙が来た時、みれんがあったから最後にあげた本に、燕なら、季節が来ればまた帰ってくるでしょうって書いておいたのよ。それを思いだしたのね」

野枝は明子の奥村を語る時の他人事のような平静な口調を裏ぎった頰や目の輝きを見逃さなかった。やはり明子は奥村に相当惹かれているのだと察した。西村陽吉との恋は、それならばいっそう明らかに戯《たわむ》れだったことになる。野枝は明子の気持がわからなくなった。

その時、明子はもう博史と手紙の往復を昔のように復活させていたのだった。博史が今日明日にも関西から帰り、一直線に自分を訪ねてくることを信じて疑っていなかった。七カ月ぶりで再会した明子と博史の恋はたちまち再燃した。平静を装っていたものの、最近の社会からの圧迫や無理解、更に父を怒らせたことなどで内心傷だらけになってい た明子は、「青鞜」とは無関係の世界の博史の子供のような無垢な心情のあたたかさに、無意識のうちにとりすがり慰められていたのだった。話しあってみれば、昨年の夏の誤解も氷解するし、燕の手紙の本当の書き手もわかってくる。

「私はあの手紙をまさかあなたが書いたとは思っていませんでしたよ。本当に心のこもった別れの手紙があんな平静な美辞麗句を並べた美文調のそらぞらしいものであるはずがないじゃありませんか」

明子は博史の告白を聞いて鷹揚に笑ってみせた。本当は去年の夏、あの手紙によってどれほど思いがけないショックを受けたかは、まだ明子の自尊心が正直に語らせなかった。一度訪れると、まるで聞きわけのない子供のように、博史はほとんど毎日訪ねてくる。しかもたいてい夕食時で、ちょうど家族が食堂に揃った時分にやってくるのだった。女中が博史の来訪をつげると、さっと光沢《つや》の顔が曇る。博史と明子の去年の夏の噂は光沢《つや》の耳にも入っている。光沢《つや》の目から見ればいかにも若々しすぎるし、頼りない。時間もわきまえず訪れることも、来たら最後、何時間でも、明子の部屋に話しこんで動かないことも、すべて気にいらない。明子の気まぐれが始ったのだったらいいかげんに、こんな少年じみた男との恋愛ごっこはきりあげてもらいたいのだ。

ところが明子は、母や家族の目が博史に冷たくなればなるほど、博史をかばわずにはいられない気持にあふれてきた。他人の思惑など一向にわからない純情さ、無垢さ、初心さが、ここ何カ月か、他人の冷たい残酷な誹謗《ひぼう》非難のつぶてばかりあびてきた明子にとっては稀有《けう》な拾いもののような気がしてならないのだった。博史の持参してくる絵を眺め、博史のとげのない話を聞いていると、無数に受けた心の痛手をそっとなでられているようなむず痒い快感につつまれてくる。

急速に博史に傾いていった明子の心は今度こそ永遠に飛び立たない燕として博史を自分につなぎとめておこうと決心した。博史に愛を誓わせ、永遠を誓わせることによって、去年の夏受けた不当な屈辱の雪辱もできるはずであった。毎日のように逢いながら、ふたりは熱烈な恋文をかわすようになり、ついに誰にもわずらわされることのないふたりきりの旅へ出発しようと計画する。そのため明子は夜を日についで「青鞜」の原稿や、他の雑誌の注文原稿を書きあげ、家人にはひとりの旅に出るように言いつくろって、田《た》端《ばた》の駅で博史と待ちあわせた。

薄ローズ色の半衿をのぞかせ仕立おろしの紺絣の銘仙の単衣《ひとえ》を着、オリーブ色のカシミヤの袴をつけた明子は、黒革のトランク一つの軽装で駅についた。博史は赤い刺繡《ししゅう》のあるルパシカに鼠色コールルテンのズボン、ホームスパンの上衣、白いベレエといったいかにも芸術家らしいいでたちで、バスケットいっぱい食料品を買いこみ、子供の遠足のようにはりきってすでに先着して明子を待っていた。その日、ふたりは前橋行の二等列車に乗りこみ、赤城の山中の宿に投宿した。

その夜の博史は、もう、去年の夏、明子の抱擁から逃げだしたような臆病な青年ではなかった。

再会以来、明子の態度や恋文からつけられた自信が、初心さにうちかち、男らしく明子を抱くすべも自然身に備わっていた。

それから一週間、ふたりは赤城山中で濃密な恋の時間をわかちあっていた。朝も昼もなく、互いの愛撫には飽きる時もなかったけれど、博史は四、五日の予定で来ていたのでひとまず帰京しなければならなかった。明子は更にあと一週間ほどのこり、仕事を少し片づけてから帰京するという予定になっていた。

帰っていく博史を明子は山道に立って見送りながら、あと一週間も自分は博史と別れてこの淋しい山の中に残って暮せるであろうかという不安に囚われた。わずかな日々ではあったけれども博史とふたりでこの赤城山中ですごした数日の物狂おしい愛の時間は、明子の二十六歳のどんな過去の時間にも経験のないものだった。

山道を何度もふりかえりふりかえりして下り、遠ざかっていく博史の全身に、愛憐《あいれん》の想いがからみついて、明子は思わずその後姿に向って走り下りそうな気持にかられていた。

東京に帰った博史からはこれまで以上に熱烈な愛の手紙が矢継早に送られてきた。明子も博史に負けない熱度で、博史よりももっとたびたび、一日に三通も書く日があるほどの熱心さで恋文を送りつづけた。片身をそがれた魚のような心細いみじめな感じがひとりのこった明子の心身をつつんでいて、予定の仕事など何も手につくどころか、ただ博史と送った時間のすべてを全身の細胞で思い出しているにすぎない。予定の日程をきりあげ、もう博史の後を追って帰京しようかと考える明子の許に、ある日、博史の便りといっしょに一通の手紙が届けられた。差出人の新妻莞という字を見た瞬間、明子の表情が険しくなった。例の燕の手紙を博史に強要して書かせた男の名を忘れることはない。

分厚な新妻の手紙は思いがけないことで満たされていた。今度の博史との赤城行を自分はすっかり識っている。明子から博史へ来ている恋文のすべてでも自分はある事情ですっかり読んでしまった、という一種の脅迫状で、博史は自分の友情から出た忠告を無視して、今度の赤城行を秘密で決行したが、そんな友情をふみにじった態度には承知できないという、嫉妬まじりの横槍《よこやり》だった。明子は新妻の手紙を見ているうちに、あんなことがありながら、まだ新妻のような男を近づけ、どんな事情にもせよ自分の恋文をすっかり読ませるような軽率な事をする博史に怒りがふきあげてきた。しかしその怒りはただちに新妻ひとりの上に移っていき、すべては新妻の卑劣な好奇心と嫉妬からおこった事件で、悪いのは新妻ひとりだと思われてきた。こんな男につけいられる博史の頼りなさそのものが、今では明子の母性愛を刺戟し、博史を自分の翼の中にしっかりと抱きしめていなくては安心ならない気持をおこさせているのに気づいた。愛撫の時に見せる若々しい男らしい熱情よりも、子供のような傷つき易い無垢な純情さよりも、世間の悪意や陥穽《かんせい》に対して何の用心も防禦《ぼうぎょ》もない赤ん坊のような博史の頼りなさこそ一番気がかりで、目が離せず、そこに自分がひかれていることを明子は覚った。

博史との甘い恋の時間の酔いにまだ軀も心も頭もぼんやりゆるみきっていた明子は、新妻の脅迫状を手にして、はじめてしゃっきりと日頃のプライドと闘争心がかえってきた。それまではただ、水が流れるような自然さで博史に傾いていく心の過程に身をゆだねていた明子は、このごろの社会からの圧迫攻撃に疲れはて、傷つききっていた心身を、癒すよすがに、博史との恋を考えていたのかもしれないと気づいた。まだ博史との恋を、どこまで貫き通すかまで決心のついていなかった明子は、思いがけない新妻の横槍によって、かえって、博史に対する自分の心の底を直視する機会をせまられたような感じがした。

こうなれば博史と自分の愛を貫き通すまでで、もしふたりの愛に危害を加えてくる者があれば容赦なく闘い征服していくばかりだという決心がわき上ってきた。まずこの強い決意を、誰よりも先に博史に告げ、博史に自覚をうながすべく、明子は久しぶりで自分らしい自分をとりもどしながら、レターペーパーにむかっていった。

そんな頃、東京の野枝の身の上にも、思いがけない事件がおこり、ひとつの試練にたたされていた。

事のおこりはまだ明子が赤城にたたない六月十三日から始っていた。その日、野枝はいつものように巣鴨の「青鞜」事務所に出かけ、自分あての分厚い男名前の手紙を受けとっていた。木村荘太という差出人の名には、何だか記憶があるような感じを受けながら、野枝は何気なくその手紙を読みはじめた。

《拝啓、未知の私から手紙を差上げる失礼を御ゆるし下さい。さて先月の中ほどの金曜日に編輯所《へんしゅうじょ》へ上ってあなたをお訪ねしたのは私でした。実はその頃からして私はあなたを知りたく思っていまして、それで突然お伺してみたのでした――》

そんな書き出しではじまったその手紙は、木村荘太が、野枝の「青鞜」にのせている感想文などを愛読していて、その「幼稚さがかなり純らしい処から出ている」として牽かれ、しだいに作者の野枝のイメージを思い描くうち、恋らしい気持を抱いてきたという告白がつづられていた。今は野枝を、活字の上だけでなく一人の生きた女として現実に見、たしかめたいという欲求に囚われている。そのため、編輯所へいきなり野枝を訪ねたのだという説明がつづいていた。

《もしお会いできるようでしたら御都合の時処をお知らせ願えば幸甚《こうじん》です。あるいはお会いしてみた上では、あなたの個性と僕の個性とは相反撥《あいはんぱつ》し合う性質のものであるかも知れないと思います。またあなたがいっそうほんとに僕の心に生きはじめるようになるかもしれないと思います。あるいはまた、ただ一個の友達として、静かに気持よくお話しする事ができるかもしれないと思います、ともかく、あなたは僕に、あなたをすっかりお示し下さろうとなさいますか》

そんな文章で面会を申しこんでいる手紙は明らかに一種の恋文であった。野枝は木村荘太が訪ねて来たことは誰からも聞かされていなくて、その時はじめて知った。読み終った野枝は、何となくむず痒いような照れ臭さと同時に、困ったという感じがした。自分が辻と同棲していることを全く識らないらしい男の恋文にこっけいさと気の毒さを感じずにはいられない。とっさにこの手紙は辻には見せられないという気がしたが、思いかえして、辻にこんなことでかくし事をする必要はないと思った。どんなつまらないことでも自分の経験のすべてを辻に逐一話さないでは気のすまない習慣のついている野枝にとって、こんな事件を黙っていられるはずもないのだった。

その夜十一時すぎ、野枝は辻の書斎で木村の手紙をみせた。

「困っちゃうわ、こんなこといってきたって、ね。すてておいていいでしょう?」

無意識に甘えた口調になり、辻の膝に手を置いて、野枝はだまって妻へ来た他の男の恋文に読みふけっている辻の顔をみあげていた。思いがけない得意さがその時、野枝の心に浮んできた。野枝はこれまで、辻が学問的にも容貌の点でも自分よりはるかに秀《すぐ》れているという気持を持ちつづけていた。教師時代の辻に対する尊敬は、自分の運命の救世主であるという点でもいやましていて、辻の子をおなかに妊《みご》っている今でさえ、やはり辻に頭の上らない気持を持ちつづけている。それに辻が教師時代から女に好かれる男だったのをよく見知っているし、辻の過去の女に対しても野枝は嫉妬をおさえることができないでいる。あんなに美しい聡明な明子でさえ、辻のことをいう時は心からほめるのを野枝は晴れがましく聞きながら、内心、夫に対して一種の劣等感を抱かずにはいられなかった。自分の容貌や容姿が男にとって魅力的だとは野枝は考えたことがなかった。「青鞜」の誰と比較しても自分がいかにも田舎っぽく垢ぬけないのを識っていた。それだけに、今、こんないかにも文学青年らしい男から恋文をもらった自分にとまどい、と同時に生れてはじめて味わう晴れがましい得意さがわくのをどうしようもなかった。

「ねえ、あたしだって、まんざらでもないのね。どう?」

と冗談に言いまぎらして辻の膝をゆすぶってみたいようなうきうきした気持にもなってくる。辻は読み終った手紙を置くと、妙にしんねりした生真面目な陰気な目つきで、

「これは真面目な手紙だから返事をやった方がいいだろうね」といった。

「だって、そんなことといったって、あたしのせいじゃないわ。むこうの勝手じゃないの」

野枝は辻のことばに感じた嬉しさをかくして、わざと唇をとがらせた。

「木村荘太っていう男は谷崎潤一郎や大貫晶川《しょうせん》たちといっしょに第二次『新思潮』をやった同人だよ。今は『フューザン』の同人だ。ほら、いつだったか野枝と散歩してる時本屋で立ち読みした『フューザン』にこの男の小説が出ていたじゃないか」

「そうだったかしら」

「木村のおやじは明治のはじめ東京で一番早く牛肉店をはじめた男で『いろは』の経営者だ」

「お金持なの」

「うん、『いろは』の支店は三十軒あまりもあるっていうからな。その店はみんなそれぞれおやじの妾《めかけ》にやらせているんだって評判だ」

「まあ、三十人も？　妾が？」

「子供だって、無数だろうな」

「いやだ、気持が悪いわ。そんな男の息子なんて」

野枝は、木村荘太に無関心のようにいうのが一種の辻への媚態だとは気づいていない。辻は妙に執拗《しつよう》に返事を書いた方がいいとくりかえすのだった。その手紙から受けた刺戟から、その夜の辻は近頃にない情熱的な愛撫を野枝に加え、野枝もまた自分でも気恥しいほど軀が燃え、辻のどんな激しさにも応えていけるその夜の自分の肉体の弾みとみずみずしさに気づいていた。

「ね、嫉《や》けない？　ちっとも？」

野枝は自分の中にまだ憩ったまま、名残りのはげしい息をはきつづけている辻の背を抱きしめながら甘えた声を出した。

「ばかっ」

辻はそれだけいうと不意にまたよみがえった勢いで野枝のしこしこと固いなめらかな汗ばんだ肌に弾みのついた運動を加えていった。

翌朝、いつもより朝寝した野枝は、爽やかな顔付の辻を充ちたりた幸福な表情で送りだした。辻は最小限の内職に家庭教師をしたりしているが、外出する時はたいてい自分の勉強のための図書館通いに決っていた。いつもより長く戸口に立って見送っている野枝を、辻の方でもいつもになくふと曲り角でふりかえり、照れたようにあわてて足を早めてしまった。充ちたりた夜をわけもった夫婦だけの味わう朝の情緒を、互いの間にねっとりとひきあっているのを感じながら、ふと、野枝は口笛でもふきたいような気持に浮かれていた。そのままの明るい甘い表情で辻の机に向い、野枝は荘太への返事をおもむろに書きはじめた。自分の幸福さから野枝は手紙の文字や文章まで、必要以上にやさしく甘く、うるおいのあるものになっているのには気づいていなかった。

《――期待されるほどの何物も持たない私は、やはり自然にお会いする機会を待ってお目にかかるのならまだしもですが、強《し》いて機会をはやめるという事が何とはなしに避けたいようにと思いました。

しかしまた、まじめなあのお手紙を繰り返して考えて見ますと、どうもやはりお断りするという事がいかにも傲慢《ごうまん》な礼を失した事のようにも思えてまいります。それでとにかくお目にかかった結果はどうなりますかわかりませんが、お望みにおまかせする事に決心いたしました――》

そんな言い方で木村荘太の面会申しこみを受諾し、青鞜社や校正のため文祥堂に出かける自分の時間割を克明につげ、木村の都合しだいでいつでも待っているという便りを書きあげると、野枝は繰り返し、自分の手紙を読み直した。

それにしても、木村という男は一体どんな男なのだろう。見たこともない女にこんな熱烈な手紙をよこすのは相当の情熱家でオッチョコチョイにちがいない。しかし少くとも「フューザン」の同人だし、レベル以上の男にはちがいあるまい。保持研子の話では、色の白いのっぺりしたまだ子供っぽい感じの男だといっていたけれど……野枝はこの頃とみにだるくなってきた妊娠七カ月の軀でだらしなく寝そべりながら、まだ見ぬ荘太をあれこれ想像した。自分の手紙をまず辻に見せてその上で投函しよう。あれでやっぱり心の中では気にしているにちがいないのだもの。それにしても、木村が、自分に逢って、本気で好きになったらどうしよう。とにかく、逢うなり、辻との生活のことを打ちあけることだ。しかしなおその上で木村がいっそう情熱を燃やして迫ったとしたら……そこまで考えると、野枝は軀中が火照《ほて》ってきて、がばと起き上ってしまった。もう一度、木村の手紙を読み返す。木村の文字の間から男くさい熱気がふきつけてくる気がする。あわてて、その手紙を遠くへなげやると、野枝は辻の本箱の奥にかくしてある大きな二つのハトロン紙の袋をとりだした。そこには野枝が、辻とかわした恋文がぎっしりとつまっていた。

日付を見ただけで野枝はその封書の中の辻の手紙の文句をたちまち脳裏にすらすらと思い浮べることができる。それほどそれらの手紙は読みかえされ、野枝の血肉の中にとけこんでいた。ほとんどが、染井で交されたものだけれど、幾通かは、ふたりが同棲しはじめてから、同じ家にいながら、互いにかわしあった恋文もあった。辻は野枝のおしゃべりの半分もしゃべりかえさない方だったけれど、手紙を書くと、野枝に負けない長さと熱っぽさをこめた。

《血肉の親子兄弟、それが何だろう。夫婦朋友それが何だというのだ。大ていはみんな恐ろしく離れた世界に住んでいるじゃないか。皆恐ろしい孤独に生きているじゃないか――お前はあるいは俺にとって恐ろしい敵であるかもしれない。だが俺はお前のような敵を持つことを少しも悔いはしない。むしろ俺はお前を憎むほどに愛したいと思っている。もし不幸にして俺が弱くお前の発展をさまたげるようならお前はいつでも俺を見棄ててどこへでも飛び立つがいい》

野枝の一番好きな辻の手紙の一部が、浮んでくる。

――どこへゆくものですか。こんなに愛しあっているのですもの。ねえ、あたしたちこんなに理解しあっているじゃないの。あたし、この一、二カ月来、ほんとにあなたとの間が今までよりいっそう緊密に結ばれたという実感があるのよ。あら、あの事だけの世界ではなくってよ。つまり、霊肉両方の立場からの完全な結合だわ。ね、あなただってそう感じてるでしょう――

辻に心の中で語りかけながら、野枝はこんな水も洩らさぬ自分たちの愛の中に侵入して来ようとする木村が、道化役じみて、いかにも気の毒な存在に思えてきた。

三畳の縁側の外から、ふとんをかかえた小姑の恒《つね》がのぞきこんだ。野枝はとっさに机の下に手紙をおしこめると、さもさっきからそうしていたような様子をつくって机の上の原稿用紙にペンをはしらせている恰好をしてみせた。姑や小姑より何時間もおそくおき、ほとんど家の用事はせず、「青鞜」のことで出歩くか、家にいては寝ころがっているか本を読んでいるか、原稿を書いている。そんな珍しい嫁の立場が、いつのまにか野枝の日常の中にとけこんでいた。辻の無言の説得力で、姑や小姑も、はじめから野枝を物を書く女と見立てて、普通の嫁にかけるような期待はいっさい捨てていた。

恒がせまい庭にふとんを干し終って去っていくまで野枝は、出まかせに字を書いていた。青鞜、辻潤、らいてう、哥津、紅吉などの文字が何の連絡もなく繰りかえされるうちに、いつのまにか、フューザンとか木村荘太などという文字がまじっている。

夕方、辻が帰宅するのを待ちかねていて野枝は自分の返事を見せた。

「長すぎるようだけれど、まあ、いいだろう」

辻はざっと目を通すと、無造作にその手紙を野枝に投げかえした。もうすっかり木村の手紙のことなど忘れていたという顔色をしてみせていたが、辻は今日一日中、図書館で読んでいる書物の活字が、木村の手紙のペン字に変っていくのにいらいらさせられ通してきたのだ。あの田舎娘臭かった野枝が、男に恋文を寄こされるほど魅力を持ってきたのかと思うと、辻の自尊心は快くくすぐられると同時に、手紙を見せた時の野枝の小ずるそうな目つきが思いだされて、自惚《うぬぼ》れるなとどなりつけたい気にもなってくる。要するに俺は嫉妬してるらしい、と認めることで、辻は苦っぽく自嘲《じちょう》していた。夕食後、野枝は妙にうきうきした調子で辻を散歩につれだし、煙草屋の角のポストに、木村あての手紙を投げこんだ。手紙の落ちるかすかな音にちょっと耳をすますようにして走りよってきた野枝の、ようやく目立ってきた腹の突き出たずんぐりした姿を、辻ははじめて醜いと観察していた。

野枝の返信を受けとった木村荘太の方では思いがけない確実な手ごたえに喜んだ。仲間の誰彼が、次々とものにしている新しい女のひとりに、自分もわたりをつけてみたいくらいの気持で、木村は半ば面白半分にあの手紙を出してみたのだ。もちろん、これまで木村に恋愛や情事の経験がないわけはなかった。父の桁外《けたはず》れの淫蕩《いんとう》に反撥しながら、女も買ったし、哥沢《うたざわ》の師匠の娘と結婚の約束もした。と同時に一方では異母妹と関係を持ち、そんな自分を持てあましてもいた。婚約者とも義妹ともうまくいかず、なかばやけ気味で野枝へ手紙を送ってみたまでであった。野枝の達筆な、とても、十八か十九の小娘の手とも思えないしっかりした文字にまず荘太は胸を躍らせた。かかってきた魚を釣り逃すことはできない。荘太はすぐ第二の手紙を書きはじめた。

十八日の朝、いつものように、家族におくれて目覚めた野枝は、郵便受けに入っていた手紙と帯封の雑誌をとりあげ、はっとなった。玄関から辻のところに引きかえすまでに、野枝はもうその手紙を読み終っていた。

《私は敬虔《けいけん》に慇懃《いんぎん》に、運命と握手しながらあなたにお会いする日を持ちます》

いかにも文学青年じみたそんな気障なことばが目の中に残った。二十六日の午後、築地の文祥堂に訪ねていくとある。その日、野枝が「青鞜」の校正のため文祥堂に行くことは前の手紙で知らせておいたことだった。

「また来ちゃった」

野枝のさしだす手紙には目もくれないで辻は送ってきた「フューザン」の方に手をのばした。辻を送りだしてしまうと野枝はすぐ雑誌の木村の作品に読みふけった。「顫動《せんどう》」というその小説から野枝は、手紙よりはるかに感銘を受けとった。これだけの作品を書ける男から恋されかけているという自覚が、野枝を陽気にした。

それから五日めの二十三日、文祥堂で小林哥津と校正を片づけていた野枝の許に、午後になって電話があった。

「伊藤野枝さんですか。野枝さんですね」

低い落着いた男の声がささやくように話しかけてくる。野枝はとっさにそれが木村だと悟った。木村は名をつげ、今から行ってもいいかときく。

「どうぞ、お待ちしています」

野枝も気持を押し鎮めた声で簡単に答えた。待つほどもなく木村はやってきた。二階の応接間で卓をはさんではじめて木村と対《むか》いあった時、野枝は色の白い丸顔の木村から平凡な印象しか受けなかった。髪を丁寧になでつけ、ポマードを光らせている。しゃれた金縁めがねをかけているのが文学青年というより金持の若旦那《わかだんな》といった感じを与える。

薩摩絣《さつまがすり》の上等の単《ひとえ》に博多帯をきりっと締め、パナマの帽子を持っていた。身なりに無頓着な野枝も、木村の服装が金のかかったものだということはわかった。ほとんど白粉気《おしろいけ》もない頬に産毛を光らせ、無造作な束髪を首筋に束ね、着ふるした銘仙の単物《ひとえもの》の上に、腹をかくすため木綿の青い上っぱりを着ている、まるで女工のような自分をちらと見かえり、野枝はかえって度胸が据わったような気がした。校正の時に使うニッケルぶちのめがねをかけたままなのがせめてものアクセサリーで、野枝をいくらか理知的な女に見せていたかもしれない。木村はそんな野枝の方にろくに目もあてず、伏目がちの表情でぼそぼそ声で早口に、なぜ手紙を出したかなど言いはじめた。

部屋の隅に哥津が向う向きに腰かけて本をみていた。事情を野枝から聞いていたのだが、席を外すほどの間ではないと思っていたのだ。野枝は早く辻と同棲していることを告げるべきだと思っているけれど、次から次へと木村が話題をひろげるので、つい言いそびれてしまった。この頃の「青鞜」に対する世間の圧迫や、根も葉もない悪意のゴシップについては、野枝も黙ってはいず、激しい口調で話をあわせた。木村が野枝とある男とのスキャンダルが「中央新聞」に載っていたということを持ち出すと、野枝は吐きだすように、

「根も葉もないでたらめですわ」

と抗議した。一瞬、木村の表情に明るさがみなぎった。木村は、野枝に最初の恋文を出

した直後、仲間の長尾豊から、野枝は辻潤と同棲していて、「青鞜」に出している翻訳などはみんな辻のした仕事だというようなことを聞いていたのだった。自分の目で確かめ、聞き訊《ただ》すつもりで、予定をくりあげ急に訪ねてきただけに、木村は野枝がスキャンダルにみせた子供っぽい憤りの表情や断乎《だんこ》とした口調にうたれた。平塚明子でさえ野枝の若々しさと素朴な外観からの印象で辻との肉体関係に気づかなかったくらいなのだから、木村はこの時、野枝に男はいないと希望的即断をしてしまった。野枝の方も、木村のこの勘ちがいをすぐ男の口調から察したものの、一度言いそびれたことはいっそう口に出しにくくなってしまった。

そのうち哥津も仲間に入り、雑談に時間をすごし、木村はすっかり、上機嫌になり、帰る野枝や哥津に別れ難そうに銀座までついて来て、ようやく去っていった。

帰宅すると辻もちょうど帰ったばかりだった。

「今日木村さんが来たわ」

「へえ、どんなだったい?」

辻はちょっと細い目をしばしばさせ、薄赤くなって横をむきながら訊いた。

「どうって……何だか印象の薄い人だわ……すぐ忘れてしまうような顔があるじゃない?　あんな風な人よ」

「何を話したんだい」

「何をって……そうねえ、何だかとりとめもないことよ。まあ、文学青年のしゃべりたがるようなことよ」

実際、木村との会話を思い出してみても、これといってことさら、辻に報告するほどのこともない気がしてくる。と同時に、辻と同棲していることを言いそびれた後味の悪さもなぜか辻に素直に告げる気持がしないのだった。

翌朝、辻が出かけた直後、野枝はまた木村の第三の手紙を受けとった。昨日、野枝に逢った印象と歓《よろこ》びを情熱的に述べ、更に自分の感情を推し進めようとする木村の熱っぽい息吹《いぶき》が行間からふきあげるような手紙だった。

《――私はあなたを愛します、愛します、愛します。その愛に自己が生きます、世界が生きます。実はすでにあなたを愛していました。ですから私は、今日もしあなたがその私の愛を激しく裏切る方であったら(私は随分人の外観に対する選択があるものですから)実にこの上ない不幸だと思っていたのでした。で私は、その運命の前に盲目に震えていたのでした。私はもっと自分の運命を信じていいという勇気を得ました。僕は今実にいいのです――》

野枝は木村の手紙の情熱にうたれると、昨日、辻との同棲を告白できなかった自分の気の弱さを後悔した。とんでもないことがすでに起っているという胸騒ぎと不幸な予感に胸がしめつけられ、あわてて辻の机にしがみついた。夢中で、ペンの走るのももどかしく一気に長い手紙を書きあげた。自分の今日までの生い立ちから、辻と結ばれるに至った経過、そのため辻が失業したことまで、むしろ露悪的というほどの告白調で克明に書き綴っていた。

《——私がいまその男と同棲している事は事実なのでございます。私共は去年と今年とずいぶんひどい目にも会いました。今でも会いつづけています。しかしそうした周囲の事情がいっそう私共の結合をかたくして、いま私共は離れることのできないものなのでございます——》

とまで、一気に書いてきて、野枝は、こんな書き方が、木村にはのろけているようにとられはしまいかと気づかったりした。辻に木村の手紙を見せたことも書き、最後には、木村の、エレン・ケイの翻訳に対する生田長江から出た噂についての問いに対しては、

《——それからエレン・ケイの翻訳のこと、もちろん私のごくまずしい語学の力で完成するはずはありません。たしかに男の力によるのです。私もできうるだけ勉強して他人の力などによらず、自分でできるようにしたいと心がけて勉強しています。私は決してそれをかくしたり偽ったりはしません。私の力の足りない間はそれも仕方がありません。私はどなたかいけないとでもおっしゃれば、自分一人でできるまでは決して致しません。ああいうむつかしい翻訳の私にできないという事は、たぶんどなたも御承知だろうと存じます》

と、率直とも居直ったともとれる調子で書きつけた。

《――私はすべて申上げる事だけは申上げてしまいましたから、私がこれだけの事を申し後れたという事をお詫びいたしますと同時に、すべてはあなたのまじめな判断をお待ちいたします。――六月二十四日――》

そこまで書き終えると、あんまり一気に力をいれ、書きつづけたため、指がペンに喰いついたようになって、しびれ、すぐには離れなくなっていた。これは辻に見てもらった上で出そうと、野枝がぼんやり机にもたれている時、またもや木村からの第四の手紙が追いかけてきた。前便では言いたりなかったとみえ、前便よりは短いけれど、もっと率直な具体的な求愛の手紙であった。昨日の夜書いたものだ。

野枝はそれも読み終ると強い酒でものみくだしたように腸《はらわた》まで熱くなってきた。気違いに抱きすくめられたような理不尽な圧迫と恐怖さえ感じてきた。じっとしていられなくて、野枝はそれらの手紙を机に放りだしたまま、家を飛びだし、「青鞜」の事務所へ出かけていった。保持研子としゃべってみても一向に心が落ちつかない。頼りにしていたらいてうは赤城に出かけて帰って来ない。辻をたしかに愛しているのに、なぜあんな一方的な、一度しか逢わなかった男の愛の告白に、これほどまでに心がかき乱されなければならないのか。野枝はそんな自分の心の頼りなさを真向から見つめるのが何だか怖しかった。辻の好きな、林の中をひとりで歩きまわって、ようやく心を落ちつけ、帰ってみると辻が一足先に帰っていた。机の前からふりむいた辻は、野枝がこれまで見たこともないような陰鬱《いんうつ》な表情をしていた。辻の手の中のものが、さっき自分の書いた木村への返事だと思うと、野枝は衝動的に辻の手からそれをひったくって激しく辻にしがみついていった。唇を求めようとする野枝の顔から顔をそらし、辻はふたたび手紙を読みつづけている。野枝は辻の胸に甘えたように顔を押しつけながら、辻の胴に腕をまわし、上目づかいにそっと辻の表情を盗み見ていた。辻の蒼白い頰に神経質そうな痙攣《けいれん》が走り、唇の震えを必死に嚙みしめようとしているのがわかる。辻は読みおわっても一言もいわないし、野枝をふり払うでもなければ抱きしめるでもない。野枝はわけのわからない涙が感傷的にこみあげてくるのを流れるままにさせ、わざと辻の着物にしみとおらせながら、やっと片手で机の上の原稿用紙に書いた。

（おこってるの）

辻もすぐその横へ、

（怒ってはいない。木村の手紙はみな気持がいい。ただお前の昨日の態度の明瞭でなかったのが遺憾だ）

と書いた。野枝は、これ以上は辻にさからわない方がいいと思い、甘えた調子でいった。

「この手紙はあんまり興奮しててめちゃめちゃだから、もう一度ちゃんと書き直すわね」

「長すぎるよ。返事は簡単でいいんだ」

それには言葉をかえさず、野枝は辻の手をとって自分の胸にひきいれた。乳房は娘の頃の三倍にもふくれ上って今にも乳をほとばしらせそうに張りきっている。辻が少くとも木村の手紙によって自分の何分の一かは共に動揺していることが、野枝には一種の恐しさと同時に快さを招いていた。

翌二十五日、野枝が文祥堂へゆく支度をしている所へ、またもや木村の第五の手紙が襲って来た。野枝はもうこうなると、木村の手紙に一種暴力的な強引ささえ感じていた。

昨日の手紙があわてすぎ、二通とも番地を書かなかったので届いていないだろうから、また書くという書き出しで、昨日と同じ愛の告白がよりいっそう大胆に述べられているものだった。野枝は自分の手紙を書き直す気力もないほど、木村の手紙に動揺しつくしていた。

その日は文祥堂にいっても一日何をしているのか覚えもなかった。哥津や岩野清子が来ていたが、何を話したかも覚えがなかった。

ただもう木村の情熱が異様な熱っぽさで、野枝のまわりに濃霧のようにたちこめていて、息をするのさえ苦しい思いがする。

辻を愛している癖に木村の情熱に今はたしかに動かされている自分を認めないわけにはいかない。ふたりの男の愛を無意識に天秤にかけて計っている自分の心に気づき、野枝ははっとした。とんでもないことだ。辻の愛を裏切れるものか。あの人なしの生活なんか考えられるものか。野枝は今日こそ帰って断乎として拒絶の短い手紙を書こうと自分の心に言いきかせた。すると不意に大切な恋をあきらめるような思いがけない切なさがこみあげてきたのに愕かされた。帰ってみると、まさかと思っていた第六の手紙がまたもやすでに机の上に載っていたのだ。今朝書いたものだった。

《僕ははじめからして、あなたを愛しろと何かに命ぜられているような気がします》

まったく何て大げさな……と思いながら、野枝は二日に四通もたてつづけに見せられる恋文の激しさ熱っぽさにしだいに馴れてきていた。最初の手紙を見た恐怖と狼狽《ろうばい》に似た気持はいつか消え、目は無意識に愛という文字をせっかちに追い求め探していた。

《僕はもしあなたと僕と互いに愛し得る運命に作られているものだとすれば、この僕の愛がまたあなたをも生かす力を有する事を疑いません。もしそうでなく、僕のみひとりあなたを愛して行かねばならない運命だとすれば、僕にはそれでもやはりいいのです。僕があなたに注いでいる愛は、ただ僕ひとりのみをよく生かします》

野枝は手紙の上につっぷして熱い息をはき、身悶《みもだ》えした。身内に、手紙の中からふきつけてきた猛火の炎がのりうつったような熱さがかけめぐっていた。頭をあげた野枝は、血走った目を開き、夢中でペンを握りしめた。たてつづけに受けとった手紙によってまきおこされた自分の動揺を紙に向って叩きつけるように書きなぐった。

《――私はもうどうしていいかわかりません。私はあなたのお言葉の一句一句に気も遠くなるほどの力強さを覚えます。こんな真実なそして力強い愛を語られる私は、本当に幸福だとしみじみ思います》

返事のおくれた言いわけのあとに、こんな心の乱れをそのまま打ちあけると、野枝のペンはもう止まることをしらなかった。

《ああ誰が――あなたの愛をしりぞけ得ましょう。私は心からあなたを愛します。本当に、本当に心から――しかし私は自分を偽りたくはございません》

ペンは野枝の心情の熱さをそのままインキの中にとかしこみ、後から後から情熱的な文章を綴っていく。書き終ると、今はたしかに木村を愛していると思わずにはいられなかった。野枝は手紙を読みかえすのも怖く、昨日書いた長い告白の手紙をいっしょに封をして、校正にもっていくふろしき包みの中に入れてしまった。はじめて辻に秘密を持ったことにまだ気づいていなかった。

翌二十六日、野枝は文祥堂に出る途中で思いきって昨夜の手紙を投函した。一夜眠ったせいで、昨夜のあの激情はもうどこかへ消えてはいたが、返事をこれ以上おくらせることはできないと思った。野枝はふと、自分と辻のあのハトロン紙袋の中の手紙を思いだした。野枝の方が辻のより二倍も量が多かった。別れている時、書いても書いても書きたりなかった気持や、自分にくらべ辻の手紙の少さを恨めしく思った気持なども昨日のように思いだされてきた。同棲して以後も、いつでも辻より自分の方が愛の熱度が高く、求めてばかりいたような気がしてきた。ところが木村はちがうのだ。男の方からひざまずき、なりふりかまわず愛を求め、悶えている。自分にも男をここまで惑乱させる魅力があったのだ。かくしきれない虚栄心の満足感が、野枝を苦しい中にも得意にさせていた。

文祥堂の帰り哥津と神楽坂など歩いて帰ってくると、先に帰っていた辻からまた木村の手紙を突きだされた。

「何てよく書くんでしょう」

野枝は思わず笑ってしまった。辻も苦笑いしている。二十五日の夜半とあるその手紙は二十五日に木村の書いた三通めの手紙だった。一日に、二通も三通も書く手紙が矢を射るように投げこまれ、もうたてつづけに三日に五通も読まされているので、野枝は木村に逢ったのがつい三日前だったとは思えず、十日も以前のような気がしてくるのだった。今度の手紙は妙に沈潜《ちんせん》した感情で不安を静かに語りかけていた。

《今は十二時を過ぎました。私の心は今悄然《しょうぜん》としてあなたに注がれている事を感じます。今私の前には卓に向い合ってるあなたの姿があるのです。あなたにお話している気持でこの手紙を書こうとします。私は刻下自分の心に湧き上る思いをこうしてあなたに宛てて書くほか、自分の運命を開拓する方法を知りません。またそうする事より他に

日々のある時間を消す方法を知りません》

と書き出した手紙の中では、離れる予感の方が多いのです。といった文章も見えていた。

まだ野枝の返事を受けとっていない木村がようやく不安にかられ、一人角力《ひとりずもう》の惨めさに傷つきはじめていることが窺《うかが》われる。辻は野枝がため息と共に放りだしたその手紙をとりあげ、丁寧に読んでいた。その横顔を見ているうち、野枝は突然胸をしめあげられるような恐怖に襲われてきた。今朝、辻に内緒で出したばかりの自分の手紙の内容が、急に不安になってきた。あの激情に揺られたままの手紙が、木村にどんな反応をおこすかと思うと、早まったという後悔にいたたまれなくなってきた。今すぐ辻にその事を告白したい衝動にかられながら、辻がどんなに憤るかと思うと恐怖で心が凍りつきそうになる。無口でおとなしく、頼りないほどはきはきしない辻の中に、野枝はやはり摑みきれない大人を感じ、それが苛《いら》だたしくもあり、頼りにもなっていたのだ。

「よっぽど暇なやつだな」

辻は吐き出すようにつぶやくと、木村の手紙を投げ返してきた。

「二十四だったかな、五くらいかな」

辻のひとりごとがつづいた。木村の年齢のことだった。

木村荘太の方ではもうほとんどあきらめかけていた野枝の返事を二通同時に受けとって、ほっとした解放感を味わっていた。まるで物の怪《け》に憑かれたようにこの四日間に書きに書いた五通の手紙の後に、ようやく届いた野枝の手紙だけに感銘も並々ではない。木村は五通の手紙が嘘だとは思わないが、純粋な恋文だとは言いきれないものを持っている。もちろん、あわよくばという好色的な気分も大いにあったけれど、舞台で演じている劇中の人物になったような演技的な遊戯の気分がないとは言いきれない。第一、木村は自分の計画をはじめ、野枝の第一の手紙や、自分のはじめの頃の手紙のコッピイまで、弟の荘八や、文学仲間に話したり見せたりしていた。新しい女を射落してみせるということは、当時の文学青年の間では充分価値のある恋愛遊戯であった。同棲者がいるらしいということさえ、興味をかえってそそっていた。かからなくても元々だという軽い気分もある。ただし、恋の手紙を矢つぎばやに書き送るうちに、恋病いの男の舞台の仮面が、肉に喰いついたような錯覚を覚えることになってもいた。手紙はしだいに熱がこもり、野枝の便りを待つ気持の中には好奇心だけとは言いきれないある切なさまでまじってきていた。ミイラ取りがミイラになりかかっていることを自覚しながらも、木村は、この純情な恋人役の舞台の引きぎわのポーズもそろそろ計算し始めていたのだ。初対面の野枝から、若々しさと知的な印象は受けたけれど、木村は性的な魅力というものは一向に感じていなかった。過去の木村の恋人たちは誰も野枝より美しく、野枝より色っぽく、柔かな女らしさに匂っていた。二十三日に逢って以来、野枝からハガキ一本でも自分に逢った挨拶をよこさないのが、木村の自尊心を傷つけていた。まだ三日しかたっていないのに、自分の出した手紙の分量から錯覚し、木村ももう野枝に逢ったのが十日も前のような気がしていたのだ。そこへ同時に二通入った分厚い野枝からの手紙がようやく届いたのだ。短いが激情に惑乱しきったような手紙をまず読み、驚喜したあとで、長い告白調の手紙を読み終えた木村は、何より自尊心がなだめられ快くなった。全くの道化役ではなかったという安心感が何より木村をほっとさせた。とにかく野枝の真剣さ、真面目さが文面からは溢れている上、押えても押えきれない情熱が行間からほとばしっていた。

木村は落ちついて、この劇のクライマックスからどう美しいフィナーレに持っていくべきかを考えていた。できるだけしめやかな沈潜した文体で木村は美しい別れの手紙を綴ることに腐心した。あなたの幸福を祈りますという、別れの手紙の常套語《じょうとうご》で最後を結ぶと、木村は言いようのない、解放感にほっとした。文学的な悲恋の主人公の役割を無事に演《や》り終え幕が下った。自分の四囲から拍手が聞えるような気持がする。その幻の拍手に酔っているうちに、アンコールに応える名優のように、木村はもう一度別れの手紙が書きたくなっていた。

翌二十七日、野枝は木村の第一の別れの手紙を受けとった。どこといって怨みがましい節の一行もない、実に聞きわけのいいあきらめの早いその別れの手紙は、整然としているだけに、美しいだけに、野枝に一種の悲哀を感じさせた。ほっとしながら、その安心感の下からすぐ何ともいいようのない激情がつきあげてきた。二十四日から今日までの四日間にどれほどこの男の手紙に悩まされたかと思うと、激情の頂点で急に手を放されてしまったような不安定な感情が揺れていた。勝手すぎるという男への憤りの下から、あんまり簡単すぎるという不満が重なってきた。あれほどの求愛がかくも安直にひるがえるものだろうか。野枝は無意識のうちに捨てられかけた女のような狼狽で心がかき乱されていた。会って話をつけなければ。これで話がついてしまったと思っている男の胸に拳を打ちたいような苛だたしさで、野枝はいきなり便箋《びんせん》をひろげた。

《――私はこのままあなたと離れてゆく事が非常に哀しく思われます。私はあなたにお会いしてからすっかり平静を破られてしまいました。私はいま一人でじっとしていられません。あなたにどうしてももう一度お会いしたいと思います――》

自分が今、どんな危険なことを、人妻としてあるまじきことを書いているか、野枝にはわからなくなっていた。書くとすぐ追いたてられるように投函してしまった。すると急にこの四日間の激情の疲れが出て、野枝はぐっすり泥のように夕方まで眠ってしまった。「青鞜」の校正はようやく終って、今日から外出する必要はなくなっていた。夕方帰って来た辻は野枝から木村の手紙を見せられ、無表情にうなずいただけだった。とにかく事件は終ったという安堵が辻の表情の少い目の中にも滲んでいた。機嫌のいい調子で辻は出先でもらってきたある音楽会のキップを野枝に三枚渡しながら、

「明日むこうで逢おうよ。誰でも誘っておいで」

といった。野枝は昨日の自分の手紙のことをまたしてもいいそびれてしまった。何かとんでもないことが起りそうな不吉な予感に苦しめられ、野枝はほとんど眠れないで朝を迎えた。あの乱れきった手紙を内緒で出したことが辻に知られた時の恐怖を思うと、いてもたってもいられなくなる。

翌朝またしても木村の手紙が舞いこんできた。野枝の手紙への返事ではなく、別れの甘美さに陶酔してアンコールとして書いた二十六日付の第二の手紙だった。今度は御丁寧にも辻宛のまで同封されている。最初の二倍もある長さで、しみじみあきらめの辛さと甘さを語りかけたこの手紙は野枝の自尊心を満足させ落ちつかせた。辻への手紙は、儀礼的なわびと感謝のものだったが、簡潔なその文章から野枝には木村が中世の騎士のような幻で思い描かれてきた。するとまた貴重な壺をとりおとしてしまったようなみれんが、木村との未然に終った愛の上に残されてきた。

その夕べ、音楽会で辻に逢っても野枝は始終不機嫌な態度をとっていた。妊娠して以来、気分にむらが多くなっているのには馴れているので辻は気にもとめていない。それがいっそう野枝にはいらいらしてくる。この男のために絶ちきった新しい愛がまたとはない貴いものだったような錯覚がしてくる。働きのない、煮えきらない辻への日頃の不満が急にわきあがってきた。突然、辻に憎しみにちかい気持を持っていることに気づき野枝はあわてた。もう逢えないだろう木村が、まるで相愛の相手だったような切なさで思いだされる。辻が近よると感覚的に嫌悪さえ感じた。そんな自分に野枝自身がぞっとおびえた。

「あのね、木村さんからあなたにお手紙が来ててよ」

帰りの途上で野枝はいった。

「へえ？　ぼくにかい？　お見せ」

「うちにあるわよ」

辻は木村の二通の手紙を読み終ると不機嫌になって野枝を詰《なじ》った。

「お前はぼくに見せない手紙を出したんだな」

「ええ」

「なぜだ。何を書いた」

「忘れちゃったわ。そんなこと。書きたしただけだもの」

野枝は辻の顔色をうかがいながら、のらりくらり言いのがれ、結局、最後のあの手紙のことはごまかしてしまった。

翌日は日曜日だった。姑のミツは、ちょうどこの事件のおこった頃から潤たちとのちょっとした口げんかを種に親類へ泊りがけでいっていて、いない。姑よりもっと気分ののんびりした小姑の恒だけだったのも野枝には幸いだった。辻は珍しく朝から例のふたりの恋文の袋を持ちだして、日付を揃えて整理などしている。野枝が今までそれを持ち出す度、照れ臭がり、不機嫌になって、よせよとそっぽをむいたものだったのだ。野枝はそんな辻の心の動きに内心勝ちほこりながら、ひそかに木村の手紙を待っていた。自分のあの取り乱した手紙に返事があると確信していた。珍しくその日、木村からは音沙汰がない。

翌三十日の午後、野枝はいきなり電報を受けとった。

「キヨウゼヒキテクダサイキムラ」

その電報を手にしたまま、野枝は地の底へ引きずりこまれるようなめまいを覚えていた。しかし、行かずにはいられない。自分でなげた賽だった。

二通の別れの手紙を出した後で野枝の叫んでいるような情熱的な手紙を受けとった木村は、はじめてこの事件にふみいって以来躍り上りそうな歓喜を覚えた。ついに勝負はあった。野枝のこの取り乱しきった手紙！　この支離滅裂の文章、この叫び、ついに手紙の力だけで女を、しかも人妻の心をここまで動かしてしまったのだ。木村の胸には男の自惚れがわきあがってきた。この事件以来、一々経過を報告してきた友人の手前、これほど面子《メンツ》のたつことがあろうか。木村は躍り上りそうな心を押えて、今度こそわなに飛びこんでくる野枝を固唾《かたず》をのんで待ちうける気持だった。しかし、野枝は一向にやって来ない。木村は二十九日と三十日は家で待つといってやったのに、一向に現われない野枝の身の上が急に心配になってきた。たまりかね電報をかけておいて、待ちきれず、野枝の家へ訪ねていった。行きちがいに野枝は木村の家へたどりついたのだった。麹町《こうじまち》の木村の家の宏壮さに、自分のみすぼらしさがみじめだった。女中に丁寧に扱われ野枝は木村の部屋に通された。茶菓が運ばれるとすぐ別の小間使いが木村の置き手紙を持ってきた。入れちがいに来たら待っていてくれということだった。木村が自分の家を訪ねたと知って野枝は絶望的になった。

辻がもう帰っている時間になっている。立つに立てず、おろおろしている間に時間はどんどんすぎていく。気がつくといつのまにか電灯が点《とも》って窓の外はすっかり暗くなっていた。その時あわただしい足音をさせ、木村が部屋にかけこんできた。

「やっぱり！　来てくれていましたね」

木村は上気した頬に目を輝かせ勝ちほこったようにいった。一週間めに逢ったふたりだったが、緊張しきったこの一週間は半年分くらいの重味があった。野枝は、坐るなりもどかしそうにしゃべりはじめる木村のせかせかした興奮しきった口調にあっけにとられていた。

これがあの熱烈な、そして美しい、淋しい、落ちついた恋文の数々を書き綴ったと同じ人間だろうか。恋文から明らかにもう一人の仮装の木村荘太という男の幻影をつくりあげていたことに野枝はようやく気づいてきた。木村がしゃべればしゃべるほど、野枝は水を浴びせられたように背筋がひえびえとしてくる。今日辻に逢い、辻から不機嫌で無愛想な扱いをうけたことまで木村は遠慮なく語った。今や野枝は当然、辻より自分の側についていると決めこんだ荘太の口調が野枝に反撥させた。野枝は強情に黙りこんで下をむき、じっと聞いていた。こんなはずではなかった。こんな男ではなかった——

手紙が描きあげた野枝の心の中の木村の幻影は、もうどう探しても目の前の現実の男からは得られない。木村は自分の過去の恋愛や、複雑な家庭の事情まで打ちあけた。同時に机の引きだしから友人から来ているこの恋への激励や、忠告の手紙の束をとりだしてみせた。野枝はそれらを手にとり素速く目を通しながらぞっとした。

自分と木村だけの個人的な恋が、いつのまにか、文学青年の間で公然の出来事のように取り沙汰されていることに腹が立ってきた。なぜ木村がそんなことを一々友人にひけらかすのか理解できなかった。

「まだあの人にみれんがあるのですか」

木村は、ふたりの男の選択をせまるように言った。

「ええ」

野枝はその時だけははっきり言いきった。けれどもその気持を説明する気にはなれなかった。その夜、野枝が家に帰りついたのは十二時をまわっていた。部屋に入ったとたん、ふりむいた辻の険悪な表情に野枝は立ちすくんだ。憎悪に歪《ゆが》んだ顔のまま辻は野枝に言い放った。

「何だ、そのめがね！　何のためだ」

野枝はくやしさにぶるぶる震えてきた。木村の所で失望した気持を正直に打ちあけ取りすがろうと思っていた甘えた心がうち砕かれた。

わびる気もしないですぐふとんの中にもぐりこんでしまった。辻はそんな野枝の不貞《ふて》腐《くさ》れた態度にいっそう傷つけられたらしく、いつもの癖で紙に思っていることを書いて投げつけてきた。

（お前の態度は不純だ。私は不満だ。はっきりした態度をとれ）

野枝は疲れている一点ばりで返事をさけ、不貞寝をつづけた。辻もやがてあきらめたように野枝の横に身を横たえてきた。辻のつくため息や寝返りをうるさがっているうち、ふいに野枝は腕をつかまれた。

「お前がそんなに動揺しているなら、別れよう。その方がいい」

低い思いつめた辻の言葉を聞くなり、野枝は自分でもわけのわからない激情に襲われ、

「いやだっ、いや、いや」

と叫んで、辻の胸に武者《むしゃ》ぶりついていた。

翌日は辻にも、木村にもはっきりした返事をしなければならない日だった。野枝はこの数日来の神経の疲れが一時に出て起きているのも苦しかった。暑さと身重のけだるさ

が重なって病人のような気がしていた。終日ごろごろして、父と赤城のらいてうに手紙を書いただけだった。辻は昨日よりもっと不機嫌な顔をして帰ってきたが、野枝も口をきく気もしなかった。だまって手紙を出しにゆきかける野枝の襟首を辻がいきなりつかんでひきずり戻した。

「何をするんです」

「見せろ？　何を出しにゆく」

恒への手前の恥しさと情けなさで野枝は逆上した。ヒステリー状態になり目がつり上り、息がとまりそうになった。そんな野枝を辻はあわてて介抱しながら、

「こんなことは厭だ。たまらない、おいっ、今から木村の所へ行こう。話をつけてしまおう」

と言いだした。野枝もさすがにあわてて、せめて明日まで待ってくれと頼みこんだ。辻は昨夜、書いたらしい長々しい手記を野枝の方へ投げてよこした。昨夜、野枝が木村のところにいた四時間ばかりの間の嫉妬と妄想にさいなまれた苦しさが綿々と書きつらねてあった。

野枝は読みながら途中から泣きだしてしまった。

辻は今度の事件でつくづく自分自身を見直した。木村の手紙に返事を書けとすすめたり、木村のことをわざわざ説明してやったり、さも物わかりのいい夫のようにふるまっ

ていた自分の本心の底には、はじめから、人の女にチョッカイを出す木村への憤りがかくされていたことを認めないわけにはいかなかった。愛も憎しみも喜びも悲しみもすべて人間の感情をあらわに素直にむきだすことを野暮と思う江戸っ子特有の心の見栄が、いかに無力なものかということを思いしらされていた。恋愛のはじめ自分に対して、あれほど情熱的に体当りでぶつかってこられた野枝の野性の情熱の中には、他からの誘惑に対しても人一倍敏感でもろい熱すぎる血が流れていたことを再認識せねばならなかった。辻はこれほど自分が野枝に嫉妬するとは思いがけないことだった。妻の才能教育とか、成長を見守るとか、女権を擁護してやるとか利いた風な口をきく自分の中に依然として妻を自分ひとりの中にしばりつけ、家庭にとじこめておきたい男の本能と利己心が巣くっていることを認めないわけにはいかなかった。

さらに今度の事件で憎いのは木村ひとりで、野枝は動揺すればするほどいじらしく、見放せない愛着が湧くのも認めずにはいられない。けれども、いつか野枝が、家事や育児の雑用が自分の成長をさまたげるものと思い悩みはじめた時はどうすればいいのか——そこまで考えると、辻は、野枝をこれ以上成長させ目覚めさせていくことへの恐怖さえ感じてくる。

辻の赤裸々な告白を読み終ると、野枝もはじめて素直になって昨夜のことをわびた。野枝の説明から、辻は二人の間に肉体的なものはなかったことを察した。接吻《せっぷん》はおろか手も握っていないらしいと信じ、辻は内心ほっとすると同時に、自嘲した。要するに昨日からの自分の懊悩のすべては、ただその一点にかかっていたのかと思うと、いっそう自分の卑小さがやりきれない。しかしなおおっかぶせて、辻はこの機会を逃すまいとした。野枝に明朝は木村の所へ行く約束をさせるまで気持をゆるめはしなかった。

翌朝、いきなり辻と野枝のうちつれた訪問をうけた木村は、とっさに事態を察した。昨日とはうってかわった辻の悠然とした態度がすべてを語っていた。

この会見は木村の惨敗に終始した。

木村は少くとも野枝の最後の二通の手紙を見なければ自分はあまで積極的にならないということを主張した。辻の見たいのもその二通の手紙だった。ところが木村はそれは弟の荘八の許にあるという。野枝は怒りがこみあげてきた。その一事で、この恋が彼らの仲間でどんなに興味本位に扱われているかが想像できる。その足で三人は赤坂一ツ木の「フューザン」の編集室へ向った。「フューザン」は改題して今は「生活」と名乗っていた。二階から木村は二つの手紙を持って来た。そこにたむろしている仲間にけしかけられたらしく、木村は、不機嫌な怒りを露骨にあらわした表情になっていた。自分の立場の道化ぶりに自己嫌悪がおきてならない。辻はその場で読み終ると、

「こんな気持だったのかい」

と平然と野枝をみかえった。野枝も横からのぞきながら、顔を赤らめもせず、

「ええ、この時はこれで本気だったの」

とぬけぬけいう。木村はたまりかねてどなった。

「呆れかえったもんだ。ぼくはすっかり軽蔑する。そんなあなたならこっちからさっぱり捨てちまうさ」

木村の提案で、お互いにこの事件を書いて、世間の無責任なスキャンダルを封じようということになった。

「青鞜」には「動揺」、「生活」には「牽引《けんいん》」という題で、それぞれ八月号にこの事件は当事者の手で発表された。新聞雑誌は喜んでこの告白手記にとびつき、ジャーナリズムはわきかえった。「新しい女」はまたしても話題を提供してくれたのだ。「新講談」に「手紙がとりもつ新しき恋」というのまで出たという噂だった。教育者や心理学者もとびついてこの事件を論じた。伊藤野枝の名は、たちまち有名になってしまった。

こっけいだったのは木村がいかに恋に目がくらんでいたとはいえ、野枝の妊娠七カ月の軀に最後まで気づかなかった点だった。らいてうは、この点について、野枝の方にも、妊娠の自覚もなさそうなこと、反省の中に一度もその生理的事実が浮ばないことを指摘して非難した。

要するに、この事件は木村の道化役のおかげで、夫婦の間はいっそう固められたという形において落着した。

ちょうどその頃、赤城から帰ったらいてうの恋も八月の炎熱よりも激しく燃えさかった。博史は相変らず、無邪気で暢気に明子に逢いに来るけれど、一度肉体的にも結ばれた今では、逢瀬《おうせ》も夏以前までのような状態ではおさまらない。博史の下宿と自分の住居の遠さが何より明子の苦になってきた。家人が博史を嫌悪するのはいっそう露骨になっている。しかも博史は原田潤とまだ共同生活をつづけている。

《私は今こうしてあなたと隔った別々の生活を続けて行くには堪えられません。私は今もっともっとあなたと自由な時を望んでおります。

私はもはやドリイマアではいられません。イリュウジョンばかりではいられません。今の自分を率直に表現するならば、私はあなたと同じ昼と夜をもたねば満足できません。夜なき昼が何になろう。昼なき夜がまた何になろう。あなたと一つ家に起居する原田という人のことを思うと、私は羨望《せんぼう》に堪えません。しかしこんなことがあなたの心にいったいどう響くものやら私には少しもわかりません。

今更申すまでもありませんが、私は余りにもあなたを愛しております。このような深い心はこれまで全く経験のないことです》

博史に向って書きながら、明子は自分の恋の純粋さ、その熱情の深さに思わず涙をあふれさせていた。決して頼りになる恋人ではないけれど、博史は可愛くてたまらなくなる恋人であった。博史との愛の完成を思うと明子は過去の自分を一切無にして悔いない気がしていた。その愛のためには、どんな迫害も犠牲も甘んじて受けたい勇気がわきおこってくる。一日、博史に逢わないでいることが、今の明子にはもう苦痛でならなかった。

《あさっての夜まであなたを見ないでいられるでしょうか》

女学生のようにそんな甘いことばを書きつけながら、明子は美しい眉間《みけん》に深い縦皺《たてじわ》を刻みつけていた。頼りない博史に鞭《むち》うつようにして二人の生活を築くことがもうその開始の前から、これほど重いものとは——前途を思うと明子の瞳は曇らずにはいない。何より、明子は赤城で固めてきた決心を決行しなければならなかった。新妻莞に対する公開状を発表すること。すなわち、世間にむかって、博史との恋を公然と発表すること。そのことによってまた湧きおこる世間の非難や攻撃は火を見るより明らかだった。たまたま野枝の「動揺」事件が発表され、それだけでさえ世間がわき上っているその中へ、再び、火に油をそそぐようなものだった。しかし二十歳にみたない野枝でさえ、あれだけの勇気をみせて敢然と自己の恥や矛盾を公衆の前にあばいてみせたではないかと思うと、明子は、自分の恋は、野枝のような根拠のない浅薄なものではないと思うほど、その公表に勇気づけられるような気もしてくるのだった。ただ、明子のその一大決心をまだ逡巡《しゅんじゅん》躊躇《ちゅうちょ》させるものは、博史自身の心の内だった。去年の夏の突然の博史の背信と屈辱の古傷は、表面に出さないだけ、明子の心に根深くこたえていた。自分ひとりがこれほど躍起になってあらゆる困難や犠牲を払って、いざふたりの愛のために天下を敵にする勢いで立ち上ったとたん、当の博史がまた秋が来て飛び去る燕のように身をかわしてしまったのでは茶番劇になりかねない。明子は事を決行する前に今一度しっかりと博史の覚悟をうながし確かめておかずにはいられなかった。

明子は原稿用紙の第一行目に、

《一、あなたの真実をもう一度誓って下さい》

と書いた。書き終ってみると、それはいかにも抽象的で文学的にすぎるような気がしてきた。明子はもっと博史に具体的なダメおしをしたがっている自分の心をみつめていた。一本の線でその一行を消してしまうと、次に改めて書き出した。

《一、今後ふたりの愛の上にどれほどの困難や面倒なことが起ろうとも、あなたは私と一緒によく堪えるか。ふたりの愛の真実が消えない限りは外的のどんな圧迫がふたりの上に降りかかってこようとも、あなたは私から去らないか。
二、もし私があなたに結婚を要求するものと仮定したら、あなたはこれに何と答えられるか。
三、もし私が最後まで結婚を望まず、むしろ結婚による男女関係(ことに今日の制度としての)を憎むものとすれば、あなたはこれに対してどういう態度をとられるか。
四、もし私があなたに対して結婚はしないが同棲生活を望むものとすればあなたはどうされるか。
五、もし私が結婚も同棲も望まず、最後まで別居してふたりで適当の昼と夜をもつことを望むとすればあなたはどうされるか。
六、子供についてあなたはどんな考えをもっていられるか。私に恋愛があり欲望があっても生殖欲がないとすればあなたはどうされるか。
七、あなたに今の下宿を引越す意志がほんとうにあるのか。それほど引越しを要求していないのか。金さえ都合つけばいつ越してもさしつかえないのか。
八、今後の生活についてあなたにどれだけの成算が立っているのか》
一気にこれだけの箇条書を突きつけた場合の、博史のショックを思いやらないではなかったけれど、明子はこうにでもしなければ自分の不安心を静めることができなかった。博史の心さえ摑んでいるなら、たとえ全世界を敵にまわしても、この恋の完遂のため立ち上れる気持がしていた。

博史はまるであいくちを突きつけるようなやり方の明子の詰問状に、少からず愕かされた。と同時に、夢想家で非現実的な繊細な博史の神経は少からず傷つけられもした。すぐには返事を書く気にもならない博史に明子は苛だって矢つぎばやに手紙を浴せかけてくる。

《明日といわず巣鴨か染井あたりに家を探して下さい。私はすぐに引越しの費用の工

夫を始めます》

という性急さだった。平塚家から歩いてゆける範囲で、ふたりの愛の時間が遠慮なく持てる環境、それだけが今の明子の願望のすべてだった。そうした上で、新妻にも世間にも堂々と博史との愛を宣言してやろう。植木屋の離れか、隣りのない二階——そんな部屋が明子の空想の中で思い描かれていた。頼りない博史の生活力もその気になってふたりで協力すれば何とかやってゆけないこともあるまい。ひとまずそうして生活の基礎を固めた上で、折をみて明子が家を出、両親から独立する。それが明子のこの恋の未来に対する構想だった。

博史の許へは、返事と決断をうながして明子の手紙が日に三通も届いていた。博史は完全に明子の情熱にあおられ炎にとり囲まれた感じがした。明子の怖れていたように、早くも新妻の流した赤城行のスキャンダル記事が新聞に出た。明子はいっそうあせってきた。

博史はこんな詰問状を恋人からつきつけられた男が古今東西にあるものかとつくづく思いながら、それでもヒステリックになっている明子の心をなだめるために、とにもかくにも回答のペンをとりあげた。

《1、大丈夫。

2、しましょう。

3、今の制度がどうであろうと、それはもともと人間が作ったものですからどうでも好いのです。もし結婚が嫌ならこのままでいましょう。

4、あなたの言う意味がよくわかりません、愛し合う二人の人間が同棲することがほんとうの意味の結婚というものではないのですか。あなたの言うのは、今の結婚制度が承認できないから法律上の結婚はしたくないが同棲はしたい——ということなのですね。この意味ならわたしの潔癖な感情は余り好きませんが、それでも好いとしましょう。

5、この答えは3と似たようなものですが現状を考えるとき何だか不可能のように思います》

真面目に返事を書いていると馬鹿らしくなってきた。博史は、子供が大好きだった。道を歩いていても子供に出逢うと思わず笑いかけたくなる。子供の方からもよくなつかれた。明子の産む子供を想像するだけで微笑がわきおこってくる。しかし明子は子供も素直には産んではくれないかもしれない。やれやれと思う気持の底から、やっぱり明子に強く牽かれている自分を感じないわけにはいかなかった。以前は、まるで天上の女神のように高貴で知的にだけみえていた明子の中に、女の愚さや女のいとしさがこれほど詰っていたということが、博史に自信をもたらした。明子があせり、明子が取り乱すほど、博史は落ちつきと自信を持ってきた。

博史の返事を見ると明子は早速下宿探しに移った。中年の未亡人と娘の住んでいる家に部屋がみつかり、明子は博史を引越させた。

そうしておいて「青鞜」九月号に「赤城よりN氏へ」と題する公開状を発表した。先月の野枝の「動揺」に引きつづくこのセンセーショナルな記事はいやが上にもジャーナリズムを賑わした。らいてうの公開状は、戦闘的で、自分と博史との恋に対する新妻の嫉妬や容喙《ようかい》をきびしく拒絶していた。

《私は改めてあきらかに申しておきますが、Hは私の可愛い弟で私はHの姉なのかもしれません》《もし私の愛とHに危害を加えるものがあるなら私はいつでも容赦なく征服いたしましょう》

そんな口調で博史との恋を宣言したこの公開状によって、らいてうもまた私生活の秘事を自らの手で暴露してみせた結果になった。世間の目には、思想的に赤く染りかけたかと見えた「青鞜」に今や恋愛ムードがみなぎってきて桃色の靄《もや》をかもしだした観があった。明子は一日に何度も博史の下宿を訪れては食物のさし入れをしたり、本を運んだりする。ままごとめいたそんな生活が明子を夢中にさせていた。けれどもまもなくこの下宿から立退《たちの》きを要求された。娘をかかえた未亡人にとって、ふたりのあたりはばからぬ愛の生活は刺戟が強すぎた。

「まだ教育途上の娘もいますことですし」

未亡人のひかえめな言い分の中に、返すことばもない。明子はまたしても異常な熱心さて次の下宿をみつけてきた。「青鞜」の事務所に近い巣鴨村のとげぬき地蔵の裏通りにある二階の借家が新しい愛の巣であった。十二月のクリスマスの夜、明子は博史と「メーゾン・ド・鴻の巣」でふたりだけの祝杯をあげ将来を誓い、新生活に入る約束を固めた。もうこれ以上、別れて暮すことは不自然だというのが明子の実感だった。新春が明けるとすぐ、明子は両親の家を出て、博史との生活に飛びこんでいった。「独立するに当って両親へ」と題する公開状が、またしても大正三年の「青鞜」四巻二月号誌上に載せられた。

大正三年一月十日付のこの原稿は、らいてうにしては珍しいほどしっとりと情感にあふれた文章で、しみじみ訴えるように綴られていた。愛しあい理解しあいながらも根本的に相いれない互いの思想の相違から、別々の世界や次元に生きる親子が一つ屋根の下に暮す矛盾と相剋《そうこく》、その辛さを切々とかきくどき、理解ある両親に叛《そむ》き、悲しませつつ独立してゆかねばならない自分の悲しさと決意を述べてあった。

《――特に御両親に申上げて置かねばならないことがあります。それはほかでもありませんが今回のは今まで幾度か申上げましたように、家というものから分れてただひとりきりになって生活しようというのとは違いまして、御両親ももう御承知の昨年の初夏から始終私のところへ訪ねて参りました、そして私が若い燕だの弟だのと呼んでおりましたHという私よりは五つも年下のあの若い画をかく男とふたりで、できるだけ自由なそして簡易な共同生活を始めようとしていることなのでございます。

幾度か決心だけはしながらも押し切って決行するだけの勇気を欠いていた私に、最後の動かぬ決心を固めてくれたのは、そしてとうとう「独立」を成就するようにしてくれたのは全くHに対する愛の力だったと信じております。一体私は妹や弟を有《も》たないというようなことも多少関係しているのか、自分より年下のもの――それが男でも女でも――に対して優しくしてやりたいような、可愛がってやりたいような心持を有っておりましたが、それがこの二、三年来ことに明かになって、自分と同年輩の者やまたはそれ以上の者はほとんど全く目にも止まらず、いつも愛の対象として現われてくるものはずっとの年下の者ばかりでした。――略――その人たちの中でより多く私の心を牽き、私の心を動かしたのは静かな、内気なHでした。私は五分の子供と三分の女と二分の男を有っているHがだんだんたまらなく可愛いものになって参りました。そして姉や母の接吻はいつか恋人のそれらしく変って行きました。またHはHで最初は私を怖いもののようにただおずおずとしていましたが、この頃ではずっと私に親しんで、恋人らしい振舞《ふるまい》を見せて参りました。私によって始めて恋を知った彼はほんとうに純な心で私を愛してくれます。おかしいほどにかばってもくれます。――略――ふたりの愛はもう一日逢わないと何となく不安で落着いて自分たちの仕事もできないくらいになっております。ことに彼にとってはすべてが始めての経験であるだけなおさらそうなのでございます》

以前の新妻への公開状についで、らいてうは更に大胆に率直に博史への愛を臆面もなく誌上に披瀝《ひれき》した。不安な状態で互いに訪ねあう無駄な時間をなくすため、共同生活を急ぐしかないと述べ、ただそういう生活が自分から仕事をする力を奪うことを恐れ、やってみた上でまずければ改めて別居しようとまで考えぬいていた。博史の経済能力が全くなく、家からの送金もとだえていることもざっくばらんにあかし、実行した上で万一失敗だと気づいても、すべての責任を自分でとり、両親に迷惑はかけないと言いきった。母が心配している子供のことに関しても筆を及ぼし、結婚の制度に対するらいてうの日頃の見解をはっきり発表した。

《私は現行の結婚制度に不満な以上、そんな制度に従い、そんな法律によって是認して貰うような結婚はしたくないのです。私は夫だの妻だのという名だけにでも、たまらないほどの反感を有っております。——略——恋愛のある男女が一つ家に住むということほど当然のことはなく、ふたりの間にさえ極められてあれば、形式的な結婚などはどうでもかまうまいと思います。ましてその結婚が女にとってきわめて不利な権利義務の規定である以上なおさらです。それのみか今日の社会に行われる因習道徳は、夫の親を自分の親として不自然な義務犠牲を当然のこととして強いるなど、いろんな不条理な束縛を加えるような不都合なこともたくさんあるのですから、私は自から好んでそんな境地に身を置くようなことはいたしたくありません。Hもこんな道理はよく理解してくれていますから、結婚などを望んではおりません。

なおまた私共は理屈の上からでなく、ただ趣味としてもそんなことはいやなのです。私はHが自分の夫だなどというようなことはあまりに興ざめたことで考えるのも好みませんから、Hもまた往来などふたりで歩いている時、旦那様、奥様などと呼ばれるのを大変いやがっております。そしていつまでも姉さんに弟がいいといっております。

それから子供のことですが、私共は今の場合(先へ行ってどうなるかそれは今の私にはまだわかりません)子供を造ろうとは思っていません。自己を重んじ、自己の仕事に生きているものは、そうむやみに子供を産むものではないということを御承知頂きたいと思います。実際私には今のところ子供が欲しいとか、母になりたいとかいうような欲望はほとんどありませんし、Hはまだ独立もしていませんから、世間一般の考えから言っても子供を造る資格がありません――》

この手記が「青鞜」に出た時は、もうふたりは植木屋の離れの二階で新生活に浸っていた。

らいてうがこの恋愛の完遂のため、夢中になって奔走したり悩んだりしていた大正二年の秋九月、野枝は、予定通り月満ちて目出たく男の子を産んでいた。一《まこと》と名づけられた赤ん坊は姑のミツの手で可愛がられた。お産も軽く、産後の肥立ちもいい十八歳(満)

の若い母親は、乳の出も豊かだった。

産後の肥立ちをまちかねて、野枝は、これまでの自分の過去を題材に小説を書きはじめ、いち早く「青鞜」の仲間の中に帰っていった。同時にこの頃、エンマ・ゴールドマンとの宿命的な出逢いに恵まれた。

それは例によって辻に訳してもらい、エンマの「婦人解放の悲劇」を「青鞜」に載せたのがきっかけであったけれど、野枝はこの、悲劇的な無政府主義の女革命家の生涯と思想に触れ、永年求めていた女の理想像をそこに見出したような心躍りを覚えた。特に辻にすすめられ、辻の助けを借りながら読んだヒポリット・ハヴェルのエンマの伝記では野枝は心の底から揺り動かされ、激しく魂を摑まれたように思った。

帝政ロシアの中産階級のユダヤ人の家庭に生れたエンマ・ゴールドマンが、十六歳ですでに人民の解放に生涯を捧げるよう決意して以来の、貧困と迫害と弾圧の嵐の中をくぐりぬけ、入獄と亡命の繰りかえしの試練にもめげず、無政府主義思想の伝道に身をもって没入し、自分自身の脂に火をつけ、その炎で労働者の先導となったような不《ふ》撓《とう》不《ふ》屈《くつ》の生き方のすべてに野枝は捉えられた。単なる思想家としてではなく、エンマが身を投げだして思想の実践のため「生きた」ことが、情熱的で行動的な野枝の血を湧きたたせた。

「あたし、エレン・ケイよりエンマ・ゴールドマンの方にずっと親近感を感じるわ」

野枝は辻にむかって、自分のエンマから受けた感動を目を輝かしながら伝えずにはいられなかった。

「そうだろうな。エレン・ケイはお前にはお上品すぎるよ。らいてうがエレン・ケイにめぐりあったというのは実に資質からも気質からもぴったりだ。そういう意味で野枝とエンマは、いい取組みだね、野性的で熱情家で、行動派ときている」

辻は、野枝の揺れ動く、他からの刺戟にはよくも悪くも敏感な神経を統一し、バックボーンになる思想をあてがうことの必要な時期に遭遇していることを見抜いていた。スエーデン生れの名門の出の美しい教養高いエレン・ケイは、その生いたちや、立場まで らいてうにはうってつけだった。女性の解放を叫びながらおだやかな女の特性を失わずに男女平等論をとなえるエレン・ケイの思想は、らいてうの貴族趣味のぬけきらない感覚にはうってつけなのだった。同じ意味で野枝とエンマは出逢うべくして出逢った宿命の、同じ星の下の人間という感じがした。辻は、野枝の一種の社会的虚名が挙るにつれ、誘惑も多くなり、それに対しても決して強固に自己を守りきれない野枝をエンマに結びつけておくことの安全さを計算していたかもしれなかった。手伝ってやるというよりは、ほとんど辻が訳してやるエンマの思想や伝記を、野枝が日本語で読むだけでも何よりの肥料になると考えた。野枝はさすがに、エンマの思想や生涯を自己流に咀嚼《そしゃく》し、自分の血肉にとけこましていった。

《解放というのは髪の結い方をちがえるのではない、マントを着て歩くことでもない、まして『五色の酒』とかを飲むことではなおない。しかし新しき服装を装い、女が酒を飲むことの恐しき罪悪であるかのごとくののしって高尚がったり、上品ぶったりしている人らにはいよいよ解放などということはわかりそうもない。服装は個性ある者には趣味の表現であり、俗衆には流行である。酒は各人の単なる嗜好に過ぎない。いずれも真の解放とはなんのかかわりもない》

こんな卑近な例をあげ、エンマの、

《解放は女子をして最も真なる意味において人たらしめなければならない。肯定と活動とを切に欲求する女性中のあらゆるものがその完全な発想を得なければならない。すべての人工的障碍が打破せられなければならない、偉なる自由に向う大道に数世紀の間横たわっている服従と奴隷の足跡が払拭《ふっしょく》せられなければならない》

という主旨を解説したりするのだった。同時にエンマの闘いに比べたら、自分たちの「青鞜」の中での受難などは何となまぬるく、その苦悶や圧迫は何となまやさしいことだろうといさみたつ。エンマの勇気、熱情、自信、自由、そのすべてを自分のものにしたい野枝は心を燃やしつづけた。この仕事は大正三年三月、エレン・ケイの「恋愛と道徳」とあわせてひとつにまとめられて東雲堂から出版された。紫色袖珍版《しゅうちんばん》の定価六十銭のこの処女出版は、野枝十九歳のもので、ある意味では一《まこと》の出産以上に野枝の生涯に運命的な意味を持つ出来事となろうとは、野枝も辻も予測しないことだった。

　この本に大杉栄が目をつけ、早速自分の発行している「近代思想」五月号に取りあげ、「青鞜」と共に批評し、絶讃した。いわば大杉と野枝の宿命的なめぐりあわせの端緒をつくったことになった。

　大杉栄は辻潤より一歳若く、明治十八年讃岐《さぬき》丸亀《まるがめ》で生れた。父の大杉東は職業軍人で、軍隊でも精神家と呼ばれるほど謹直そのものの人物だった。大杉栄も幼年学校に入ったが、暴力事件を起し放校された。生来陽気で楽天的な性質だったけれど、吃《ども》りの気があって、そのコムプレックスから、妙に粗暴な行為に出ることがあった。数え年十八の時上京して順天中学の五年へ入った。この年、海老名《えびな》弾正《だんじょう》の本郷教会へ通い洗礼を受けた。矢来《やらい》町の下宿で外国語学校への入試勉強をしている時、下宿の大学生たちが「谷中村鉱毒問題大演説会」と書いた幟《のぼり》や高張提灯《たかはりぢょうちん》をおしたててわいわいデモに出てゆくのを見て、社会問題に関心を持ちはじめた。無事、外国語学校へ入学した頃、幸徳秋水と堺枯川が万朝報《よろずちょうほう》を辞し、週刊「平民新聞」を創刊して、社会主義と非戦論の旗印をかかげて立ち上った。その時はすぐ駈けつけ参加せずにはいられないほど社会主義に傾いていた。かつて洗礼の水が少しでも頭によくしみこむようにという目的で、わざわざ五分刈にして洗礼を受けに出かけたような熱意で、雪のふる寒い夜、はじめて数寄屋橋《すきやばし》の平民社を訪れ社会主義研究会に参加した。明治三十六年の暮のことだった。

「軍人の家に生れ、軍人の間に育ち、軍人の学校に教えられて、軍人生活の虚偽と愚劣とをもっとも深く感じているところから、この社会主義のために一生を捧げたいと思います」

そんな挨拶をして仲間になり、その日を境に、学校の帰りにはほとんど毎日平民社にまわるというような熱心な同志になっていった。

凜々《りり》しい美少年だった大杉は性的にもませていた。外国語学校を卒業する頃はすでに二十歳も年上の女と棲んでいた。電車賃値上げ反対運動の電車事件にまきこまれ、はじめて投獄された時は、獄中でエスペラント語を習得し、それ以後は入獄のたびに一つずつ外国語を覚えるという一犯一語の習慣をつけてしまった。この年はまた、女と別れ、恋人のいた堀保子と強引に結婚している。明治四十年には「平民新聞」に書いた論文二つのためにたてつづけに投獄され、もういっぱしの主義者だった。翌四十一年も赤旗事件で入獄、二年六月の懲役を受けた。この入獄が幸いして、危く大逆事件からはまぬがれたようなものだった。出獄して以来は堺利彦の売文社に関係し、もはやひとかどのアナーキズムの主義者として同志と辛酸をなめその名を知られていた。

「青鞜」創刊に一カ月おくれ、荒畑寒村と月刊誌「近代思想」を創刊した。文芸思想雑誌という仮面で官憲のきびしい弾圧の目をごまかし、大逆事件以後完全に押しつぶされた社会主義運動の根を絶やさないために発行されたものだった。大杉は毎月この「近代思想」に評論を載せ、寄稿者も各界から広くつのり、在来の文学雑誌には見られない新風をまきおこした。大杉栄の「生の拡充」「創造的進化」などの評論や、「みんな腹がへる」「何が新しいんだ」等の時評などは、荒畑寒村の創作と共に文壇にも好評で受け容《い》れられていた。自我の確立とか、自由と解放という思想や言葉は、一種の社会の流行の観念や合言葉になっていたのだった。けれども大杉も荒畑寒村も、もうこの程度の生ぬるい雑誌の刊行ではあきたらなくなってきた。野枝のエンマ・ゴールドマンを批評した五月号の「近代思想」の巻頭に大杉は、「智識的手淫」という論説をのせた。これはもうこんなマスターベーションのような不自然な雑誌の刊行が厭になった。ブルジョワの青年たち相手にあいまいな抽象論をしてごまかしているかわりに、われわれの真の同志である労働者たちのために彼らを相手に具体論に進みたい。つまりは「近代思想」をやめて、「平民新聞」を出したいという大杉、荒畑の計画を予告発表したものだった。

辻潤は幸徳秋水時代からの「平民新聞」を愛読していたし、「近代思想」も創刊からとっている。

生来の内気と都会人的な照れ屋の面から、社会主義の実践運動に走るなどという行動的なことはできなかったが、世界の動きの方向だけは正しく把握していた。と同時にスチルネルの「唯一者とその所有」を聖書のように愛読している関係で、大杉栄もまたスチルネルの洗礼をうけていて、その思想もいわばスチルネル的アナーキズムといえるのを見ぬいていた。自分がほとんど訳したも同然の、今度の野枝の本を、大杉が真向から取りあげて野枝を絶讃してくれたのには一種のくすぐったさを感じている。

野枝はその本の序の終りに、わざわざ、

《私のこの仕事はまたTによって完成されたものであることを私は忘れません。もし私の傍にTがいなかったら、とても私のまずしい語学の力では完成されなかったでしょう。この事は特にハッキリとお断りいたして置きます》

と明記した。わざとらしいからよせと辻はいったが、野枝は聞かなかった。どうせ、みんなの知っていることだからというのが野枝の言い分だった。大杉栄の讃辞は、野枝の訳業については一言も触れていず、野枝が序文に書いた自分の考えに対しておくられているものだった。

《――僕は、僕らと同主義者たるエンマ・ゴールドマンに野枝氏が私淑したからというので、ただちに氏をほめ上げるのではない。こう言ってははなはだ失礼であるかも知れないが、あの若さでしかも女という永い間無知に育てられたものの間に生れて、あれほどの明晰な文章と思想とを持ち得たことは、実に敬服に堪えない。これは僕よりも年長の男が等しくまたらいてう氏に向っても言い得たことであろうが、しかしらいてう氏の思想はすでにぼんやりしたあるところで固定してしまった観がある。僕は氏の将来よりもむしろ野枝氏の将来の上によほど嘱目すべきものがあるように思う。――略――これがもし多少年とった利口な人の言うことだと、僕はただちにその虚偽と誤謬《ごびゅう》とを喝破したいのだが、年若い正直な野枝氏に対しては、黙ってこの崇い心の醱酵《はっこう》を待つ》

大杉は野枝への期待と関心を仲間にも話さずにはいられなかった。ある日訪れた堺枯川にも野枝のことを話した。

「いよいよ『青鞜』にも本物が出て来たんだよ。今はまだ社会と没交渉な生きかたをしているといってるけど、あの女ならきっと今にそんな環境から飛び出すよ。ずいぶんしっかりしてるようだからね」

堺も野枝の本は読んでいた。

「うん、文章なんかも実にしっかりしてるね。あれで十九や二十なんてとても思えない。男にだって少いね、あんなのは」

「もっともあれは大分亭主の手が入ってるという話だがね」

「やれやれ可哀そうに、御亭主か、いずれは敝履《へいり》のごとく捨てられる運命なんだな」

堺は声をあげて笑った。「革命婆さん」と呼ばれているグレスコフスカヤが、夫を棄てて革命運動に走った話を、「彼女は敝履のごとく夫を捨てた」と仲間が書いたことから、それが同志の間では流行語になっていたのだ。大杉ははじめから辻のことを問題にしていなかった。英語はできるようだが、学歴もろくになく、もうずっと失業しているぐずな男のように聞いていた。

「そうだろうね。いずれそのうちぼくらの仲間の誰かと恋に落ちるか、そうでなくったってあんな男とは早晩別れるだろうさ」

「や、危い危い、保子さん、気をつけた方がいいよ。ハハハ」

堺は笑いながら傍の大杉の妻に冗談めかしていった。おとなしい保子は珍しく目を光らせ、不機嫌に、

「ほんとにしようのない人ね。すぐそういう風にいうんだもの、あのふたりだって熱烈な恋愛をして一緒になったっていうじゃありませんか、そんなに簡単に別れられるもんですか」

といった後で、すぐ、

「でも、そうね。この人のことだから、何をするかわかったものじゃないわ」

と笑いながら、そのくせ目は妙に光らせたままでいう。

「馬鹿をいえ」

「いやほんとだ、気をつけろよ、保子さん、大杉は女に甘いから」

堺はまた笑いとばしたけれど、女のことにかけては惚れっぽい大杉を信用していなかった。大杉は見るからに偉丈夫で堂々とした軀つきの上、どこか外人めいた容貌が美しく、大きな特徴のある目には不思議な人なつっこさと優しさがたたえられていた。鼻下にハイカラな髭《ひげ》をたくわえていたが、それがよく似合うおしゃれで、身なりにも神経質

に気をつかい、見るからに伊達者《だてしゃ》めいたところがあった。そんな大杉が女たちにはもてたし、大杉自身精力的で女好きであることをかくしてもいなかった。自由恋愛は大杉の日頃の持論だし、愛さえあれば、何人の女と交渉を持ってもいいという考えを持ってい た。人の恋人だった保子を無理に自分のものにするような情熱的なところがあるだけ、フェミニストで優しく、病身な保子をよくいたわってもいた。もう八年もつづいた夫婦仲はいたって円満だったし、保子もよく大杉の愛に応えて尽していた。

大杉が野枝をほめる語気に力がこもっていることから、仲間では大杉と野枝の間を早くも予感し、噂にしはじめている。当人自身の自覚するより早く噂の方が先行し、煙の下に火がおこるのが、たいていの場合の情事の発端であり、大杉の時もその例に洩れなかったようだった。大杉は青鞜講演会で女学生のような初々しい野枝を見ているだけ、野枝の早熟な才能に好奇心と興味を押えることができなかった。あれだけの女を仲間にしないのは社会主義のために損失だ。そうだ、あの女なら教育しだいで立派な戦闘的な主義者になる。日本のエンマに仕立てることだってできる。俺がやるならできる。そんな言いわけを心にしている時、大杉はもうすでに野枝に恋に似た気持が芽生えているのを自分では認めていた。

大杉の批評が「近代思想」に出て二カ月ほど後、大杉は仲間の渡辺政太郎につれられてその頃竹早町に移っていた辻の家を訪れた。渡辺は福田英子の家で辻とはじめて逢い、それ以来、すっかり意気投合して始終辻のところに出入りしていた。理髪屋の徒弟から人生に出発した渡辺は、片山潜《せん》の演説を聞いて社会主義にめざめ、幸徳事件後は熱心なアナーキストになっていた。床屋や大道飴屋をやりながら主義の宣伝につとめた。剃刀を喉にあてて宣伝すりゃあ、誰だってうなずくよ、というのが彼の冗談だったが、生来のキリスト者で、小石川指ケ谷《さすがや》町の白山に向う坂に住んでいたので白山聖人とあだ名されるほどその人柄が誰からも慕われていた。場末の長屋町を歩きまわって子供相手の一銭移動床屋をして、極貧の中で農民啓蒙の「微光」という新聞を発行しつづけている。床屋のくせに髪も髭ものび放題にのばし、よれよれの着物に羽織の紐などはいつでもこよりという風体だったが、その結核の痩せた頬や目にキリストのような慈愛がみちていて、誰からも慕われ愛される。辻も人みしりする例にならわず、渡辺政太郎には一目惚れで傾倒してしまった。渡辺の方でも辻が意外なほど社会主義に知識があり、スチルネルを通してアナーキズムにもひとかどの意見を持っているのを識り親しんだ。旧知のように出入りするようになり、子供好きの渡辺は一《まこと》を自分の子供のように可愛がり抱きたがった。

大杉にせがまれた形で渡辺は同道した。

玄関へは、いきなり赤ん坊をかかえた野枝があらわれた。大杉はあの女学生っぽかった野枝がすっかり世帯臭く、色っぽくなっているのに一驚した。

「よくいらっして下さいましたわ。前からお目にかかりたい、かかりたいと思っていましたの」

愛想よくいう野枝の目が輝き、あどけなさと肉感的なもののいりまじった唇から美しい歯がこぼれるのを大杉は快く見た。飾り気のない野枝はよく見るほど若々しくいきいきしていて、よく動く表情に魅力があった。辻は留守だったので野枝は膝に一《まこと》をのせ、当然のように乳をふくませながら客を接待する。そのうち赤ん坊はいつものように渡辺の手に渡ってしまった。

「大杉さんてこんなにお丈夫そうでびっくりしましたわ。御病気で弱っていらっしゃると聞いていましたし、堺さんが『近代思想』に〈大杉と荒畑〉という文の中で、大杉さんのことを白皙《はくせき》長身と書いてらしたでしょう。ですからもっとずっとやせてひょろっとした蒼白い方だとばかり想像してましたの」

「ハハハハ、当てが外れましたね。こう真黒で頑丈な大男じゃ」

大杉はすぐこちらの胸の中に飛びこんでくるような野枝の開放的な親しみやすい応対にすっかり気をよくした。書けば男も顔色をなくすような堂々とした文章を書き、誰にでも戦闘的に噛みついていく野枝が、まだ二十になるかならぬかのみずみずしい小娘で、しかももう、子供を産んだ後の女の誰にでも訪れる、あくをぬいたような清潔な美しさと色気にあふれているのが目に快かった。頭の回転の速さは会話の打てばひびくうけ答えにもうかがえた。思ったより社会主義に対して知識があるのが大杉を愕かせた。

「私たちの『青鞜』なんか、大杉さんの『近代思想』に比べたらほんとに子供の玩具みたいで恥しいですわ」

そんなことをいう野枝が大杉の「近代思想」に書いたものをほとんど読んでいるのが思いがけなかった。質素だがきちんと身づくろいした辻の母が茶を運んでくる。大杉が辞しかけると、

「もうすぐ辻も帰ってきますから、それに辻もとてもお逢いしたがっていますから」

と野枝はひきとめた。ほどなく辻が帰ってきた。

辻潤が外出先から帰って玄関へ入るなり野枝の明るい笑い声を聞いた。人と向いあうとたんに顔の内側から輝いてくるような生気にみちた野枝の表情が目に浮ぶ。客のいる部屋に入っていくと野枝がふりかえった。上気した頰に幸福そうな微笑をいっぱいにひろげ、野枝は辻を見上げ歌うようにいった。

「あら、ちっとも気がつかなかったわ。あなた大杉さんがいらして下さったわ」

大杉はまだそんな野枝の顔に視線を当てたままでいる。辻は一瞬、場ちがいな所へ侵入して来たような違和感を覚えた。

小柄で無口な気の弱そうな男から、大杉は何の印象も受けなかった。儀礼的に話をしかけても、言葉少なに、曖昧な当りさわりのない短い返事をかえすだけで、反応もない。

噂通りの平凡でつまらない男だな。これじゃ野枝がもったいなさすぎる。大杉は内心そんな観察をしながら、野枝がこの男を捨てるのは時間の問題だろうと思った。

大杉たちが帰ったあと、野枝はまだ興奮の残った顔で、

「あたし、びっくりしちゃった。大杉さんてあんなたくましい感じとは思ってなかったんですもの。でも、やさしい人ね」

「うん」

「平塚さんよりあたしの方がずっと見込みがあるってよ。あたしのは未知数の面白さだって」

「へえ」

「今度の平塚さんの独立宣言のことね、あれだけの人でもやっぱり家を出るって事に恋愛をスプリングボードにしなければならないところが今の女の限界かとみて面白かったっていうのよ」

「ふん」

「どうしたの、気分でも悪いの」

「明日までにやらなきゃならない翻訳があるんだ。ちょっと黙っててくれ」

野枝はムッとして、辻の傍を離れた。客の好き嫌いの激しい非社交的な辻の狭量を野枝ははじめて腹立たしく思った。辻は野枝のそんな表情を敏感に背に感じながら、これ

まで好意を持っていた大杉に、逢ってみてそれほど魅力を感じないのはなぜだろうと考えていた。いったい彼は何の目的で訪ねてきたのだろうか。わかってるじゃないか。野枝に興味があっただけさと辻の中から声が聞えた。

奥村博史との生活にふみきったらいてうの毎日は、予想した以上に惨憺《さんたん》たるものだった。愛するふたりで昼と夜を共有するというらいてうの素朴な希望は充たされたものの、それを支えてゆく経済的な実力がともなって来ない。博史の絵を友人知人の厚意に甘えて五円払いの会員制にしてもらったが、三、四人しか会員にはなってくれない。そのほかにはらいてうのたまに入る原稿料だけが生活費のすべてだった。家賃は七円で、その他どう倹約しても一カ月に、三、四十円の金は消えていく。その上、「青鞜」はようやく物珍しさが消えたのと、社会の非難のきびしさも反映して、売行がしだいに減少していく。生家では、ほとんど家事とは無関係に、一日のすべての時間を自分の内的充実のために勝手に使っていられたのに、今となっては三度の食事から洗濯までしなければならず、その他に、「青鞜」編集の面倒な事務一切は相変らずらいてうの肩にかかっていた。公開状には博史の要求をいれたような書き方をしたけれど、この同棲をそもそも提案したのはらいてう自身なのだ。らいてうは宣言通り新しい生活のすべての苦痛も矛盾も自分一人の責任において解決し、克服してゆかねばならなかった。質屋通いも覚えたし、馴れない広告取りや集金にもはじめて自分から出かけていった。けれどもおよそそういう事の不向きならいてうがそれをしたからといって何の効果もあがるものではなかった。予想通り、ふたりの同棲は、世間から激しい糾弾を浴びた。何のかのと理屈をつけたところが情欲にまけた野合ではないかというのが俗論の大勢であったし、「青鞜」内部からも必ずしもこの同棲は好意的には迎えられていなかった。

もともと、「青鞜」の同人たちは、美しいらいてうを崇拝し、暗黙のうちに、一種の同性愛的な憧れがその結合の基調にあったため、博史のような柔弱な若い男に、らいてうが夢中になることには裏切られたようなショックをうけ、失望を味わっていた。それはらいてうへの不信につながってゆき、「青鞜」への愛情や熱度をさまさせることになった。一人の博史の愛を得るためにらいてうは無数の友情を犠牲にしなければならなかった。

らいてうが「青鞜」に博史の絵の広告を出すことさえ、同人の中では非難の声があがった。

同棲して数カ月で、らいてうは心身共に疲れはててしまい、満身創痍《まんしんそうい》の観があった。夏が訪れたある日、突然、三越《みつこし》から大きな包みがとどけられた。真新しい麻がやがその中からあらわれた時、思わずらいてうの頬に涙が流れた。母の無言の心づくしが、同棲以来、世間に対し肩をいからせ、気をはり通してきたらいてうの心に沁《し》みとおり、堪えてきた涙を一時にあふれださせる。

そんならいてうの不器用な生活ぶりを見かねた野枝は、

「どうせ、ごはんの支度なんて、一人ふえても二人ふえても同じよ。あなたの才能をそんなつまらないことで消耗させるのは見ていられないわ。うちへ来て、おふたりでごはんをたべることになさったら」

と申し出た。この提案にはらいてうもありがたがり、早速、野枝の近所の上駒込の妙義神社の近くへ引っこしてきた。この頃の辻家の裏隣りには垣根ひとつへだてて野上弥生子《やえこ》と豊一郎の家もあり、野枝は野上弥生子の家へかけこんで、醬油《しょうゆ》をかりたり、味噌《みそ》をかりたりしながら、急速に親しくなっていた。垣根ごしの立話しで、弥生子の訳している「ソーニヤ・コヴァレフスカヤの生涯について語ったり、ヴェデキントの「春のめざめ」について語ったりしていた。野枝より十歳年上の弥生子は漱石に師事し、すでに文壇に認められていたし、同門の豊一郎と結婚し、子供ももうけ幸福で知的な家庭生活を営んでいた。理性の勝った弥生子は、「青鞜」の華やかさや、内実の空虚さを冷静に批判し、雷同はしない立場で、作品の発表だけはしていた。らいてうが野枝に牽かれたように、弥生子も自分とはおよそ正反対の性質の若い野枝の情熱やひたむきな向上心を愛していた。パンがミルクを吸いこむような素直さで弥生子から受ける知識のすべてを吸収してゆく野枝に、弥生子もいつか親身な友情を抱いていた。

「正直いって、この頃の『青鞜』は低調だわ。辻もいうんだけど、今の『青鞜』じゃ、弥生子さんのソーニャだけが看板ですものね」

そんなため息をつく野枝は、編集には無関係な弥生子に、らいてうの結婚以来、内部でもしっくりいかず、やりにくくなったぐちなどこぼして聞いてもらったりする。弥生子も、らいてうと博史の同棲には全く同情がなかった。弥生子の目から見れば、結婚制度がどうのこうのというらいてうの意見がそもそもお嬢さんの空論で青臭くみえて片腹痛いのだった。

この頃また、アメリカ帰りの山田わかが、「青鞜」に寄稿するようになっていた。わかの夫の嘉吉《かきち》は、海外婦人問題に造詣《ぞうけい》が深く、妻のわかは、アメリカで嘉吉が賤業婦《せんぎょうふ》から拾いあげ、育て、ひとかどの婦人評論家にしたてあげたという伝説もあったが、誰も真偽はしらなかった。らいてうは山田夫妻の教養に感心すると、博史や野枝を誘って四谷南伊賀町の山田の家で、ウォードの「純粋社会学」をテキストにレッスンを受けることにした。野枝は、赤ん坊を背負って、熱心にこの会にも参加したが、山田夫妻のきちょうめんさと野枝の野性がなじまず、しだいに山田たちからは遠のいていった。

らいてうと博史は、毎日食事時になると辻の家へ出かけ、食事をするという形になったが、これは一カ月もつづかないうちに博史が悲鳴をあげてしまった。博史は菜食主義だったのに、野枝はいつでも肉のコマ切れをじゃあじゃあ油でいためたため、カレーライスやシチューまがいのものばかりつくるからやりきれない。その上、野枝の炊事のやり方は金盥《かなだらい》を鍋《なべ》の代りにすき焼をしたり、鏡の裏で葱《ねぎ》をきぎむなどもやりかねない乱暴さなので、博史の神経は堪えられない。結局この共同炊事の計画は、たちまちらいてうたちから願い下げになってしまった。

経済的事情とらいてうの心身の疲労が重なって、「青鞜」は創刊以来はじめて九月号を欠号した。

三年前の輝かしい夏の陽盛りを思うと、らいてうは、今年の夏の昏《くら》さが信じられなかった。

らいてうは十月号を三周年記念号と銘うって発行すると同時に、逃れるように博史とふたりで千葉県御宿《おんじゅく》の海岸へ静養に旅立ってしまった。留守中の「青鞜」のことは野枝に一切まかされた。

「青鞜」の三周年号の出た翌月、大杉栄と荒畑寒村の「平民新聞」の第一号が復刊された。大杉や荒畑にとっては心の故郷であり運動の母胎であった「平民新聞」が、大逆事件以来、まだきびしい弾圧下にある昏い冬の季節に、再生の産声《うぶごえ》を挙げるということは、その名を識っている者たちにとっても感動的な壮挙であった。同時にこの「新聞」の発刊が運動の将来の見通しに対してのテストケースとして主義者たちからは息をつめて見守られてもいた。

第一号は出るが早いか即日発売禁止だった。予期しないことではなかった。けれどもやはり衝撃は大きかった。

野枝はこの事件に心の底から憤慨した。いつか大杉がいきなり訪ねて来て以来、二、三度の訪問があった。たいてい渡辺か、辻とも友人づきあいの宮嶋資夫《すけお》と同道だった。いつも辻がいて、しだいに大杉も辻に馴染んできたようだった。野枝は大杉が自分に好意を持っていてくれることをその大きな目にこめられた表情や、ちょっとした会話のニュアンスの中から敏感にかぎとっていた。どんなささいなことでも辻に話さないではすまない野枝が、このある種の感じについてはなぜか辻に話す気持になれなかった。

「大杉さん、あたしに少し惚れてんじゃないかな？」

「自惚れるない」

そんな軽い冗談口ですましてしまえないような一種の予感が野枝を捉えていた。

野枝は、自分にはじめて編集の一切の責任をまかされた「青鞜」十一月号の誌上に、思いきって、この事件に対する感想を披瀝した。

《大杉荒畑両氏の〈平民新聞〉が出るか出ないうちに発売禁止になりました。あの十頁の紙にどれだけの尊いものが費されてあるかを思いますと涙せずにはいられません。両氏の強いあの意気組みと尊い熱情に私は人しれず尊敬の念を捧げていた一人でございます。そして私は新聞を読むことができました。

両氏の偉大なる熱情と力が全紙面に躍動しているのがはっきり感じられる。書かれた事は主として労働者の自覚についてである。しかし私はその書かれてある理屈が労働者ばかりについてでなく、すべての人の上にも言わるべきものであると思う。そしてそれが労働者のみについて言わるるときに限って、なぜいわゆるその筋の忌諱《きい》にふれるのか怪しまないではいられない、あたり前なことを言って教えることが、なぜいけないことなのだろう。私はここにできることならその一部分だけでも紹介したいけれども、あの十頁すべてが忌諱にふれたのだそうだから、また転載した罪をもって傍杖《そばづえ》を食うようなことになると、せっかく私が骨折って働いたのが無駄になるから止めて置く。けれども大杉荒畑両氏には心から同情いたします。何だか空々しく変に聞えますが、今の処他に言葉が見あたりませんから》

大杉は野枝のこの文章を読んで喜んだ。これ以上、心に直接よびかけてくる愛の手紙があるだろうか。大杉は野枝の素朴な憤りの中に、自分だけに対する同情や愛をかぎとるような気がした。

「どうだい、これ、どいつもこいつもびくびくして知らぬ顔をきめこんでいる中で、『青鞜』だけがこの問題をとりあげてるんだからね。心細い限りじゃないか」

そんな反語で荒畑に野枝の文章を示し「平民新聞」二号にその全文を転載させようとした。荒畑ははじめから、新しい女たちを馬鹿にしていたし、大杉が急速に近ごろ野枝に心を寄せていくのを身辺にいて一番感じとっていたから、大杉ほどに有頂天にはならず、三行ほどで短くそのことを伝えたにすぎなかった。

第二号の発行にあたっては、印刷中からもう十数名の刑事が印刷所を包囲して、出来るや否や押収する手順をきめ、手ぐすねひいていた。その包囲網も自動車で突破し、辛うじて新聞を持ちだしたものの隠し場所がない。渡辺政太郎が預った一部は神田の菓子屋に運びこまれた。ところがその二階に警部補が下宿しているのだという。渡辺が困りきって、辻の所でその善後策を思案するのを聞き、野枝が、

「あたしにまかせてよ」

と立ち上った。そんな時、誰も野枝を止めることのできない雰囲気が野枝にはあった。野枝は単身タクシーで菓子屋へ乗りこむと、預けてあった新聞をすっかりつみこみさっさと家へ引きあげてきた。渡辺からその話を聞いた大杉は、いっそう野枝の果敢さや実行力にひきつけられた。やっと二十になるかならずの小柄なくりくりした野枝の中に、どの同志よりも親密な信頼にたる愛情を感じずにはいられなかった。

この月も野枝は前号にひきつづき「平民新聞」発禁への憤りを「青鞜」に叩きつけた。

《私はソシアリストでもないしアナーキストでもない。けれどもそれらに対しては興味は持っている。同情も持っている。それが正しい主張であるからは、同情を持つのは当然である。興味を持つのは当然である。

現在の日本のそれらの人たちはさほど危険がられるほどの人ではないと思う。あの人たちがいくら一生懸命になっても、まだそう急にその思想がすべての人を捕えるものではない。今あの人たちに加えられている圧迫はあまりに激しすぎるようだ。この人口の稠密《ちゅうみつ》した日本にソシアリストと目されている人が三千人とはいないそうだ。そしてそれらのほとんどすべてが圧迫を恐れているような人たちばかりだそうだ。心細いことだと私は思う。真実に主義のために殉じ得る人は数えるほどしかない。H新聞が二度出して二度とも発売禁止の厄にあったことなどはあまりに政府の小胆を暴露するものである》

そこまで書いてくると、野枝は大杉からいつか聞いた彼ら仲間の臆病さ、安全主義ばかりとりたがる無気力さが思いだされてきた。野枝は調子の乗ってきたペンをもどかしく走らせながら、大杉たちを助けようとしない彼らの同志たちの意気地なさをののしり、ついでに、やはりこれも大杉が、ぐち話めかして聞かせた妻への不満を鵜《う》のみにして、

《ことに私たち婦人の立場から、それらの主義者の夫人たちがもっと良人に同化せられることを望む。夫人たちは同志の結合が良人たちの運動をどのくらい助けるかということを考えられるならば、もう少し広い心持になられて欲しい。私が今まで直接間接に開き知った夫人たちの行為や態度はあまりに歯がゆいものであった》

といいきった。大杉はこの野枝の文章に、あまりといえば単純率直な、幼稚な判断を見ながらも、野枝の若さを思うと、これほどむきになり、世間の非難も官憲の圧迫ももの

ともしない、怖いものしらずの勇気がむしろ可愛くなってくるのだった。大杉の周辺では、この文章は一笑《いっしょう》にふすか、反感を示すかで片づけられた。大杉が保子の悪口でもいって野枝をくどいたのだろうくらいに推察されていた。実際、彼らの妻は、保子にしろ、その姉の堺の妻為子にしろ、渡辺の妻八代《やよ》にしろ、夫に同化するばかりでなく、主義者の妻として、いつ夫を奪われる目に逢うかしれない不安の中で、泰然として夫の仕事を扶《たす》け、黙々と家庭を守り、貧困と弾圧に耐えぬいている女たちであった。

大杉の同志たちは、黄色い嘴《くちばし》で聞きかじりの暴論をはく野枝が自分たちを味方するだけ始末に悪いと嘲っていた。大杉ひとりがまだ野枝への自分の恋愛的感情を認めようとしないで、同志として功利的に彼女を利用するつもりなのだなどともらすことも笑止だった。

辻はこれらの野枝の発言に別に反対も賛成も示さなかった。野枝の主張が一応正しい以上、とうてい自分にはない野枝の勇気を認めるしかないと考えている。自分の何気なく話したことでも、大杉や渡辺が不用意にもらす感想でも、たちまち心に焼きつけ、野枝流の解釈で自分のものに嚙みくだき、機関銃の弾丸のように勢いよくはじきだす手腕には少からず驚いていた。

「それも才能の一つだな」

野枝の書く小説は、一向に面白くなく綴方に毛のはえたようなものだけれど、野枝の威勢のいい感想文はこの一年くらいに特に野枝の自信とヴァイタリティに支えられ、ますます潑剌としてきたと認めていた。

ちょうどこの頃、辻と野枝にとっては、思いがけない幸運に舞いこまれた。失業して以来、こつこつと手がけていた例のロンブロゾオの翻訳は、出版を約束してくれた本屋がつぶれてしまったことから、やがて二年も宙に迷っていたのだった。野枝は口惜しがって、消極的な辻に代り、自分が手当りしだい、紹介状を貰っては売り込みに歩くという努力までしたけれど、どこでも無名の訳者の、しかもあまり日本になじまれていないロンブロゾオの物など引き受けようとはしなかったのだ。ところがたまたま、野枝の「動揺」を読み、ヒロインの動揺を性科学的に批評解剖したことが縁になって、「相対会」の小倉三郎から植竹書院を紹介してくれたのである。後に「戦争と平和」や、「女の一生」などの翻訳物を出した同書院はすでにアルツィバーシェフの「サーニン」を出したばかりだったが、辻のこの訳業の出版をただちに引き受けてくれた。

辻には夢のような朗報だった。この翻訳が仕上って以来、次々と人手に渡り、あらゆる屈辱と虐待をうけてきた運命を思いかえすと信じられない喜びだった。結局は野枝の向うみずの体当りの戦術と努力が招いた幸運と感謝するほかはなかった。何より野枝が、「ああ、よかった。これであたし、あなたをよく識りもしないで、ぐずだの馬鹿だのかげ口いってる連中に、鼻を高くしていってやれるわ。ねえ、うちの亭主の実力をとっくりごらん遊ばせって」

手放しで喜んで、子供のように部屋を飛んで歩くのを見ると、やはり、野枝だけがこの世界で唯一の自分の半身だと、いとしさがこみあげてくるのだった。この翻訳にこめられたふたりの苦労や、屈辱の数々の思い出が、一挙に思いだされて、辻は不覚にも目頭が熱くなっていた。

「今だからいうけどね。おれはこいつだけが心残りで死にきれないとよく、真夜中に目がさめて慄然《りつぜん》としたものだったよ」

辻にしては珍しいそんな率直な告白をもらしたりした。

十二月の末には必ず刊行される予定で、辻は最後のゲラ直しに没頭している。

一方、野枝の方にも、一つの大きな転機がめぐってきていた。らいてうに代って、十一月、十二月と、二冊の「青鞜」をほとんど一人で出してみて、野枝には、ある自信と野心が胸にかもされはじめてきたのだ。自分にもこの雑誌を出すくらいはやってゆけるではないかという自信であり、いっそ、思いきって、らいてうや先輩の誰彼に気がねなく、自分ひとりの責任において、思う存分自由にこれだけの頁を活用させてくれるなら、もっともっとすばらしい成果をおさめられるのではないだろうかとの夢だった。

その夢をうながす背景には、大杉たちの、「平民新聞」発行の勇気に対する感動があった。たった十頁の新聞を出すことにあれだけの弾圧を受けねばならない社会情勢の中で、これほどの頁を持つ、売りこんだ「青鞜」をもっともっと有意義な価値ある雑誌にしなければつまらないではないかという夢がふくらんでくるのだった。御宿に出かけたらいてうは、同棲以来十カ月めに、はじめて世間の好奇の目から忘れられ、博史と水入らずの愛の生活にひたりきっている。当分帰る意志もなさそうならいてうの肩から「青鞜」を自分の丸い肩の上に担い移してもらうのは夢だろうか。そう思いつくと、野枝の行動性はたちまち一刻の猶予もなく活潑に動きを開始した。

＊

十一月のはじめ、野枝は御宿のらいてうに向って十一月号の「青鞜」に添えて、長い手紙を送った。それは端的にいえば、らいてうにもうやる気がないのを見こんで、「青鞜」を自分に譲ってくれないかという打診だった。

《もう少し私の生活とピッタリくっついてしまえばですが、今の処この仕事は中ブラリンですからなかなかやりにくいのです。もしあなたがすべてを私共の手に委《まか》して下さればもう一度覚悟し直して、辻と一緒にできるだけやって見てもいいとおもっています》

もともとらいてうはまだ若い野枝がひとりで「青鞜」を編集できると思ってまかしたのではなかった。らいてうは辻をはじめから信用していたし、辻の学識や人柄も高く買っていた。近くに住むようになり家族ぐるみの交際になってからは、人みしりする博史まで辻とは妙にうまが合い、よく文学論や芸術論をかわしあうのをみていっそう辻に好意と信頼を持ってきていた。御宿へ発つ時、「青鞜」を野枝にまかしていったのも、辻が共に編集の面倒をみてくれると思っていたからだ。野枝はそれを承知しているので、はじめから、らいてうには辻とふたりの複数に、編集をまかしてくれと申し出たのである。ひかえめに無力を謙遜《けんそん》してみたり、すぐ自信を披瀝してみたり、前後矛盾したくどくどしい手紙の結論は、らいてうに身をひいてもらって、自分にやらせてくれないかという思いきった相談なのであった。

らいてうはさすがに重大事なので、十一月七日にその手紙を受けとると、十三日には直接相談するため上京した。行きちがいについた野枝の第二信が後を追って回送されていった。

それには、更に露骨に野枝の積極的な気持が陳《の》べてあった。

《私たち一生懸命に働いて、あなたにもとてもそれでは生活の全部ということはむずかしゅうございますが、二十円くらいははじめのうちお送りして、もっともちろん上げられる時にはお送りします。——略——どうでしょう。私そうなればもっとすっかり生活の形式を変えて、その方に尽力のできるようにしたいと思いますけれど、そうすれば私も編集なんかもっと簡単に短時日で出来るような風に考えたり、そこはいろいろにして見ましょうから。一つ委して見て下さいませんか。しかし署名人だけはやはりあなたがいいと思います。責任はどこまでも私たちが負います。署名人の迷惑になるようなことはめったにしないつもりですから何とぞ信じて下さい》

らいてうはもうすっかり自分が引き受けるつもりで、具体的な夢をみている野枝におかしさと小憎らしさを感じた。二十円の金を送るとか、名前だけはのこすとか、図に乗って無礼なことをいう野枝の不遜《ふそん》さには腹も立ってきた。あんな数々の楽しい苦しい想いをこめて来た「青鞜」なのだから、ひきぎわはせめていさぎよく、さっぱりひと思いに廃刊にしてしまいたいと思う。けれどもやはり、あれだけの苦労のしみこんだ「青鞜」をここでなくすのもいかにも世間の圧迫に負けてしまうようで口惜しい気もする。それならばこれほど情熱を見せてやりたがる野枝にやらせてみようか――迷いの末にらいてうはしだいに野枝の申し出にひきこまれていった。

十五日の朝、野枝を訪ねたらいてうは、そこで期待と希望にいきいきと輝いている野枝を見た。野枝は今すぐにも引き受けたい意気込みを遠慮なく見せた。すべての仲間が離れていってしまった今、最後まで自分を信頼し、ふみとどまってくれたのが、この最年少の野枝ひとりだったかと思うと、らいてうはそぞろに胸に迫るものがあった。いつでも忙しくして、その忙しさの中で緊張しながら自分を見出していくといった野枝のがむしゃらなヴァイタリティに賭けてみてもいいような気もしてきた。あれほど可愛がった小林哥津でさえ、今は紅吉や神近市子たちの許へ走り、「青鞜」に対抗したような女性誌「蕃紅花《さふらん》」の同人になっている。このたったひとり残った忠実な腹心に「青鞜」を譲ってみようか。野枝一人ではとうてい無理だと思ったけれど、辻の助力をらいてうは高く買っていた。自分とは正反対な性質の野枝とちがい、辻の日頃の考え方や思想にはらいてうはうなずけるし親近感と信頼を持っていた。同時にらいてうは、野枝が、「青鞜」をもりたてて、それを自分たちの生活の根本資源にしようとしているせっぱつまった打算も見抜いていた。らいてうのお嬢様方針だから赤字になるのであって、自分なら見事黒字にしてみせると野枝が計算していることも察していた。野枝と話すうちに、らいてうはうるさい社会との実際的な接触を一日も早く断ちきり、愛する博史とふたりだけで、牧歌的な生活にとじこもり、もっともっと自分の内的生活の充実をはかりたいという欲求がわき上ってきた。

その日、らいてうは家に帰ると、一切を野枝に譲渡する決心をハガキで書き送った。

十七日、野枝は希望と自信と勇気にみちて勇躍してらいてうを訪れた。らいてうは「青鞜」のバックナンバーを揃えて記念に手許においた以外のすべてを野枝に引き渡し、その日のうちに、その家を畳んでしまった。「青鞜」から手をひくなら、もう、事務所として使ったその家からも引き移り、博史との純粋な水いらずの生活を全く新しい環境で始めるつもりになっていたのである。

こうして野枝は名実共に「青鞜」編集長並びに経営者という重い責任を二十歳の肩に自ら背負いこんだ。

世間はさすがにこの事件に愕かされた。ここ一年ばかり、「青鞜」誌上で、誰彼の見境いもなく、片っぱしから「青鞜」反対者や、自分の気にいらない意見をのべる知名人に噛みついて、キャンキャン犬のようにわめきたてているのを、野枝の若さと世間知らずの無謀さのように半ば面白がって見逃してきていたジャーナリズムも、まさか、二十歳の野枝がたった一人で「青鞜」を背負うとは考えもつかないことだった。とにもかくにも、らいてうの人物は女流の中では傑出していたことは認められていた。らいてうと野枝では、年齢の差だけではなく、人物の格が比較にもならないと考えられた。譲ったらいてうの無欲さよりも無謀さにあっけにとられたし、引き受けた野枝の蛮勇にはいっそうあいた口のふさがらないものがあった。二号とつづくまいという嘲笑がわきおこっていた。

実際、野枝はどこへいっても広告一つもらうことができなかった。辻はロンブロゾオにかかりきりで、せいぜい、寝物語に誰の原稿をとれたらなどという程度の助言しかしてくれない。

「こういう雑誌は、結局編集長の独断で運ばなきゃあならないんだよ。平塚さんは人がいいから、みんなをたてすぎて失敗したんだ。合議制にしたのが、らいてうの『青鞜』の失敗のもとだね。あの人の個性で貫けばよかったんだ。あの人の特異な天才的なひらめきが合議制ですっかりなくされてつまらなくなったんだ。野枝の『青鞜』は、野枝のヴァイタリティでがむしゃらに押しまくるんだね。それしかないよ」

そうはいっても、辻は事務的なことは一切手伝ってくれない。

広告取り、紙屋や印刷所へ出かけての交渉、校正、読者への返信、家事、育児、それらを一手にやらなければならなくなった後、野枝は自分の奪い取ったものが、想像以上に重い荷物だったことにはじめて気づかねばならなかった。外出先では激励の代りに嘲笑と侮辱だけが待ちうけていた。読者からの手紙も、今更にらいてうを惜しむ声ばかりで、野枝には危惧《きぐ》を感じるというものばかりだった。玄関脇の編集室で、野枝は前途の不安と責任に重苦しく押しひしがれそうになる。そんな時、野枝の本来の負けず嫌いの魂がふきあがってくる。冷嘲に対する反抗心と怒りが、仕事へのエネルギーになって燃え上る。野枝は自分の弱気を自分で叩きつぶして、気負いたった。

そんなある日、大杉が訪ねてきた。クロポトキンの「パンの略奪」を野枝にさしだし、

「この間のお礼ですよ」

と大きな目でつつみこむように野枝を見つめた。「平民新聞」第二号を自宅に隠してくれたことをいっているのだ。辻もいて、三人はもうすっかり長い知己《ちき》のように話しあった。野枝は出しても出しても発禁にされる新聞を相変らず情熱をこめて出そうとしている大杉の勇気や不屈さにこれまでよりいっそううたれた。自分が「青鞜」をひき受け、冷嘲の中に立って孤独感を味わっている時だけに、大きな軀に活力をみなぎらせ、不当な弾圧にもけろりとした明るい表情をみせ、自信にみちている大杉の態度が身につまされて頼もしく感じられる。大杉は野枝の「青鞜」の前途を激励した。

「前からのぼくの持論だけれど、もう、らいてうの時代は去ったね。結局らいてうは新しそうなことをいってもプチブル根性で自分しか見えない人だね。この間、何かの雑誌に書いていたけれど、社会と自分は何の交渉もない、社会と実際に交渉を持っていくのはいやだなどと書いているんだからね。自分の内的生活の充実がどうのこうのといって、らいてうの中に、そんなに大切がるほどのりっぱな内的な何かがあるというんだろうか。笑わせるね全く。社会に背をむけてこれからの時代に何の前向きの仕事ができるというんです。とにかく、あなたは勇気があるよ。ぼくはらいてうより伊藤野枝の未知数の方を買うな。ね、そうでしょう。辻さん」

辻は大杉の熱っぽい口調に圧されて、黙ってにやにや笑っていた。話題を変えるように、野枝に、

「そういえばうちにある、昔からの『平民新聞』ね。あれもどっかへかくさなくちゃ」

とつぶやいた。大杉は、辻が幸徳秋水の時代の「平民新聞」をみんな持っていると聞いて愕いてしまった。この煮えきらない小男を改めて見直す気持だった。

「あんなもの構うものですか」

野枝はこともなげにいっている。野枝はその時、話の勢いで、

「ああたびたび発禁にされちゃあ、紙だけでもたまらないでしょう。『青鞜』のを廻しましょうか。どうせこっちも毎月買うんですもの、ちっともかまわないわ」

と申し出た。まだらいてうから受けついだばかりの野枝がそんな大胆なことをいうのにも大杉は愕かされた。まさかすぐ野枝の好意をうけいれるほど大杉も単純ではなかったけれど、野枝の好意だけはしっかりと心にうけとめておいた。

世間から危惧され、嘲笑され、孤立感に悩まされていた野枝にとっては、こんな大杉の突然の来訪と、手放しの激励は、涙が出るほど嬉しかった。改めて勇気もふるいたって来た。

大正四年「青鞜」五巻一月号には、らいてうの「青鞜と私」と、野枝の「青鞜を引継ぐに就て」という二つの文章を並べ、野枝は自分の立場を明らかに世間に示した。らいてうは野枝から御宿によこした手紙の一部を公開して、《私は野枝さんに私と仕事の所有物のすべてを手渡しました》とこれまでに至る経緯を明らかにした。たくまずして野枝の強引な、まるでひったくりのような奪い方ともとられる厚かましさが、その行間から滲んできた。同時にらいてうの引き際は鷹揚で無私無欲の人物のように浮び上った。

野枝はそんなことにこだわらず、

《——その頃から私の思想の方向がだんだん変ってきたのを幾らかずつ私は感じだしました。今までどうしても自分と社会との間が遠い距離をもっているように思われました。

そして社会的になることはかくも自分自身を無理するように考えられていました。それがいつの間にか矛盾を感じられなくなって来たことです。今は社会的な運動の中に自分が飛び込んでも別に矛盾も苦痛もなさそうに思われました。

とにかく私はこれから全部私一個の仕事として引きつぎます。私は私一人きりの力にたよります。私は誰の助力ものぞみません。そうして社員組織を止めてすべての婦人たちにもっと解放しようと思います。――略――まず私は今までの青鞜社のすべての規則を取り去ります。

青鞜は今後無規則、無方針、無主張、無主義です。主義のほしい方、規則がなくてはならない方は、各自でおつくりなさるがいい。

私はただ何の主義も方針も規定もない雑誌をすべての婦人に提供いたします。――略――立身出世の踏台にしたいかたはなさいまし、感想を出したい方はお出し下さい。何でも御用いになる方の意のままにできるように雑誌そのものには一切意味をもたせません。ただ原稿選択はすべて私に一任さして頂きます。――略――私は自分が単なる一個の経営編輯《へんしゅう》の労働者で終ってもいいと思います》

二十歳の編集長としては、ずいぶん思いきった自信にみちた改革案を示した。

実際の生活の中では、野枝は今までよりいっそう家事をかえりみる暇はなくなり、一日中、外出してかけずり廻って帰ってくると、ミツから、

「一《まこと》が野枝さんのふだん着をかけてあるそばにいって、あんたを思いだして泣くから

ほとほと困ってしまったよ」

など聞かされると、胸が塞《ふさ》がった。それでも、こうなった以上は、石にかじりついてでもこの雑誌をつづけていってみせるという負けじ魂がたぎってきた。一月号の編集を終えた時、野枝は武者ぶるいのようなものが湧くのを覚えながら、

「私にこの雑誌を続けてゆける力があるものかないものか見ていて欲しいと思います。私は呼吸のつづく限り『青鞜』を手放そうとは思いません」

と、あらゆる仮想敵の幻にむかってきっぱりと言い放った。

野枝が夢中で一月号の編集を片づけている十二月の十一日、ロンブロゾオの「天才論」がついに植竹書院から植竹文庫として出版された。予期以上にそれは好評で、思わぬ反響を呼び、二十数版を重ねるという売行を示した。

野枝と同棲以来、はじめて辻がまとまった金を家庭に入れるチャンスが到来したのだった。ミツも恒も何年ぶりかで明るい表情になり、正月らしい正月を迎えることができた。ペン先一本買うゆとりのなかった正月を思えば夢のようだった。

考えようによっては、同棲以来今ほど落着いた幸福な時はなかったといえるのに、この頃から野枝はかえって辻に対して、漠然とした不平不満がつもっていくのを感じずにはいられなかった。

辻にいくらかでもまとまった金が入ると、これまでできる限りおさえていたミツの、野枝に対する不満はおさえきれなくなった。ミツはこれまで、失業以来の辻の不甲斐なさにじりじりして、その原因も野枝のためとはいいながら、野枝にさえ気がねして言いたいこともいわずにいた。野枝が「青鞜」へ出かけるのも、女だてら、家庭持ちが、夜おそくまで帰らなかったり、時には泊ってきたりするのも、野枝が持って帰るわずかな金だけが乏しい家計を支える一番確実な資源だったからこそ、ミツは口をふさがれていた気がしていたのだ。ミツは本来野枝が好きだった。陽気な明るいことの好きなミツは、若くて潑剌とした野枝の存在が家を明るくしているように思えた。およそ家事はできないし、仕込んでやりたいにも辻がそれを好まないので、いつまでたっても嫁らしくならないことも、恒の半分も役に立たないことも、それほど、苦にしてはいなかった。けれども、「青鞜」を正式に受けついで以来の野枝の打ちこみ方は、気違いじみている。外出のたび一《まこと》はミツに押しつけておいて、外ばかりかけずりまわる。家にいては玄関脇にとじこもりきりで、原稿の整理に没頭している。辻が無収入ならいざしらず、今度のように金も入るようになったのだから、もっと落ちついて家事や育児にも心をむけたらどうだろう。ついそれが口に出たり、態度に出たりするようになる。野枝は、家事は嫌いだし、下手なくせに、そんなことはやればできると自分では思っていることが、ミツには憎らしく見えるのだった。つい、

「子育ての最中は、女は本など読めるものじゃないよ」

とあてつけがましいことばも出てくる。まして、「青鞜」をひきうけても、これまで以上に金が入るどころか、下手をすると損失まで背負いこむはめになると聞かされては、ミツはいっそう野枝のしていることが無駄なお道楽に見えてくるのだった。つい辻に、

「お前も亭主らしく女房に叱言《こごと》のひとつもいえないのかえ」

と、からんでみたくなったり、野枝に、

「潤も可哀そうな男だね。普通のお嫁さんなら、もっともっと身の廻りをかまってもらえるのにねえ。あたしが死んだら、どうするのだろう」

などあわれっぽくいうようになった。野枝にしてみれば、女が家事や育児だけにかまけていてはいつまでたっても女の地位は向上しないし、少くとも自分は妻や母としてだけでなく、もっともっと人間として成長したいと考えていた。辻がミツとの間にたって、かばってくれればいいのに、辻はおよそそういう心づかいはしてくれない。野枝の目からみれば、口では何といっても心の中では辻が、この贅沢好きな母を心から愛していて、ふだんはどんなに口汚く言いあってもいざという時には、血縁の強さでぴたっと母子三人だけで一つになってしまう。その時は野枝は、ひとりで放りだされたような気がして辻が遠いものに思われるのだった。野枝はこの家に入った最初から辻の考えで嫁らしい嫁にはされていなかったので、自分のこの家での立場が、世間の嫁の座からみればどれ

ほど恵まれているものかわからなかった。姑と小姑がいて家事と育児を分担してくれればこそ、「青鞜」などにかまけていられることを忘れがちで、感情的なもつれのうるささだけを誇大に感じていた。

そんな一月のある日、立ちよった渡辺政太郎夫妻から野枝ははじめて谷中村《やなかむら》の話を聞いた。栃木県の渡良瀬川《わたらせがわ》の沿岸にある谷中村は、水源が足尾の銅山にあるため、鉱毒が渡良瀬川に流れ、下流一帯の農作や漁業に甚大な被害を与えてきた。被害民は田中正造の指導の許に団結して根強い闘争をくりひろげ、田中翁の天皇直訴事件まであって、ひとまず政府の仲介で鉱業主と被害民の間に協定がまとまった。が、その後も鉱毒問題は洪水のたびにむしかえすので、政府は谷中村一帯を貯水池にして洪水を防ぐ策をたてた。明治四十年以来、谷中村の土地買収を始めたところ、村民は反対運動を展開して、強硬にそれに応じまいとした。

そのうちにも買収は強制され、最後に残った強硬派がこれを拒み通していた。ついに業を煮やした政府は強制立退を断行してどしどし抵抗者の家をこわしはじめた。

三十年も前からくすぶっているこの問題は、識者の間には常識として識られていたけれど、若い野枝は全く初耳だった。それだけに渡辺がこの問題に義憤を感じていて、無知な野枝にもわかり易いように説明してくれると、感じ易い野枝はただちに義憤で涙ぐんできた。十年も前に強制立退を命じられて家をこわされてもまだがんばっている掘立《ほったて》小屋《ごや》の残留民も、まわりの貯水池が完成したので、春の雪どけと共に、否応なく池に水があふれ、のかなければ湖底に小屋もろとも沈められてしまうという現状に追いつめられている。渡辺はその状態を今のうちに見ておこうというのだった。

「どうしてそれを世間はすてておくんです」

野枝は愕きと怒りで赤くなって、まるで渡辺につめよるように聞いた。

「あなたははじめて聞いたからびっくりするけれど、もうこの問題がはじまって三十年もたつんですからね。人々は、へえ、まだやってるのかぐらいの感じしか持たなくなってるんですよ。どうにも今となっちゃ手の出しようもないんです」

野枝はそれだけでは納得せず、まだいろいろと問いただした。

辻はだまってその話を聞いていたけれど、内心、野枝の興奮のしかたがおかしかった。感じ易く激し易い野枝が、はじめてこの問題を聞いて興奮するのはわかるし、主義者の中でも筋金入りの、実践運動家の渡辺政太郎が、わざわざ視察にゆきたい気持もわかる。しかし野枝は、家事はおろか、自分の子供の世話ひとつろくにできないくせに、天下国家の悲惨事にまるで救世主のようにいきりたつのは、辻の目からみればこっけいでさえあった。ここ数日来、母と野枝の間が険悪になり、両方からさんざんぐちを聞かされて辻はいいかげん厭になっていた。野枝は辻が全く自分の立場を理解してくれないし、姑との間の楯《たて》になってくれないと憤慨する。辻は母のぐちは世間の姑の誰もが抱くものだとは思うけれど、公平にみて、野枝のような自由を獲得している嫁が世間にざらにあるものかと思っている。はじめから辻自身野枝に普通の嫁の仕事を望んでいないからだし、充分勉強させるよう時間を与えてくれと母や妹を納得させてもあった。幸い母も妹も家事に堪能で、二人の手で家の中は充分おさまっていたので、野枝の仕事はほとんどなかったのだ。それだからこそ、野枝は「青鞜」にも自由に出入りできていたし、本を読んだり原稿を書く時間もたっぷりあたえられていた。問題は子供ができてからだった。野枝は赤ん坊ひとりをもてあましてすっかり手古《てこ》ずっていた。自分では何でもやればできると思い、家事や育児はその気になれば、女なら誰にでもできることのように考えている野枝は、実際は手の中に泣きわめくだけでことばのない赤ん坊をかかえて、その小さな赤い肉塊にふりまわされていた。泣き声から赤ん坊の意志を聞きとるためには、赤ん坊と四六時中つきあわなければならなかった。この小さな暴君は夜の夜中でも泣きわめくし、腹をすかせる。野枝が泣きわめく子をもてあましている時、姑が抱きとるとぴたりと泣きやむ。野枝はそれを自分の無経験や育児の未熟さととらず、姑が自分の留守に赤ん坊を抱きづめにし甘やかした結果だと考える。むつきの洗濯や母乳をやることまで姑にしてもらえるものではない。赤ん坊ひとり生れただけで野枝の生活の時間割が根底からくつがえってしまった。子供を背負って、研究会に出かけたりしても落ちつかなかった。子供を姑にあずけ、ひとり外出すると、せいせいして、なぜ子供など不用意に生んでしまったかと、後悔した。辻に育児のことで姑との意見の対立など訴えても、ろくにまともな返事もかえしてくれない。辻は家事、育児にかけては、絶対的に母の力を信用していたし、野枝の不器用さを誰よりも認めているのだ。むしろ、そんな世間の嫁姑の間の常識的な確執で足をすくわれている野枝に軽蔑を感じてくる。はじめから普通の嫁でないと自覚しているはずの野枝は、もっと堂々と、家事や育児を投げだし、姑をおだててまかしきって、自分の勉強をすればいいのだと考える。野枝はそういう意見の辻に向って、

「あなたなんか肉親だから——私と姑《かあ》さんの間じゃそうはいかないのよ」

とくってかかる。野枝が口癖にいう、世俗の因習や虚偽やごまかしが、誰のものでもない、野枝自身の感情の奥に根深く巣くっているのを見て辻は苦笑したくなる。けれどもそれを一々、口で説明してやって、ますます野枝を興奮させるのは面倒くさくなっていた。

辻はそんな時間を一分でも自分の読書の時間にふりむけたかった。

——自分でぶつかって、悩んでそこから成長して解決していくのだ。野枝も例外ではない——辻は野枝のもがき苦しむ状態を横目でみながら、野枝が「青鞜」の責任者としての仕事に没頭することで飛躍し、そこに自分の活路と自分本来の特性を自覚するだろうと見守っていた。

渡辺たちが帰っていっても、野枝は谷中村の話で受けたショックから解き放たれることができなかった。誰かともっとこの話についてしてみたい。野枝は一《まこと》に乳をふくませながら、自分のわきたつ胸の中に目をこらしていく。しだいにはっきりと一人の男の顔が浮んでくる。大きな目がその中からつつみこむような優しさをたたえてみつめてくる。高い鼻、鼻下の髭、大杉栄なら、この話をもっとよく聞いてくれるのではないだろうか。

野枝はなぜか傍の辻に話しかける気持が全くなかった。辻が渡辺との話の間にほとんど口をはさまず、最後には、どうあがいても、もうどうともしようがない状態だろうと渡辺にむかっていっていたのを、この問題に冷淡だと感じていたからだった。

「何をそんなに考えこんでいるんだい」

机の前からふりむいた辻が訊いた。眠りこんだまま乳首をくわえている一《まこと》を、ようやく胸から離し、野枝は怒ったように、

「さっきの谷中村のことよ」

「何だあんなことか。そんなことよりもっと自分の足許をみつめるんだな」

野枝はむっとした。辻がここ数日来姑と気まずい状態をさしていっているのがわかっていた。

「要するに、いくらがんばったって駄目なんだ。わかりきったことをがんばるのは馬鹿なんだ。どうしてあの人たちが溺れ死んだりするものか。面あてをしているだけだ。

お前の興奮はセンチメンタルすぎるよ」

野枝は、寝返りをうつと、辻の声を防ぐように背を固くしてしまった。

それから二、三日後、野枝はレターペーパーを何枚も書きつぶしながら、大杉に手紙を書いていた。あれ以来、心にくすぶっている谷中村の問題のことを、やはり大杉に話したくてならなかった。なぜその相手が大杉でなければならないのか。野枝はその時の自分の感情をもっとつっこんで見つめることはしない。大杉があらわれるようになって以来、逢うたびに手放しで野枝の大胆さや、果敢さや、未知数の才能の可能性について、熱っぽく率直に言及することで、どれほど自分の中の自尊心と虚栄心が甘やかされ、くすぐられているかということには気づいていなかった。辻はもう同棲三年めに入り、野枝の才能や魅力について口にするようなことはなくなっている。同じ家にいて恋文を書くような甘いくせも忘れている。たとえ心の中に変らぬ愛が燃えていたとしても、根が江戸っ子特有のはにかみと、照れを持っている辻には、夫が古女房に今更らしい愛を口にするなど無粋の骨頂だと思っている。野枝自身の方が辻の無口や無愛想を、冷淡や愛の弛緩《しかん》と思うほど、辻の愛に馴れすぎ辻を見失いかけていた。男の賞讃のまなざしや讃美のことばが常に快いという女の最も通俗な特質を、野枝もまた、人並以上に持っていて、それに自分で気づかないだけであった。

愛してもいない木村荘太からの求愛に動いていった自分の虚栄心や、もろさを野枝はもう忘れていた。

大杉からローザ・ルクセンブルグの写真を送ってもらったお礼を書くというのが野枝の表面の目的だった。けれども野枝のペンは通り一ぺんの礼状のわくからたちまちはみだしてきた。

《今までもそれから今もあなた方の主張には充分な興味を持って見ていますけれど、それがだんだん興味だけではなくなって行くのを覚えます。

一昨夜悲惨な谷中村の現状や何かについて話を聞きまして、私は興奮しないではいられませんでした。今も続いてそのことに思い耽《ふけ》っています。辻は私のそうした態度をひそかに笑っているらしく思われます。一昨夜はそのことで二人でかなり長く論じました。私はやはり本当に冷静に自分ひとりのことだけをじっと守っていられないのを感じます。私はやはり私の同感した周囲の中に動く自分を見出して行く性だと思います。その点から辻は私とはずっと違っています。この方向に二人が勝手に歩いて行ったらきっと相容れなくなるだろうと思います。私は私のそうした性をじっと見つめながら、どういうふうにそれが発展してゆくかと思っています。あなた方の方へ歩いてゆこうと努力してはいませんけど、ひとりでにゆかねばならなくなるときを期待しています。無遠慮なことを書きました。お許し下さい――》

野枝は今、自分がどんな重大なことを書いているか気づかなかった。書いている時の心の熱いほとばしりは、谷中村問題に対する公憤だと思っていたけれど、それは野枝の意識下にゆれ動きだした大杉栄に対する恋の情緒からの興奮とないまざっていた。

更にその手紙の終りに、「青鞜」二月号を読者に発送する時、大杉の「平民新聞」を入れて送りたいから、三、四十部送ってくれと書きそえた。大杉たちの方へすでに歩きはじめている自分を、この実践的な協力、危険な命とりになるかもしれない協力から示そうとする野枝の動きの中に、やはり意識下の大杉に対する媚態がこめられていることは、もちろん野枝は夢にも考えついてはいなかった。

何度書きかけてもうまくいかなかった。

大杉はとうとうペンを投げだすと、その場にどさりと仰向けにひっくりかえった。野枝の手紙は大杉には恋文としか見えなかった。

夫にも告げない心の大切な秘密を大杉だけにむかってつげるという野枝の打ちあけ話を文面通りにうけとって、谷中村のことに関して感想なり指導なりを書こうとするのに、気がついたら、大杉の文字は熱烈な恋を語りかけていた。辻との生活を破壊し、いつでも自分の懐《ふところ》にとびこんで来る野枝を迎える用意があるような煽動的な字句をつらねている。

辻の気の弱そうな神経質な表情が浮んでくる。この頃、大杉は二度、三度と辻に逢うにつれて、辻という男に対する理解と親愛感が深まっていた。スチルネルの哲学について語る時など大杉は自分以上に辻がスチルネルについていてくわしいのに愕かされもしていた。例の「平民新聞」の事も考えあわせ、さすがに野枝をここまで仕立てた男だけのことはあると思い友情を感じはじめてもいる。しかし、それと恋とは別問題だった。これからの野枝の成長に手を貸すのはもう辻ではなく自分だという確信が大杉の中には芽ばえていた。こういう予感は最初からあったのだ。同時に保子との恋愛以来、十年近くも、恋愛には無縁でただ闘争にあけくれて来た大杉にとっては、恋愛のもたらす必然的な面倒な人間関係の紛糾から身をさけたいという気持もあった。結局、大杉は野枝の手紙に思いがけないほど激しい心の動揺を与えられながら、返事を出さずに十日あまりがすぎてしまった。

野枝は大杉から何の返事もないことに内心傷つけられていた。大杉も結局は自分の真剣さを幼稚なセンチメンタリズムとして無視したのかと思うと、恥しさと屈辱感がわいてきた。その後二、三度大杉はふらりと訪ねて来たが、いつでも辻をまじえて陽気に話題を弾ませ、あっさりとひきあげていく。あの手紙のことは表情にも出さない。野枝もそんなことは全く忘れたようにふるまい、辻と大杉の会話の中へ、ことさら無邪気さを装ってはしゃいで割りこんだり、笑い声をまきちらしたりした。

「平民新聞」は二月号がまたまた発禁になった上、印刷所からも印刷を断られてしまった。もうどこをあたってもどの印刷所も、この刷れば即日おさえられると決っている新聞の危険な印刷を引きうけようとはしない。

辻のところで、そんなことをもらす大杉のことばをきくと、

「じゃ、私の方の印刷所に話してみましょう。そこの職工長は平気で刷りますわ」

その場で野枝は紹介の手紙を書いた。たしかにその印刷所は野枝の手紙一本で快く引きうけてくれた。けれどもその第六号も出るが早いか例外なく即日禁止になった。

もうこれ以上、新聞を出してゆくことも不可能だった。出せるものを出せばなどと、仲間からさえ批判めいた声が聞えてくる。大杉には妥協をしてまで出すことの意義が認められなかった。さすがの彼も手も足ももぎとられたような感じに襲われていた。あとには前借ばかりたまったいくつもの原稿を片づける仕事が待っている。それを行きつけの葉山の宿で書くため、出かけようとして、大杉は一日、野枝に逢っておきたくなった。運動の挫折感から来る虚《むな》しさの中に不自然に押えこんでいた野枝に対する恋情がしのびこんでいた。考えてみると、いつでも辻のいないことを心に希《ねが》いながら野枝を訪ねていたのだと認めないわけにはいかなかった。一度でいい、野枝とふたりきりで逢ってみたい。例の手紙の返事のことも気にかかっていたし、印刷所の礼もいいそびれている。理由は何とでもつけられた。要するに野枝と逢いたいのだ。ちょうど「青鞜」の校了が近づいている頃だと気づき、大杉はいきなり印刷所を訪ねてみた。今日は来ないが明日は

二時頃に来るという。翌日、大杉は葉山へゆく支度をして再び印刷所を訪れた。二時から、三時、四時まで待っても野枝はあらわれない。もう一目逢わなくては葉山に発てないような切なさが胸にたちこめていた。とうとう野枝に恋してしまったのか。大杉は今ここに野枝があらわれたらものもいわずあのくりくりした小さな軀を抱きしめそうな自分の燃えあがった情熱を感じていた。

待ちくたびれて置手紙をして通りに出たあとも、大杉はもしやという気持にひかされて停留所で電車を二、三台も見送った。野枝の家の方角から来るどの電車からもついに野枝は降りて来なかった。

深い恋仲の恋人に、逢引《あいびき》の約束をすっぽかされたような苛だたしさとみちたりなさが、葉山についた後も大杉をさいなんでいた。

恋に落ちてしまった。とうとう……あれほどそうなるまいと自戒していたのに――仕事は何も手につかず、大杉は自覚した恋だけをみつめて日をすごした。印刷所で野枝を待っている時ひきこんだらしい風邪がこじれて熱まで出てきた。大杉は早々に葉山をひきあげてきた。

野枝は、大杉が二時間も自分を待っていたと聞き、簡単な置手紙をその証拠として受けとった時、あやうく声をあげそうな歓喜にとらわれた。あの手紙を無視されたという屈辱感は根深く野枝を傷つけていただけに、ようやく野枝の自尊心は報いられた気がした。

その上、野枝はその翌日、「新潮」に発表された大杉の「野枝さんに与えてバ華山を罵《ののし》る」という傍題のついた「処女と貞操と羞恥」というエッセイを読んだ。

《野枝さん。

僕はまだ、あなたとお互いに友人とよび得るほどに、少なくとも外的には親しくなっていませぬ。もっともどれほど内的に親しいのかということもはっきりとは言えませぬ。けれども私の今つきあっている女の人の中で、もっとも親しく感ぜられるのは、やはりあなたなのです。そしてこのことは、僕が今貞操を論ずるに当って、ことにあなたに話しかけることが、もっとも僕の心を引きたたせる理由であろうと思われます――》

こんな書きだしを読んだだけで、野枝は大杉の恋文を公開状としてうけとったような感じがした。目がくらみそうにそれらの文字は一つ一つがいきいきと野枝の中に躍りこんできた。「青鞜」二月号に野枝が「貞操についての雑感」をのせたことから、大杉の貞操論は展開されている。野枝のこの文章は、数カ月前から「青鞜」誌上で論争されてきた、貞操論すなわち、パンのためには貞操など第二義であるという生田《いくた》花世《はなよ》の論旨に対した原田皐月《さつき》の「飢えて死んでも私を生かしたい」という反対論についてのべた感想であった。大杉は更にこれらの論争についてのらいてうの批判文などをひきあいに出し、常に彼が考えている「女性の貞操は財産の私有制度によって女性を奴隷扱いして出来た

ものである」という論旨を述べていた。野枝が、

《処女を犠牲にしてパンを得ると仮定したならば、私はむしろ未練なく自分からヴァジニティを追いだしてしまう》《世間の寡婦たちがつまらない貞操感に囚われて、味気ないさびしい空虚な日を送りながら、はかない習俗的な道徳観にわずかになぐさめられている気の毒さは、何というみじめなことであろう。ああ、習俗打破、それより他に私たちは救われる道はない》

と言いながら、一方で、

《何ゆえに処女というものがそんなに貴いのだと問わるればその理由を答えることができない。それはほとんど本能的に犯すべからざるものだというふうに考えさせられると答えるよりほかはない》

といっている論旨の弱点をつき、貞操や羞恥の生物学的原因を社会的原因にひろげていかないかぎり、本当の自覚はなされない、と野枝の無知を指摘した。けれどもその論文はたまたま問題になった貞操論にことかりて、大杉の潜在的な野枝への恋情を告白したという印象を野枝は受けた。妻ある男が、夫や子供を持つ若い人妻に呼びかけるには、あまりに激しいなまなましいいぶきが聞えている。要するに貞操というのいくらでも形而《けいじ》下的《かてき》に扱われ易いなまなましい問題を、形而上的《けいじじょうてき》論旨でつつんで、恋する人妻に公開の席で話しかける、その人をくった遊びが大杉には快かったのだ。辻もそれを読んだはず

だけれど珍しく一言も感想をのべなかった。

野枝は自然に弾んでくる筆をおさえることができず、すぐ大杉にあてて第二の手紙を書いていた。「新潮」の論文を読んだこと、まだ谷中村の問題に囚われていて、いつかそれを自分の意義ある処女作にしたいと思って資料あつめをしていること、そんなことを書き綴りながら、筆致には思わず、親愛の情がこめられていた。

《ほんとうによろしかったらお出で下さい。私もお伺いいたします》

谷中村のことを素材に小説の準備をすすめていることを、またしても野枝は辻には内緒であなただけに打ちあけるのだと書かずにいられない。夫への秘密を他の男とふたりだけでわけもつという意味の重大さを野枝の手紙は全く意識していない。そんな書き方が男への何にもました媚態になるということも意識していない。その手紙を読んだ大杉は、野枝と自分の恋がもはや仲間のお先走りな予感の枠内だけではおさまりきらないことを、実感として受けとっていた。

辛うじて大杉の情熱にブレーキをかけるものは、文字通りの糟糠の妻、保子に対する遠慮と配慮だけだった。理論の上ではどんな過激なこともいいきれる大杉にも、人一倍人情にもろい肉親愛に弱い一面があった。病弱で結核を持った貞淑な保子は、大杉にとっては妻というより骨肉のような自分の一部になりきっていた。

野枝もまた、木村荘太の「動揺」事件よりは、自分を客観視するまでに成長していたし、肌で感じられる大杉の愛情に、木村の時のようにとめどなく自分を傾斜させていくことは警戒していた。一定の距離をおいたまま、相変らず最も「親愛な友人」としての交際が二人の間には一種のもどかしさをつつんでつづけられていた。

そんな時、思いがけない事件が野枝の足もとをすくっておこった。

それに気づいた時、野枝は事の次第がどうしても信じられないくらいだった。辻が自分の目をかすめて浮気をする。しかも相手は、人もあろうに、従姉の千代子だった。千代子も結婚してその頃上京してきていたが、野枝の家庭を見舞ううち、野枝が「青鞜」に夢中で、ほとんど夫も子供もかえりみない状態に目をみはってしまった。その上、あれだけ周囲を騒がせ、犠牲を強いて辻の懐に走った野枝が、まるで自分の結婚が失敗のようなことをいう。平凡で律義なだけの入婿の夫にあきたらなく思っていた千代子は、辻の繊細さや知的な雰囲気は魅力だった。昔の教師としての畏敬の気持ものこっている。妻にまったくかまわれない辻の姿が、家庭的な躾《しつけ》だけを身につけている千代子には世にも不運なみじめな夫のように見えてきた。

「あんまり寛大すぎるから野枝ちゃんがいい気になってるんじゃないかしら」

一《まこと》をつれてミツや恒が親類の祭りに出かけた留守に、たまたま訪ねて来た千代子は、辻の書斎に坐りこんで話していた。

「いくら、仕事が大切だって旦那さんあっての仕事じゃありませんか。夜まで出かけるなんてあんまりよ」

「毎度のことだからな」

「まあ、毎度のことですって」

「野枝はうちにじっとしてなんかいられない女なんだよ。それにもうそろそろ俺に愛想をつかしかけてるんじゃないかな」

冗談のつもりでいったことばに思いがけない重みが加わった。

「まあ、罰当りだわ。こんなにわがままさせてもらっていて」

千代子は辻の着物の袖付がほころびているのを見かねて、針を持ってきた。

「そのままで、すぐつけますわ。ちょっとそうしていて」

辻は香油の匂いのする千代子の髪を首筋に感じながら、着たままの袖付のほころびを縫ってもらった。ぴちっと糸切歯で糸をきる音をきいた時、冷たい髪が辻の首筋にふれた。

ふと、手を廻した時、千代子は無抵抗に崩れこんできた。

「気の毒なお兄さん」

千代子のふるえ声が辻のためらいを払い落した。

野枝はミツに当てつけがましく言いだされるまでそのことに気がつかなかった。出歩くのもいいけれど、亭主の楫《かじ》くらいとってからにしてはというミツのことばの意味をさぐりあてた時、野枝は狂いたつように惑乱した。

「好きなんですか。私よりも」

「出来心だよ」

「出来心だなんて！　千代さんにも夫があるくせに、姦通罪《かんつうざい》じゃないか」

「貞操論をふりまわすおまえの持論にも似合わぬことをいうな」

「何ですって！　自分が裏切っておきながら、よくもよくもぬけぬけと」

「落着いてくれ。そんなにさわぎたてることじゃないじゃないか。千代さんは俺に同情したまでだ。俺は千代さんのやさしさにほだされて、千代さんに一時にせよ迷って惚れた。それだけのことだ。ふたりとも家庭をこわすなんて考えてやしない。もうすんだことだ」

「そんないいわけがあるもんですか」

野枝は、手当りしだい、本やインク壺や花瓶を投げつけて、殺すの死ぬのと泣きわめいた。辻を自分がこれほどまで愛していたのかと、自分自身で愕くほど辻の裏切りに心が煮えたぎった。

「愕いたよ。正直いって、俺はお前がそんなにまでまだ俺に愛情を持っているとは思っていなかったんだ。この正月頃からのお前の態度は全く愛のさめた妻が、仕方なしにとどまっているという感じだった。本当は俺は淋しかったし、お前の心を完全に見失っていたのだ」

「そんな話もしたことないじゃありませんか」

「俺ととっくり話しあうような雰囲気が、この頃のお前にあったといえるのかい」

野枝はことばにつまって、いっそう声をあげて泣きわめいた。別居すると口ばしってみたりしたが辻はとりあわなかった。

「やり直そうよ。千代さんはあれで現実的な人だ。家の方もうまくおさめていく。俺ももう決してこんなでたらめはしない。一《まこと》もいることだし、生れてくる子のこともあるじゃないか」

野枝は二月頃からまた妊娠していた。それを口実にして、辻を拒んだ夜の自分の心の行方をふりかえるのは今の野枝には怖しかった。

「落ちついてごらん。本当に信頼や愛を裏ぎられたとさわいでるけれど、野枝の今のショックは、単に自尊心を傷つけられたくやしさと、嫉妬だけじゃないのかと思うよ」

「たといそうでも、それを指摘できるあなたの立場なもんですか」

「それじゃ、どうともするさ」

「人に聞いてもらってやる」

「ああ、大杉くんにでも訴えてこいよ」

野枝は、また獣のようなうめき声をあげて辻にむしゃぶりついていった。死んでやる、死んでやると叫びながら、自分が何をいっているのかわけもわからなくなっていた。

その事件は結局、野枝の泣き寝入りで決着をつけるしかなかった。野枝はその事件を「青鞜」六月号に「偶感」として発表してしまった。

夫に裏切られたという屈辱は一人で胸にしまっておけないほどの苦痛であり、天下に恥を公表してもおさまらない怒りであった。そのくせ、野枝はこの事件で自分の辻への熱烈な愛を認識したように書かずにはいられなかった。軽薄な裏切行為だけですぐ捨て去れるようなみれんのない男を夫に持っているということの方がもっと自尊心が傷つけられる。野枝は同じ号のもう一つの「偶感」に、世間が野枝の虚名があがるにつれ、辻をぐずのぐうたらだと評しているのに対し、必死で辻をかばい、辻の優秀さを力説せずにはいられなかった。辻を価値ある男と世間に認めさせなければ、やはり野枝の自尊心が許せないのだった。辻への幻滅を味わい、辻への愛が醒めれば醒めるほど、野枝は躍起になって世間に辻を弁護した。

大杉はそんな野枝を見守りながら、野枝が辻と別れる日がいよいよ近づいたと見ていた。野枝の言動のすべてが自尊心と虚栄心の最後のあがきとしか大杉には見えなかった。

けれども、このトラブルのため、野枝は無視しかけていた辻への執着を呼び戻された形になった。七月に入って、家出して以来はじめて今宿の実家へお産をしに帰るのに、辻を伴っていくことにした。目の前に辻を見ていなければ、あの事件以来野枝は、心の平静が全く得られなくなっていた。

すでに夏だった。

大杉は「平民新聞」のかわりにふたたび「近代思想」を復活させるつもりになっていたが、それまでの準備期間に、集会の方に力を入れることにした。水道橋の水彩研究所のあとを借り、そこでまずフランス語研究会を始めた。テキストはフランスのサンジカリスム運動の指導者ジョルジュ・ソレルの「暴力論」やロマン・ロランの「民衆芸術論」を使うという方法で、あくまで真意はサンジカリスム研究が目的であった。野枝はこの会に出るといっていながら、九州に帰ることを理由にして一度も出席しなかった。そのかわり、神近市子が最初から熱心な会員として欠かさず出席した。学校時代の上級生の青山菊栄をも誘ってきた。

神近市子はこの頃すでに「東京日日」の婦人記者として颯爽《さっそう》とした職業婦人になっていた。英語ができたので外人に逢って記事をとってきたり、婦人記者というものがまだ全く珍しい時代なので、それを利用してむずかしい大臣の談話をとりにやらされたりする。女ながら婦人欄などの持場ではなく、男性に堂々と伍して、社会部、政治部のインタビュー記者として才腕を認められていた。就職の世話をした小野賢一郎から最初のインタビュー記事に一度だけ朱筆をいれられただけで、すぐ新聞記事の要領をのみこんでしまい、その後は有能な男性記者も顔まけするほどの活躍ぶりだった。日本人には珍しい彫の深い特異な知的な美貌と、歯切れのいい率直な話術と、大柄ののびのびした肢体は男の目をひくに充分であったし、婦人記者という注目の的になる新しい職業についている新鮮な魅力も加わって、市子に興味をよせたり、憧れたりする男たちは後をたたなかった。けれども市子自身はフランス語研究会の前身のサンジカリスム研究会で大杉にはじめて逢った時から、大杉の人間的魅力に強くひかれるものがあった。子供の時から自分を醜いと思いこんで育ってきた市子は、自分に女としての魅力があるとは思っていなかった。それだけに知的なもの、美しいものに対する憧れは強く、文学を生涯の道に選びたいとも思っていた。文学書を通して観念的な恋は十二分に理解しているつもりだったけれど、恋らしい恋の経験はなかった。女学校を出た頃、親たちのとりきめた相手と見合の上婚約したけれども、その婚約者にけんかをふっかけた形で破談にしてしまい、上京したという経験がある。野枝の初婚の事件と似て非なのは、市子は婚約者を振りきった足で他の男の許には走らず、学問の殿堂にかけこんだということだった。そのため、野枝より七歳年長ですでに数え年二十八歳になっていたけれど、頭でっかちの、性的経験は無知に近い初心な心情を持っていた。

熱心に研究会に参加する市子の、のみこみのよさと、真面目な勉強態度はこの頃から大杉の目に大写しになってきた。野枝の場合も、恋人としてよりも、有能な同志として味方にひきいれるべきだという打算が、自然の恋心と闘っていた大杉にとっては、野枝より比べものにならないほど学識もあり、主義や理論の理解力もある、打てばひびきかえす市子の頼もしさに、まず未来の同志としての可能性を何よりも多く認めた。

今宿に帰った野枝からはその後便りもなく、大杉の方も今宿まで追いかけて辻の目にもふれる危険な便りを出す気にもならない。距離と時間が、熱情を自然に冷却させてくれていた。大杉は「近代思想」の復刊の準備を着々とすすめながら、しだいにそのスタッフの中に市子の才能をくみいれていた。市子は進んで協力を惜しまなかった。

十月「近代思想」がついに復刊された。「平民新聞」と以前の「近代思想」のあいの子のような、第二次「近代思想」の第一号から、市子は熱心に編集や校正を手伝った。この雑誌も辛うじて一号が無事だっただけで、二、三、四号と、引きつづきすべて発禁の憂目《うきめ》を見なければならなかった。

十二月に大杉は雑誌の保証金の関係で地方に発行所を置く必要から逗子《ずし》に移転した。「近代思想」の編集と、フランス語研究会のため週二、三回は上京する。そうした間に、市子と大杉の仲は急速に接近していった。

市子はしだいに惹かれていく大杉への自分の恋情に気づいた時、この恋を貫きたいと思った。生きる以上は悔いなく、人生をどんなに辛くても底の底までも生きてみたいというのが、いつの頃からか市子の胸に根をおろしている悲願だった。

妻のある男との恋は、はじめから平坦《へいたん》なはずはなかった。けれどもその男にしか愛を感じない以上、その愛を貫き通すしか市子には生き方がないと思えた。

大杉も、自分に対して無関心ではないことは、愛する者の直感で市子は本能的にかぎとっている。

ある日、ふたりは、晩秋の九段の坂を歩いていた。突然、市子は立ちどまって、緊張すると禽鳥《きんちょう》のような鋭さになる目に、情感をみなぎらして大杉の目を捕えた。

大杉には市子が今、何を言いだそうとするのか、その表情をみただけでわかっていた。

「あたし、もうこういう状態がたまらないのです。もやもやした感情をお互いに意識しあっていて、それからわざとらしく目をそらせて生きていくそんなごまかしがもうがまんできないんです。愛しあうか、別れるか、どっちかにしたいんです」

「わかってる」

「どうしたらいいんでしょう」

「あんたを好きだ。あんたのような頭のいい、男と対等につきあえる女こそ、ぼくの永い間の理想の女性だった。あんたのような女ははじめてだ」

「どうしたらいいんです」

「ぼくには保子がいる。あんたのように学問もない、無知な従順なだけの女だ。しかし世間の知恵というのは充分に持っている女だ。革命家の妻としても性根の坐った女だ。

さんざん苦労もかけている。それに、愛してもいる。卑怯な裏切り方はしたくない。ちゃんと納得させたいのだ」

「待っています」

市子は幸福だった。

それから別れるまで、大杉の語るフリイラヴの理論に耳をかたむけながら、妻と愛人をそれぞれ満足させて共有することが可能だという大杉の論旨をさして奇矯とも思わず聞いていた。

「たとえば、僕にはいろんな男の友人がいる。そしてその甲の友人に対するのと乙の友人に対するのとではその人物の評価は違う。また尊敬や親愛もちがう。しかしそれがぼくの友人たるにおいては同一だ。そしてみんなは、おのおの自分に与えられる尊敬と親愛との度で満足していなければならない。俺はだれよりも尊敬されないから、あいつの友人になるのはいやだ、などという馬鹿な事はいわない。これは友人論だけじゃなくてぼくの恋愛論でもあるんだよ」

市子はもうすでに何度か大杉の自宅へも出かけていて保子ともよく識りあっていた。たしかにおとなしくしっかりした女だけれど、まるで人形のように市子には見えていた。およそ保子を対象に嫉妬したりする気持はおこらない。

今も大杉に保子のことを言い出されながら、市子は一向に心が痛まなかった。市子が

だまってにこにこ聞いているのに調子にのって、

「ぼくは別に手も握った仲じゃないけど、伊藤野枝も好きなんだよ。ついこの間までは、きみなんかよりずっと好きだったくらいだ」

などといってもやはり機嫌のいい笑顔のままだった。野枝に対する大杉の心は、噂にも聞いていたし、「新潮」の「貞操論」でも、読みとっていたけれど、今の場合さして気にもならなかった。少くとも現在、野枝や保子より自分が一番、大杉の心の近くにいることを市子は感じとっていた。

市子がその後半月ほど仕事で旅に出ていて帰った時、大杉は逗子からいつものように出京してくると、はじめて市子の下宿に泊った。大杉から答えをもらったと市子は思った。

保子をどう説得したかということもあんまり聞きはしなかった。

市子は大杉を得た喜びに震えた。愛する男から愛撫を受けた。女として自分は何とこれまで片輪《かたわ》な生活を送っていたことだろう。

――行手に何があっても、どんな辛いことが待ちうけていても私は決して後悔しないだろう、人生の底の底までみきわめつくすのだ――

大杉の胸の中で市子は幸福にすすり泣きながら、そう思っていた。

それ以来、大杉は出京のたび、市子のところを宿にした。もう誰に対しても市子との関係をかくそうとはしなかった。

大杉は保子を説得し得たわけではなかったのだ。保子はいきなり大杉から市子を愛していることをつげられ、逆上した。

「神近を好きになったけれど、決してお前を嫌いになったのではない、今までどおり愛してもいるし、尊敬もしている。だから、気持をゆったりもって、だまってしばらく目をつぶっていてくれ」

そんな大杉の言いわけを、虫のいい男のわがままとしか聞けなかった。これまで保子は大杉がフリイラヴなどと夢のような理論をふりまわしていても、あくまで大杉の頭の中の理想で、そんな奇怪なことが現実の世界におこるものかと思っていた。自分と一緒になる前の女関係は知っていても、結婚以来、大杉は女出入りをおこしたことはなかった。色情に人一倍強く、女には関心の強い性情だけれど、実行はほとんど伴わない。野枝に対する気持だけは油断ならないと警戒したけれど、それなら未然に防ぎおおせたと思われた。保子は大杉と結婚して以来、休む間もない夫の投獄につぐ投獄で、さんざん苦労をなめさせられてきたけれど、一度も結婚したことを後悔したことはなかった。

夫としては、やさしい、思いやりのある夫だった。病弱な保子をいたわり、病気の間はふとんのあげおろしから、洗濯までしてくれた。外出の時はいつでも保子をつれて出たがった。三歳年上の妻に、年齢のひけ目など一度も感じさせたことはなかった。これまでの八年は傍目《はため》にはどんなに不安な貧乏な結婚生活と見えていたかしれないけれど、保子には実に幸福な日々の明暮だった。

保子は野枝のことばかり警戒していたから思いがけない新事態が夢としか信じられなかった。日頃の従順さもなくし、泣きわめいて厭だと訴えた。

「そんな関係がまんできません。神近さんがそんなにいいなら私ははっきりこの際離縁して下さい」

「ばかだなあ、何度いってるんだ、お前は今まで通り愛しているんだよ。妻はあくまでお前なんだ。離縁する必要なんかどこにもないじゃないか」

保子は、大杉の分身のような親友の荒畑寒村に、泣いて大杉の新しい恋を訴えた。発禁につぐ発禁で、寒村もすっかりくさりきっているところだった。それだけに、そんな状態の中で、不倫な恋愛にうつつをぬかしだした大杉に対して不快な感情しか抱けなかった。

入獄中、妻の管野すが子を同志であり先輩でもあった幸徳秋水に寝とられた煮湯《にえゆ》をのんだ経験のある寒村は、どんな理由にしろ、糟糠の妻をこんな目にあわす大杉の態度を許すことはできなかった。あれほど一心になって運動に協力して来た無二の同志大杉から、寒村はまず、感情的に心が離れはじめた。

他の同志たちの非難も不平も寒村につづいたことは当然だった。まして保子が堺枯川の妻の妹だという関係から、同志の感情はいっそう複雑だった。

市子は、そんな大杉の周囲の冷たい目にもおびえず、恋に溺れきっていた。「近代思想」のためにというより大杉のために、必要な資金の調達も進んでかって出た。新聞社からは、女ひとり暮していくには充分の報酬を得ている。

惜しげもなく市子は、貯金も給料も、大杉との共同の事業に注ぎこんで悔いはなかった。

その年の暮、今宿から赤ん坊の流二をつれて野枝と辻が久々に帰京した時は、大杉と市子の恋は、まさに白熱の最中だった。

＊

明けて大正五年、一月も末のある日だった。

大杉は半年ぶりに野枝を訪ねていった。逗子へ一度ハガキをよこしたきりの野枝は、産後のすっと一皮むいたような新鮮な顔で迎えた。

「辻が出かけていませんの、あいにくだわ」

野枝が玄関でつげた瞬間、大杉の胸には半年前の情熱がなまなましくよみがえってきた。

大杉は野枝を外に誘いだした。「青鞜」の校正を理由に野枝はいそいそと大杉と外に出た。たった一度ふたりは外で偶然あい、肩を並べてわずかの道のりを歩いた記憶があった。今日の外出はほとんどはじめての経験に近かった。辻より背の高い大杉と並ぶと、野枝の小ささがいっそう目立った。話はつきることがなかった。手紙の返事を出さなかったことからはじまり、辻の不貞、「近代思想」のこと、今宿の話、まるで憑かれたように交互に話しあううち、愛については口にしなくても互いの胸にひびきあうものがあった。日比谷公園の木蔭の道をたどっていた。葉を落した並木の行手には常磐木《ときわぎ》の灌木が暗いかげをつくっていた。いつか短い冬の日は落ち、あたりには人影もなかった。寒さを感じないほどふたりは身も心も燃えていた。ほとんど同時に立ちどまった。大杉が野枝の手をとった時、野枝はぐらりと倒れるように大杉の胸に身をよせていた。すくいあげるようにして小さな野枝をだきしめ身をかがめ唇をあわせた。

「寒いのかい」

野枝の頰は燃えているのに唇は冷たく、軀が震えていた。答えるかわりに野枝はのび上って腕を大杉の背にまわした。抱きしめられると張った乳があふれ着物の胸を濡らしてきた。

「乳くさいでしょう」

息のとまりそうなほど野枝は強い力で抱きすくめられた。口臭の強い大杉の唇を激しくうけ歯が鳴った。

その夜おそく麻布霞《あざぶかすみ》町の市子の下宿を訪れた大杉の顔を見て市子は笑いながらいった。

「いいことでもあったの、顔が輝いてるわ。野枝さんとでも逢って？」

野枝が帰京していること、それを大杉が気にしていることは市子も知っていた。

「わかるかい？　実は今別れてきたばっかりだ。はじめてキスした」

「それはおめでとう」

おうむがえしにいってまだ微笑のつづいている市子の表情を大杉は市子の鷹揚さと寛

大さからだと受けとった。とっさのショックに堪えようとして市子の微笑が凍りついたままなのだとは気がつかなかった。自分の身勝手な歓びにあふれていた大杉は市子の寛大さを当然のように感じ、さらに市子にとっては手酷《てひど》いことばを吐きつづけた。

「もうあの夫婦もだめだな。野枝は辻と別れるよ。時間の問題だ。いよいよぼくらの仲間に加わる日が来たね」

「わたしたちの仲間？」

「うん、前からそう思ってたんだ。保子がきみを認めたように、きみも野枝とぼくの新しい関係を認めてくれるだろう。ぼくの持論のフリイラヴの多角恋愛の実験がいよいよこれで完璧なものになるよ」

市子はだまっていた。ショックの後には憤りと屈辱が咽喉元までこみあげてきた。考えたこともない保子の立場がはじめて胸にきた。市子ひとりの事でさえ、おとなしい保子が半狂乱になるほど傷つき、決して心からそれを認めてなどいないという状態を市子ははっきり思い浮べた。保子がその上、まだ野枝と夫との新しい恋愛をどうして承認するだろう。大杉のいい気な恋愛理論が市子にははじめて妻の外に妾を何人でも蓄えて恬然《てんぜん》としている男の獣的な我ままとしか考えられなくなった。大杉はいつものように、むしろ、野枝との新しい恋の発展過程に興奮した情熱をあらわにして、当然のように市子を求めた。市子はどうしてもその夜、神経も欲情も大杉に随《つ》いてゆくことができなかった。もともと市子は、大杉と肉体関係に入って二カ月あまりになっていたが、一向に性愛の歓びというものにはめざめていなかった。精神が大杉への愛にあふれているから、愛する男の欲するものを与える喜びが湧くという程度に、その歓びはあくまで観念的なものだった。キリスト教の教育で育った市子には性愛を不潔視する少女趣味的な感覚がまだのこっていて、性行為は、一種の義務的な習慣のような感覚でしか捕えられていなかった。保子が病身で、もう長い間、大杉の強烈な性欲を満足させきれていないことは識っていたので、保子への嫉妬のわかない点もそれが原因の一つになっていたかもしれなかった。大杉が自分を抱きながら、野枝とのキスの甘さや、野枝の肉欲の反応の敏感さなどをぬけぬけと告げるのを聞くと、市子ははじめて、肉欲を通して一人の女を激しく嫉妬する気持を味わった。肉欲にめざめない女が接吻に強い官能の昇華を感じるように、市子も大杉との性そのものよりおだやかな抱擁や接吻から幸福感を味わっている。それだけに、野枝とのはじめての接吻から大杉が野枝の肉欲や、軀までを空想の中でふくらませ欲望を広げていることが堪えられなかった。しかもその腕には自分を抱きながら。

その夜一晩、市子はほとんど眠らないで考えつくした。大杉と野枝の関係はもう防ぎようもないことをさとっていた。この上、自分が情婦の一人としておこぼれの愛に甘んじてゆけないならば、断じて今この関係を絶つべきだという結論に自分を追いこんでいった。市子は保子を好きではなかったけれど、その立場に対して気の毒だという気持はあったし、恋愛の利害関係をぬきにすればつきあってゆける女だと思っていた。けれども野枝は「青鞜」の仲間として逢った最初から感覚的に嫌いな女に属していた。小柄な軀に野性と女の匂いをぷんぷんさせている野枝から、市子はおよそ知的なものを感じなかったし、身なりの悪さや全身から漂う貧乏くささは、市子の育ちや津田出という無意識のエリート意識には不潔感を伴った。男と女に対して、ほとんど無意識に応接の表情や声まで変る野枝を市子は嫌悪でしか見ることができなかった。要するに性が合わないという星の人間がいるとするなら、はじめから野枝は自分には性の合わない人種だとしか思えなかった。保子はともかくとして、七つも年下のそんな野枝と、男を争うということは、市子の自尊心が絶対に許さない。大杉の大げさに認めている野枝の才能や可能性にも市子は疑問を持っていた。この二、三カ月来「青鞜」誌上で青山菊栄と闘わした「婦人運動」論争などは、野枝の社会問題や大衆運動への無知を暴露して惨敗している。ただ誰にでも噛みつけばいいというようなこの頃の「青鞜」における野枝のヒステリックな発言ぶりは、市子の知性には軽蔑を誘うだけであった。そんな野枝と同等の立場で、否、むしろ愛を奪われる弱者の立場で競争するなど、とうてい自分に許せることではなかった。

翌日、市子は、保子の許へ帰った大杉に向って、追いかけるように絶縁状を叩きつけた。

大杉は愕いて市子の許へかけつけてきた。

二晩の間に市子はげっそりと面変りするほどやつれきっていた。理性では割りきれる別れが、大杉の顔を見ると、たちまちみれんに引きもどされ、とうていまだこの恋をあきらめきれない執着に囚われていることを悟らねばならなかった。

一方、野枝の方は、日比谷の宵闇《よいやみ》にまぎれてかわした大杉との抱擁を、自分の中から抹殺しようと思った。久しぶりに逢ったという情緒にだまされて、たぶんにふたりは遊戯的な気分に左右されていたのだと思いこみたかった。心の中では大杉に強く惹かれながら、辻の不貞にあれほど激しい怒りをぶちまけ、厳しく弾劾《だんがい》した野枝は、自分の心変りの安易さも認めるわけにはゆかなかった。

好意は持っているが惚れてはいない。大杉に対する自分の感情をそんなふうに自分に説明しようとしていた。

けれども辻との生活はもうこれ以上つづけてゆけないという気持に追いこまれてきていた。なぜひとりで今宿へ帰り、流二を産みおとして後別れる方法をとらなかったのか。自分から辻を誘っておきながら、今になって野枝は後悔した。帰って来た東京の生活は、半年前と何の異《ことな》ることもなかった。子供が一人ふえただけ、いっそう自由は束縛される。

「青鞜」の編集もようやっとの事だった。青山菊栄との論争で、恥をさらしたことも野枝は自分で認めていた。らいてうから引き受ける時思い描いていた「自分の青鞜」の構想は、実際には幻にすぎなかった。現実には自分の非力と未熟な若さと基礎的学問の不足をいやというほど識らされただけだった。

やはり辻と別れ、もっと自由に何物にも束縛されない立場に立って自分の若さと可能性を試みてみるべきだ。野枝はそんな決心の下から、自分に捨てられた後の辻の不面目や、子供の不幸を思いやると決心はたちまち鈍るのだった。大杉を力にして、大杉の愛をスプリングボードにして家を出たいという潜在的な希みがあるだけに、野枝は家を出る際、大杉との関係は白紙として自分にも辻にも、ひいては世間にも誇示したかった。それにはは大杉自身の気持を確め、自分の主張に口を合わせてもらう必要があった。家を捨てる自分の立場を少しでも清らかにするための功利的な判断から、ある日、野枝はいきなり大杉の下宿へ訪ねていった。大杉はその少し前から逗子を引き払い、四谷南伊賀町に移った上、自分は、麴町三番町の下宿屋福四万館《ふくしまかん》を仕事場にしていた。

大杉の許には思いがけず、市子が来合わせていた。野枝を目にした市子は、この際三人の関係をはっきりさせるべきだと言いだした。野枝は市子の口調に、自分もすでに大杉をめぐる女の一人として完全に組み入れられていることを識った。日比谷の件も市子が識っている以上、言いわけも聞かれなかった。大杉は例のフリイラヴの論旨をくりかえし、

一、お互いに経済上独立すること
二、同棲しないで別居の生活を送ること
三、お互いの自由(性的のすらも)を尊重すること
の、三条件をあげ、それを四人が守りさえすればこの複雑な四角関係は成立すると力説した。市子は一応その意見に賛意を示していた。野枝は、市子の緊張ぶりや、押えきれない自分への嫉妬や嫌悪感を感じるにつけ、思いがけない負けず嫌いの競争心がわきあがってきた。野枝もこの際、保子は眼中になかった。けれども自分の不在中に、大杉の心を捕えた市子が、愛情の上で先輩顔をしているのにがまんならなくなってきた。大杉の愛が自分にあるという自信から、野枝は、市子や保子の存在をすぐにも追いおとしてしまえそうな思い上りにとりつかれた。

「性的にも自由を認めるなんて、実際にはそんなことができるものですか」

野枝は、大杉に言いかえしながら、自分はそれほど大杉との恋にせっぱつまっていないというゆとりを強調しようとした。市子が、野枝に対する不快感を必死に押えて、この奇妙な恋愛同盟の行方を緊張しきってみつめているのがあわれになり、優越感を味わっていた。

「考えさせてもらいます。もう少しこの問題は持ちこさせてもらいますわ」

野枝はそんな捨てぜりふをのこして、二人のいる下宿を後にした。

一人になると、野枝はふたりの処で示したとは全く反対の気持にあおりたてられていた。辻との別居を決行した上で、大杉との問題を考えるという野枝の功利的な考えはくつがえされてしまった。大杉や市子までもが野枝を自分たちの輪の中に入れている以上、別居と同時に大杉とのことは当然、事あれかしと待ち望んでいる世間の噂の餌《えさ》にされるのは逃れられない事実だった。

新しい女の一人としてさんざん世間にあげつらわれてきた野枝も、自分も不貞な無節操な女、母性愛のない女、愛欲だけの女と見られ、三面記事的な「噂の女」にされることは自尊心と虚栄心が許さなかった。

どうしても大杉への愛のため、辻と子供を捨てるのではなく、自分の成長をはばみはじめた辻との生活を清算した上で、大杉にめぐりあうという形にしなければ、世間から予想される非難にたちむかえない。けれどもできるだけ自分への非難を少くして新しい道をとろうと迷いつづける間に、野枝は大杉を得たいという自分の欲望をもう自分の心には否定することができなくなった。世間を納得させる残された方法は、自分の恋を断ちきって、辻と別れた後も大杉とは無縁になるという道しかなかった。大杉への恋をあきらめよう。その辛さが骨身に沁みて確認された時、野枝ははじめて活路を発見した。これだけの犠牲を自分にも強いるのだから、夫と子を捨てる自分への道徳的非難はゆるめられてもいいという虫のいい自己満足だった。辻をも辻の家族をも世間をもだまして、自分をいい子にしたまま自由になろう。

その決心を固めた上で、野枝は大杉にもきっぱり別れをつげるつもりで逢いにいった。大杉は野枝の言い分を一笑に付した。野枝の心情を見抜いている大杉は、野枝の小細工を手きびしく指摘した。野枝は大杉に痛烈にやっつけられればばられるほど自分の垢が洗い流される気がした。最後に野枝は、

「保子さんと神近さんのいるかぎりは厭です」

と、弱々しく反抗した。大杉はうけつけなかった。

「それじゃもう、あなたとはこれっきりです」

最後のことばを投げて背をみせた野枝を大杉は追わなかった。言葉とは反対に大杉へのみれんと恋の妄執《もうしゅう》をあらわにみせて、その背は弱々しく前に傾いている。ふりかえりかけもどりたい野枝の本心が大杉には手にとるようにわかった。大杉の自信と確信通り、野枝はその夜、家に帰るなり書斎の辻の前に坐り、別れ話を持ち出していた。

「私と別れてください。ずっと考えつづけてきたことなんです」

口をきった瞬間、野枝はこれまでの浅ましい迷いが一挙に晴れたような気がした。野枝の本質としての正直さと自他への誠実さと飾り気のなさがふいに野枝の中からあふれでてきた。

「正直にいって、大杉さんを好きになってしまったんです。そんな私があなたともう

夫婦面しては暮せません。あなたにすまなすぎる」

「奥さんや神近さんがいても、大丈夫なのか」

辻に問われて、野枝は、自分が本気になればふたりを追い払う自信があるとつげたかった。だまっている野枝の表情からそれを読みとった辻はもう何も訊かなかった。上の子は辻が手許に置き、流二は野枝がつれて出ることになった。

「いろいろ、すみません。ありがとうございました」

「幸福になってくれ」

辻は終始静かな表情で高い声も出さなかった。野枝の方が別れを宣告された妻のように烈しくとり乱して泣き伏していた。

その翌日、野枝は流二をつれ辻の家を出たが、大杉の下宿にしか行く所はなかった。世間のあらゆる非難を真向から浴びる覚悟をし、何よりも恥しく辛かった辻への変節を辻にむかって告白した瞬間から、野枝ははじめて過去のすべてから解放され、あれほど渇望《かつぼう》していた自由を獲得した。

流二を横に置き、大杉の腕に抱かれた時から、二人の女に対する思い上った気持からもとき放たれた。たとえ大杉に何人の愛人があろうと、自分は自分だけの愛を惜しみなく与え、とるものをとればいいと、自分にいいきかしていた。

辛うじて命脈を保ってきた「青鞜」は、ついにらいてうから野枝の手に引きつがれて一年あまり、第六巻二号を最後にして大正五年二月をもって廃刊になった。

男一人に女三人の超常識的な大杉構想による自由恋愛の実験的運営は、現実には、なかなか理論や理想通りには運ばなかった。

一番納得したのは、現実的には大杉の下宿にころがりこみ、仕方なく同棲の形をとっている上、一番大杉の愛を確認している野枝であって、市子は、大杉の出した三カ条の原則の破られている現状に納得するはずがなかった。止むをえない場合として野枝はひとり大杉と同棲しているし、その生活も大杉がまかなっている。保子は市子との関係も無理矢理泣き寝入りさせられている上に、そのショックからまだ二カ月余りしかすぎないで野枝の関係が加わったのだから、気持のおさまるはずがなかった。さすがにおとなしく、物わかりのいい保子も、今度ばかりは物わかりのいい妻になろうとはしない。大杉は、保子と市子の許へ、時々訪れては彼女たちをなだめすかさなければならなかった。三人の女が三人とも、単に情欲の対象の女であるばかりでなく、大杉にとっては必要で優秀な同志であることにぬきがたいジレンマがあった。三人の女の中では経済的には市子ひとりが独立していた。市子はこれまでもその時々に必要な金を大杉のためにさしだすのに何の躊躇もなかったけれど、野枝があらわれてはこだわるようになった。

この複雑な関係はたちまち世間にもれ、新聞は好餌《こうじ》とばかりとびついてこの醜聞を書きたてた。

その時も野枝は早く経済的に独立しなければならないと焦った。もちろん、辻の許を出る時、わずかな荷物だけをようやく持ち出し、よぶんの金など一切持っていない。出た翌日からもう大杉の金で養われている。野枝の目算では、自分の小説を連載させてくれた大阪毎日新聞に、今度の事件を材料に小説を書き、それを連載させようという計画だった。その仕事を一日も早くしあげるために、野枝は流二をつれて千葉県御宿の上野屋旅館に出かけていった。そこはかつて、らいてうと博史がうるさい世間をのがれかくれ住んでいた宿だった。らいてうとの文通だけで知っている旅館に部屋をとり、両国まで大杉に見送られて出発したのは四月二十九日だった。

御宿の駅はわびしく、駅から離れた海ぞいの宿まで、嵐模様の雨に吹きつけられ、野枝はようやくたどりついた。中二階の四畳半に落ちつき、戸外の風雨の激しさを聞いていると、辻の許を出て以来、はじめて大杉を離れ一人になった心細さだけが野枝を捕えてきた。

この十日余りの間に、野枝は大杉との愛に溺れきり、家を出る時の悲壮な決意も、独立心もすっかり失っていた。

《――こうやって手紙を書いていますと、本当に遠く離れているのだという気がします。あなたは昨日別れるときに、ふり返りもしないで行っておしまいになったのですね。ひどいのね。私はひとりきりになってすっかり悄気《しょげ》ています。早くいらっしゃれませんか。それだと私はどうしたらいいのでしょう。こんなに遠く離れている事が、そんなに長くできるでしょうか。お仕事の邪魔はしませんから、早くいらして下さいね。こんな事を書いてますと、また頭が変になって来ますから、もう止《よ》します。四時間汽車でがまんをすれば来られるのですもの、本当に来てくださいね。五日も六日も私にこんな気持を続けさせる方は、本当にひどいわ。私はひとりぽっちですからね。この手紙だって今日のうちには着かないと思いますと、いやになってしまいます……》

ペンからあふれだすことばは手放しの甘えであり、とめどもない恋情だけだった。仕事をし、こんどの立場の自分をみつめるなどというきびしい心がまえは野枝の心からは一掃されていた。原稿用紙をひろげても一行も書けない。気がつけば昨日までの大杉との激しい快楽を全身で思いうかべなぞっているだけであった。荷物にそれだけは入れてきた大杉の「生の闘争」を読み直す。はじめてこの本を読んだように、大杉の文章がはっきり頭に入ってくる。そうしている間も大杉への恋しさがふきあげてきて、またペンをとって手紙を書きはじめる。ひとりになり、遠く来たということは、もうどれほど自分が大杉に捕えられ、大杉なしには一日も生きられなくなっているかを思いしらされたことだった。自分を生かすため、自分の成長をはばむものから抜けだすたびに、男の力をささえ綱にしなければならなかった自分の本質というものについて、じっくりと考えてみることも反省をしてみることも野枝にはできなかった。辻との生活がもう何年も前のことのように思えてくる。それほどに濃密で強烈な大杉との十日あまりの愛の惑溺《わくでき》の時間だった。

大杉は野枝を送った夜、四谷の保子のところへ今度出す本の印税の一部をとどけに帰った。それまで田中純などと逢って、今度の恋愛についてしゃべりたてていたからもう真夜中になっていた。すぐ床について野枝は御宿に行ったとつげると、保子は、

「あの狐さんが」

といって、野枝の悪口を言いだそうとした。大杉は片手をのばし妻の口をふさいでしまってそのまま黙らせてしまった。保子はこの半月ほどの懊悩で、げっそりやつれていた。それに大杉が御宿へゆく野枝のために金を渡したということを聞いて、いっそう心を傷つけられていた。市子は経済的に全く大杉に負担をかけないばかりか、むしろ、雑誌の費用でも、時には家計のたしにさえ、時々の金を出すことを惜しまない。市子の金で何度か急場を救われるたび、保子はありがたさより屈辱の度を深めるのだけれど、理屈では、市子の経済力の前に、大杉の恋愛持論をうち破ることができなかった。それなのに野枝は、愛の侵入者であるばかりか、金まで大杉から持ち出すのだ。それならば野枝は妾と全くちがわないではないか。経済的に援助されるのも屈辱なら、経済的に損害をかけられることはより侮辱だった。それでいて大杉は相変らず「お前がいやになったのでも、神近への愛が薄れたのでもないのだ。お前に求め得ないものを神近に、神近に求め

得ないものを野枝によって得るということがあるだろう。また野枝に与え得ないものを神近に、神近にも与え得ないものをお前には与え得るということもあるのだ」などと勝手な理屈をふりまわす。

「それじゃ、まだまだ、第二の神近さん、第二の野枝さんの出現も可能だというのですね」

「まあそういうことだな」

保子は絶望して、これまでの保子らしくもなく、泣いたり沈んだり、ヒステリックに女たちを罵倒したりする。いっそ大杉が、全く保子に愛想《あいそ》づかしをしてくれれば、思いきれるものを、大杉は、保子の悲嘆も懊悩も、保子の立場におかれた女なら当然こうむる心情だといって、

「可哀そうだな。早くそこから立ち上ってくれ」

と泣き倒れる保子の横で一緒になって泣いてくれる。それでいて、二人の女との恋はあきらめられない。それは主義主張のためだと言いはるのだった。保子はもう神経も軀もずたずたに疲れきってしまっていた。

一方、市子もまた、野枝のいなくなった麴町の下宿に大杉を訪ねてくる。やはり、もう、何日も食事も通らないといって、そうでなくても彫ったような顔に頰骨を目だたせ、げっそりと頰の肉を落している。目はくぼみ、皮膚はささくれだっている。

「そんなに弱っちゃ、だめじゃないか。しっかりしなさい」
大杉は市子には優しいことばをかけずにいられない。
「私もう、社をやめることにしました」
今度のことが、騒がれては新聞社にも勤めていられないというのだった。社では、市子の才腕を惜しみ、引きとめようとしていた。市子は社を退いても翻訳の仕事で、これまで程度の収入は得る自信を持っている。一つ床に入っても野枝から来た手紙をくりかえし読んでいる大杉の横で、じっと目をとじたまま、もう、その手紙を見たがりもしなければ、野枝の動静を聞こうともしない。こんな惨めな関係から一日も早く抜けだしたいと思う理性が、大杉に逢えば、その優しさや彼特有の自信ありげな恋愛論に幻惑されてしまう。結局は、理性で割りきれないみれんに、固い決心も崩されてしまう。だまっている市子をみて、大杉は市子が自分の悩みを見事に理性で克服して、大杉の主義や思想を理解するまでに成長したのだと解釈するのだった。
大杉は保子と市子をなだめながら、御宿の野枝に向っては、
《逢いたい。行きたい。僕の、この燃えるような熱情を、あなたに浴せかけたい。そしてまた、あなたの熱情の中にも溶けてみたい。僕はもう、本当に、あなたに占領されてしまったのだ》
というような、まるで少年の恋文のような甘いことばを書き送っていた。

大杉を待ちこがれ、野枝は宿の女中を集めて騒いでみたり、山へ上ってみたり、ウイスキーをあおってみたり、真夜中に突然三味線をひいたりする。宿ではヒステリー患者の療養だと思いこんだようだった。野枝が御宿へ着いて六日めには、もう大杉が野枝を訪れていた。三日間、愛の惑溺の日を送って帰京した大杉は、

《――略――もう一つ済まなかったのは、ゆうべとけさ。病気のからだをね、あんな事をしていじめて、あとでまた、からだに障らなければいいがと心配している。けれども本当にうれしかった。本千葉で眼をさまして、おめざにあの手紙を出して読んで、それからは、たのしかった三日間のいろいろの追想の中に、夢のように両国に着いた。今でもまだその快い夢のような気持が続いている――》

と訴える陶酔ぶりだった。その間にも、ふたりの醜聞は新聞にさんざん叩かれていた。野枝はそんな記事をみるにつけても自分の経済的独立が確立していないことを自憤した。大杉はもちろん、それは三条件の重要な一つの原則だし、

《僕はあなたにも神近にも、いわゆる扶養などという、そんな侮辱を与えることはできない。――略――けれども、やむを得ない必要の場合に、お互いに助力し合うのが何んで悪いのだ》

と慰めた。とはいい条、こういう恋にうつつをぬかしている間に、経済的行きづまりはたちまち襲いかかってきた。

野枝の大阪毎日への小説は一応書きあげたものの、約束は破られ掲載されなかった。わずかに、雑誌「女の世界」の大杉、市子、野枝の三人がそれぞれの立場からこの多角恋愛を論じるという企画に応じ、原稿料が入ったくらいであった。しかも「女の世界」は発禁になった上、世間はこの三つの文章から理解するどころか猛烈な反感をまねき、大杉も野枝も最後の多くの友人を失った。最も野枝を理解してくれていた野上弥生子も、痛烈な忠告の手紙をよこした。

五月の末には、宿の支払いもできず、帰るに帰れない窮地におちこんでしまった。大杉が生活費から野枝に送金すれば、保子の生活費と大杉の下宿代は市子の負担にまつしかないという惨状だった。しかも市子もその月にはついに退社していた。市子の退職金まで、当てにしなければこの経済的収拾がつかなくなってしまった。

この頃になって市子はようやく大杉に対して批判的になってきた。三カ条の原則は野枝の側から一方的に破られているばかりでなく、いつまでたってもその状態からぬけるめどもつかない。野枝にはもちろん、そんな野枝を許す大杉にまで軽蔑を感じるようになった。恋愛ひとつにさえ理論と実践がかくもくいちがう大杉の革命論にも疑惑を覚えるようになってきた。その上、野枝の今度の事件を売り物にして金を得る計画が誤算したと聞いてはその甘さに啞然とした。この関係からぬけ出すべきだという市子の理性が動きながらなお、この関係にひきずられていたのは、大杉がふた言めには、

「野枝は今度の問題で実に成長した。ぼくが何もいわないのに、きみのことでも保子のことでも愕くほど理解しているし、その心境は進んでいる。ぼくの立場もこの恋愛も実によく理解している。きみは野枝にくらべて全くわかってくれていない」

ということだった。金を市子から都合つけてもらいながら、そのことが大杉の精神的負担になっていることにも市子は気づかなかった。

「保子からぼくを寝とった君が、野枝にぼくを寝とられたからといって、死ぬの殺すのというのはおかしいじゃないか」

というような大杉の理づめの非難や嘲笑も市子には不当な侮辱だと思われた。それでもなお、きっぱりとこのどろ沼のような四角関係からぬけ出られないものは何なのか。市子は知性も教養も歯のたたない人間の煩悩の業苦《ごうく》の前で、悄然とうなだれるしかなかった。

経済的に追いつめられてしまった野枝は、ついに流二を御宿で里子にあずけ身軽になって大阪の代準介の家に転りこんでいった。何よりも市子に借金をかえしたかったし、もう積極的な協力の意欲を示さなくなった市子にかわり、新しい雑誌のための保証金まで、あわよくば叔父の手づるで入手したいというのが目的だった。収入もなくまた、大杉の下宿に再び転がりこむことは、さすがに市子への意地と義理からでもこの場合許されないことであった。

《——叔父はアメリカにすぐに行けと言うのです。そして社会主義なんか止めて学者になれと言うのです。——略——叔母が何もわからないくせに、のべつにぐずぐず言うのを黙って聞いているのがいやで仕方がありません。要するにあなたと関係をたてと言うのですけれども、それをはっきり言わないのです。——略——

こうして離れていると堪らなくあなたが恋しい。私のすべてはあなたという対象を離れては、何物をも何事についても考え得られない。それでいて非常に静かにしていられます。あなたが今、何をしていらっしゃるかしら、と考える私の頭の中にどのような影像ができても、私の心はおちついています。本当に平らに和《やわ》いでいます。私はこの静かな心持があなたと一緒にいる時にどうして保っていられないのだろうと思います。あなたにいつか話しましたね、私がいつでも私たちの交渉がうるさくなって来ると関係を断ちたいと思うって。でも、それが断っても断てなくても同じだという事も言いましたね。本当にこうしていればそれができるようにも思います。けれども、私にはどんなに静かな平らかな気持であろうとも、これが単純なフレンドシップだとは思えませんわ。肉の関係を断つ事だけですべてのことを単純に考えられるように思うのは間違いだという気がします。自分の内に眠っていた思いもよらぬ謬見《びゅうけん》を、一つ一つあなたの暗示を受けては探し出してゆくことのできるのを見ては、私はあなたに何と感謝していいか知りません。いろいろな点で私はただあなたの深い、そして強い力に向って驚異の眼を見はっております。どのような事であろうとも、私は今、あなたのそばを離れる事がどんなにいけない事だかが、本当によくわかります。

神近さんはどうしていらっしゃいますか。本当に私はあの方にはお気の毒な気がします。私は毎日毎日電話がかかって来るたびに、辛くて仕方がありませんでした。私がどんなにあの方の自由を害しているかを考えると、本当にいやでした。そしてまた、あなたのいろいろな心遣いがどんなに私に苦しかったでしょう。私はかなしいような妙な気がして仕方がなかったのです。今度も帰りましたら、すぐに家を探しておちつきたいと思っています。

お仕事は進みますか、心配しています。本当によく邪魔をしましたね、おゆるし下さいまし》

大阪の代家に着いた翌日大正五年六月十五日の朝、こんな手紙を大杉あてに書いた野枝はその同じ日の夕方には、

《すこし甘えたくなったから、また手紙を書きたいの。野枝公もうすっかり悄気ているの。だって来ると早くからいじめられているんだもの、可哀そうじゃない?——略——野枝公もう帰りたくなったの。もう帰えってもいい?——略——叔父でも叔母でも、あなたに誘惑されたのだと思って、今あなたから離しておきさえすれば、元にもどるの

だと信じているのですね。そんな馬鹿な事ってありはしません。――略――野枝公もすっかり閉口しているんです。――略――やはりあなたのそばが一等いいわ。野枝公すっかり計画が外れていやになっちゃったけど仕方がない》

という手紙を追加している。代準介は、この才走った男のように度胸のある姪を愛しもし、自慢にも思っている点があったので、本気でアメリカ留学のことなど考え出した。準介がたまたま、仕事関係で野枝の到着と同時に二十日ほどの予定で旅立ったから、野枝は止むなく大阪の叔父の家に釘づけになった。離れているとかえって心が平静になるというのは、御宿での別居暮しの時からしばしば野枝の口にする実感だった。世間に対する見栄ばかりでなく、何とかして経済的独立をして、大杉とも別居し、完全なひとり暮しになった上で、仕事と愛情の上で互いに適宜により添うという男女の理想の関係への夢を、野枝はこの後も決してあきらめてはいなかった。

野枝を送りだした大杉は、その後へ訪ねて来た市子と、また口論になってしまった。市子は、ほんのちょっとという約束で訪ねて来たのだけれど、御宿以来の心の鬱憤《うっぷん》は、その暗くとがった表情に滲み出ていて、何かひと言いっても、たちまちそれが大杉の神経にひっかかってしまう。市子とすれば、御宿でふざけきっていた二人が帰りの旅費までなくして、それさえ市子に送らせたのに、また、その後のんべんだらりと東京で同棲をつづけようとすることが許し難いのだった。

その上、野枝が故郷へ金策に出発したといってもその旅費は市子の懐から大杉の手を経て渡されているものだった。どうせ、野枝に大した金策などできはすまいという気持が市子にはあるけれど、野枝を送って露骨に淋しそうな表情をみせている大杉を見れば、ついひと言厭味らしいこともいってやりたくなる。

「野枝の悪口をいうのなら帰ってくれ」

「あなたの態度は全然、公平じゃないじゃありませんか。いつだって野枝さんひとりの肩を持ちたがる。それじゃ、私の立場はどうなるの」

市子は、離れて考える時は、もうこの混乱しきった情事の渦から身のひき所だと思うし、大杉に抱いていた自分の尊敬や同志的愛などは、すべて幻影にすぎなかったという気がしてきていた。どうみたって惨めな三枚目役をつとめて金だけしぼられている自分の立場に嫌悪をもよおさずにはいられない。自嘲と自己嫌悪から、一刻も早くこの泥沼からぬけだしたいと思う。そのくせ、大杉と顔を合わせるとみれんだけではなく、このまま、黙って引き下れるものかという自尊心が胸に突きあげてくるのだった。少くとも大杉の口から、彼の持論の自由恋愛主義に対する誤算が認められ、そのまきぞえにひきずりこみ、精神的被害と物質的損害を与えた市子に対して、男らしくあやまらせなければ気持がおさまらなくなってくるのだった。どの角度からみても、この四角関係で最も損害を被っているのは自分だという考えが市子を捕えていた。

あれほど物わかりがよく、人の心を察しる大杉が、この件に関してだけは、全く鈍感をよそおい、日一日と市子の心の傷に対して不感症になるのが市子には堪えられなくなってくる。

大杉は市子が、優しい言葉や、わずかな愛撫だけでも慰められるほど傷つき、弱り、衰えきっているのを目にしながら、この頃では、市子がそういう弱々しさを見せるのを極度に厭がるのだった。市子が愚痴っぽくなるとたん、露骨に不快な表情をみせるし、市子の話の半分も聞いてくれようとしない。あてつけがましく、野枝の手紙を市子の目の前で広げてみせたり、野枝の物わかりのよさをほめちぎったりする。寝不足のまま朝を迎え、市子はいっそう充されない想いを味わわされた。

「あなたは変ってしまったんだわ」

「変ってなんかいないさ。そっちの観方《みかた》が変ってきただけだ」

「理論と実践していることが全く矛盾だらけじゃありませんか。あなたの恋愛理論は相変らず御立派だけれど、私たちの現実の状態は、全く愚劣なそこらにいくらでもころがってる好色な醜聞にすぎないわ」

「自分で自分を卑しめるほどきみの意識が低くなってるのなら、もう話し合うこともないさ」

「私は、こんな惨めなまま引き下りませんからね。自分のしたことには責任をとります。自分ひとりでだって解決のつけ方はしっています」

「俺を殺すのか？　宮嶋がいってたよ。きみがそういってわめいたってね」

「自殺する権利と力ぐらい今の私にだって残されています」

「勝手にするがいいさ。死ぬの殺すのという奴にかぎって、実行したためしはないさ」

市子は、もう涙も出ない乾いた目をして、大杉の背を見つめたまま、身をひるがえして出ていった。そんな市子の姿が消えると、大杉は、やはり市子が憫《あわ》れで心が屈してくる。顔を見れば一種の後ろめたさから市子の立派さや雄々しさが圧迫感となって、気ぶっせくなるくせに、別れると、市子の天性のおおらかさや、無邪気さや、率直さの美点がいじらしく、今、市子の置かれている不当な立場や苦しさに、公平な同情が湧いてくるのをどうしようもできない。大杉にとっては、保子も市子も共に相変らず自分に優しい女であり、かつて彼女から受けた献身と無償に近い愛の奉仕の温かな記憶は決して消しさることができないのだった。たとい野枝を今、どれほど二人に比較できないくらい愛しはじめているといっても。

市子が憤然と帰っていった後、大杉は四谷の保子を見舞ってやらねばならなかった。これも野枝の出発と同時にあった知人からの電話で、保子が四十度の熱を出し、数日来、病床にいるということを知ったのだ。保子は熱っぽい顔で大杉を迎えた。

「だめじゃないか。こんなになるまで何もいってこないなんて」

保子はだまってかすかに笑った。今、この瞬間、大杉が本気でそう思って、保子の病状を案じていることを、九年もつれそった古妻は感じとっている。

「もう治りかけてるのよ」

大杉の大きな掌を額にあてられ、その下で目を閉じながら、保子はつぶやいた。その夜、大杉は保子の熱っぽい寝床に身をすべりこませて眠った。市子と今朝、けんか別れしたことを話しても、野枝が発ったことを話しても保子は、だまって聞いていた。もう一頃《ひところ》のように、野枝の悪口を感情的に口にしようともしない。大杉はふっと、保子が死ぬのではないかと思った。と同時に、やはりこの女が誰よりも自分を憩わせてくれる女のような気もしてくる。保子の熱っぽい軀を抱きながら、大杉は久しぶりで深い眠りに落ち、野枝の夢を見つづけていた。

翌朝、下宿に帰って野枝の手紙が来ていないかたしかめて来ようとする大杉に、保子はだまって枕の下から一円札を出して渡した。昨夜枕元に投げだしておいた大杉の財布に、電車賃も入っていないのを見ていたのだ。

保子と市子の、それぞれの激しいねばり強い愛の放射を両面から浴びながら、大杉の気持は別れている野枝ひとりに、抗しようのない激しさで傾斜していくのをどうしようもなかった。

《――大ぶ弱っているようだね。うんといじめつけられるがいい。いい薬だ。あれほどの悪い事をしているのだから、それは当り前の事だ。ついでの事に、うんと喧嘩でもして早く帰って来るがいい。その御褒美には、どんなにでもして可愛がってあげる。そして二人して、力を協《あわ》せて、四方八方にできるだけの悪事を働くのだ。それとも、この悪事はあと廻しにして、叔父さんの言う通りにアメリカへでも行くか。——略——ただ後の方は今の所ではあまりにつらすぎる。あっけなさすぎる。まだまだふざけ足りない。かじりつき足りない。しかしそんなことも言っていられない場合なのかも知れない。いずれにしても野枝子の勝利だ——》

《——略——ほんとに僕は、幾度も言った事だが、こんな恋はこんど始めて知った。もう幾カ月もの間、むさぼれるだけむさぼって、それでもなお少しも飽くという事を知らなかったのだ。というよりは寧《むし》ろ、むさぼるだけ、ますますもっと深くむさぼりたくなって来るのだ。そしてこのむさぼるという事に、ほとんど何らの自制もなくなっているほどなのだ。その野枝子としばらくでも離れるのだ。しかも、お互いにしばらくでも音信なしでいようというのだ。僕と同じ思いの野枝子には、僕がどんな思いをしてその後の夜を明かしたか、今更言う必要もなかろう。——略——野枝子が早く落ちついて、ほんとに野枝子自身の生活にはいる事、これが今の野枝子に対する僕の唯一の願いなのだ。——略——しかしね、野枝子、もしうまく行かなかったら、あせったりもがいたりするよりも、何よりもまず早く帰っておいで。野枝自身の事は二人で少し働けばすぐにも何《な》

んとかなるのだ。――略――》

こんな愛情を惜しみなくそそがれている野枝が、保子や市子より恋の勝利者としての自信に満足するのは当然だったし、他の二人のライバルに対してゆとりのある憐憫《れんびん》の情を持てるのも自然の成行だった。

結局この時の野枝の奔走にもかかわらず、金策は市子の予想通り不成功に終った。大阪から九州へ走り、目ぼしい知人の間は全部交渉したけれど、百円はおろか、帰りの旅費をつくるのさえおぼつかないほどだった。けれども野枝は代準介のつてで頭山満に面会を申しこんだり、頭山の紹介で杉山茂丸に逢いにいったりした。杉山は大杉に直接逢いたいといって野枝を帰した。野枝は万策つきはてて、九月末東京へ帰るとまた大杉の下宿へ転りこんだ。福四万館は下宿料不払いで逐《お》われたので大石七分《しちぶん》の紹介で本郷菊坂の高等下宿菊富士ホテルへ移転した。菊富士ホテルは食事つきの下宿で、並の下宿より倍くらい下宿料が高かったけれど、下宿代の請求がことのほかのんびりしているため、無銭で食べていられるという便利さがあった。

その間にも、大杉は新雑誌発行の保証金を作ることに奔走していた。自分の思想の発表機関を持つこと以外に、やはり大杉は生きていけないし、この複雑に錯綜してきた情事を秩序づける方法はないと考えていた。思いがけない所から、その金が舞いこんでくることになった。野枝が道をつけてきた杉山茂丸に逢ったことから思いつき、内務大臣の後藤新平に直談判をして得たものだった。いきなり訪ねていった大杉に後藤新平は自身で逢うと、金が欲しくて来たという大杉にあっさりと要求額の三百円を与えた。その時新平は、これは同志の間にも内密にしてほしいと条件をつけた。大杉はその金の出所を野枝以外には誰にも告げなかった。保子や市子にも明かすつもりはなかった。そのうち五十円を久しく金を持っていかない保子の所へ運び、三十円で野枝のお召の着物と羽織の質を受けだした。野枝はもう長いこと着たきり雀の寝衣一枚になっていたのだ。二百円ばかりの残金に、少し稼ぎたせば保証金はできる。大杉はいよいよ、野枝とも別居する準備ができると勇んだ。菊富士ホテルの一室で、止むなく同棲をつづけながらも、二人はその状態が正常だとは決して思っていなかった。まずこの金の一部で大杉はなじみの葉山の「日蔭の茶屋」へ出かけて行き、文債を片づけるつもりになった。久しぶりで市子を訪ねた大杉は、金が入ったことと、葉山行きを告げた。

「いよいよ野枝ともこれで別居する段階になれたよ」

市子は、突然の入金の途に疑問を懐きながらも、思いがけない大杉のことばに喜びをかくしきれなかった。大杉との事件で新聞社をやめて以来も、結城礼一郎の世話で翻訳の仕事をいくらでも廻してくれるので、市子は働きさえすれば経済的には困っていない。かといって、自分一人が必死に働いて四人の生活を支えているような感じのするこの数カ月の憂鬱《ゆううつ》さには心の芯まで腐りそうだった。まして野枝への嫉妬と、大杉への不信と疑惑がつのってきたこの頃では、机に向っても、いつのまにか頭の中は、片時も去らないこの情痴の混乱だけで充されてきて、仕事をするどころではなくなっていた。そんな矢先に、はじめて聞かされた大杉の局面打開の案だったから、市子の心は捨てかけていた希望をあわててひきよせた。

「葉山へはひとり？」

「もちろんだ」

「そう……よかったわ。じゃ、しっかりやってらっしゃい。でも行く時はしらせてね。一日ぐらいあたしもいっていい？」

「うん、そうしよう、二、三日したら発つよ」

市子は久しぶりに心の近づいた気のする大杉を見て、やはりこの男と別れることの辛さに耐える自信がなくなってきた。

ところが出発の前夜になって、留守をするはずだった野枝が、

「あたし平塚さんのところまで行きたいわ」

とねだりだした。もちろん、当分の別れにみれんが出ての甘えだった。らいてうのいる茅ケ崎と、葉山は目と鼻の近さだった。大杉は市子との約束ははじめは破るつもりはなかったけれど、野枝のこの申し入れは拒めなかった。

十一月六日のことだった。茅ケ崎の家の縁側で、病後の博史を日光浴させていたらい

た。


てうは、突然、野枝と大杉の来訪を受けた。博史が胸を病み、思い出の南湖院に入院して療養した後、茅ケ崎の海岸で引きつづき静養中だった。昨年末に生れた曙生《あけみ》を中心に、らいてうの生活は「青鞜」時代からは想像もできない静かな平穏さの中に明け暮れていた。

「まあ、よくいらっしゃったこと」

らいてうは二人の客を迎え入れながら、内心の愕きをかくしかねていた。野枝の離婚に引きつづき恋愛沙汰はもう充分聞き及んでいたけれど、問題の二人づれを目のあたりにして、らいてうはとまどっていた。これがあの素朴で野性まるだしの、飾り気のない野枝と同じ人物だろうか。派手というより粋な棒縞御召《ぼうじまおめし》の着物をいやに抜き衣紋に着て、つぶし銀杏返しに結い、肩から落ちそうに羽織をぞろりと重ねている。粉白粉も濃ければ口紅も赤すぎる。まるでお茶屋の女中じゃないかと、らいてうは目をそむけたくなった。大杉もまた着ながしでぞっぺりした好色な旦那のように見えた。らいてうはよりそった二人からあてつけがましい馴れ馴れしさを感じるのも不快だった。わずか一年ばかりのうちに、こうも変ってしまうのかと情けなくなった。まるで掌中《しょうちゅう》の珠《たま》のようにその成長を見守り可愛がっていた辻潤の薄い背を思いだすと、辻に好意を持ちつづけているらいてうは今更のように辻の胸中が思いやられて切なくなってきた。

「流二ちゃんはどうして?」

曙生を抱きあげている大杉をみながら、らいてうは小声で野枝に訊いた。野枝は、御宿で里子に出したことなど気のすすまない顔で手短かに語った。「青鞜」はどうするつもりなのかという一番痛い詰問には、

「今のごたごたが落着けば改めて新構想でやり直しますわ」

と、気の強い口調で答える。あれほど親しかった野上弥生子の話をしかけても、故意に話題をそらせてしまう。らいてうは、もうこの異様な変貌《へんぼう》をとげた女の中に、昔の素朴な野枝の片鱗《へんりん》も見出せない気がした。

野枝は野枝で、昼食など馳走《ちそう》になり、小一時間もいた後、らいてうの許から辞してくるなり、松原でしっかりと大杉の手にしがみついてきた。

「もうさっぱりしたわ。どうせわかってくれやしないんだ。あの平塚さんの冷たい非難がましい態度！　もういいわ。逢って話せばあの人だけはいくらかわかってくれると思った私が甘かったんだわ。もういい。私にはあなた一人でいいわ」

友人という友人を失い、世間を狭めている野枝の淋しさを大杉は慰めてやりたくなった。

その翌日も、野枝をひきとめ、舟遊びなどして、すっかりいい気分になっていた。夕方、風呂を浴び、夕食にとりかかろうとした時だった。

「お客様です」

と女中の案内の声にふりむくともうそこに市子が立っていた。鏡台の前で双肌ぬぎになり化粧していた野枝は鏡の中に鋭く刺し通すような市子の瞋恚《しんい》に燃えた瞳を捕えた。市子の堅い表情に負けないほど、たちまち野枝の顔がこわばった。いそいで肩だけいれると、野枝はそのまま平気を装って市子を無視し、化粧をつづけた。

「野枝さんがいるとは思わなかったのよ」

弁解とも抗議ともとれる市子の口調だった。大杉もさすがに気まずい表情をかくせなかった。

「寄ろうと思ったんだけど……」

言いわけがましい声も低くなる。明らかに市子は不粋な招かれざる闖入者《ちんにゅうしゃ》だった。あわてて追加させた食事を前に、市子は自分の立場の不様さに目を掩うような気持で食卓についた。野枝が鏡の中で露骨に軽蔑と不快さを示した表情が目の中にこびりついている。市子もはじめから野枝を無視して大杉にしか話しかけないが、野枝は市子にことばをかけるどころか会釈さえしなかった。三人で食卓に向ったものの、さすがに誰の箸も進まなかった。野枝が不意に立ち上ると、

「あたし、帰る」

と言いだした。市子は勝手にしろという気持でそんな野枝をじろりと見ただけだった。大杉もさすがに止めなかった。手早く支度をすると野枝はひとりで出ていった。食事を

下げさせると大杉は女中に早々に床をとらせた。市子と向いあっているより横になっている方が顔を見ないですむと思った。帰っていった野枝が気がかりだった。自分が市子との約束を無視し、最も市子を傷つける裏切り行為をしていたという後ろめたさは棚にあげ、その現場を押えられたばつの悪さが大杉に屈辱となって襲い、そこまで自分を追いこんでくる市子に、わけもなく嫌悪がつのってくる。市子につけ廻され、自由を束縛されているような不平感さえわいた。

「あたし、何も二人のお楽しみの邪魔をしにわざわざやって来たわけじゃないのよ。昨日も一昨日もあなたからの連絡を待ちくたびれて……心配で……」

「わかってるよ。もういいじゃないか。風邪で疲れて熱があるんだ。寝かせてくれ」

大杉は市子のことばの腰を折るようにいった。声に抑制しきれない不機嫌な荒々しさがこもっていた。市子は重いため息をつくと自分も隣りの床に入った。昨夜はここに野枝が寝た寝床かと思うと、市子の胸は灼《や》ける。大杉は天井にむかって目を閉じていたが、市子が自分の顔を刺すように見つめている視線を感じていた。市子の今日の口惜しさと憤懣《ふんまん》がわかるだけに、うかつな口は利けない気もしてくる。食事の前、一風呂あびないかといった時、風邪気だからと、市子が顔を伏せた。大杉には通じるまなざしで、市子はその時、風呂に入れない本当のわけを知らせている。そのおかげで今夜、市子を抱かないでもよいという理由に、大杉は内心ほっとしていた。閉じた瞼には、暗い夜道をひとり帰っていった野枝の姿だけが広がってきた。市子が、これまで何度となく別れると口走るたびに、大杉はなだめてきた。市子を恋人として同志として、大杉はまだ愛しているつもりだったし、愛する価値のある女だとも思っていた。この頃の市子に対して押え難く湧く嫌悪の情も、要するに、野枝に溺れすぎた自分の男のわがままの反映だともわかっている。わかっているだけに、市子の方から怒りの激情がおさまり弱々しく和解を申しこんで来るたび、大杉は当然の事として受けいれてきたのだった。

——しかし、もうそろそろ限度が来たらしい——

大杉は今夜の三人三様の惨めな表情を思い浮べると、絶望的になってきた。市子の泣いている気配がしたが、強情に大杉は眠ったふりをした。野枝から電話がかかってきたのは、もう十時近くになっていた。逗子の駅からの電話だった。部屋の鍵を忘れたのに気づいたから横浜から引きかえしたという。

「仕様のないお嬢さんだな」

大杉は市子に対して言いわけめかしくいいながら、あたふたと、どてらをひっかけ、車を呼ばせて駅へ出かけていった。市子は押えきっていた涙がその瞬間、ふきこぼれてきた。すべては野枝の小賢《こざか》しい演技としか思えなかった。ホテルには合鍵があるはずだった。最初から野枝の計算に入っていた小細工なのだ。市子の胸はこの部屋に入って以来の自分の立場の惨めさのすべてが一挙に思いかえされてきた。屈辱で全身が炎をふきそうな苦しさにさいなまれてくる。手さげに入れ、この頃は肌身離さず持っている短刀の冷たい刃ざわりを思いだしていた。日本橋の刃物屋でそれを需めた日の暗い黄昏の街の風景が浮んできた。あれは、野枝とはじめて接吻したと大杉から告げられた翌日だった。あの時、思いつめたように、別れておけばよかったのだ。一日のばしにするだけ、恥は厚く黒くわが身を掩いつくしていった。何時間経ったのか、覚えもなかった。気がつくと大杉の声が廊下にして、野枝が大きな大杉の背後にかくれるようにして入ってきた。もう十二時近かった。市子の横にもうひとつ寝床がとられ、市子を真中に、大杉と野枝が横になった。二人とも疲れた表情をして、部屋に入ってからは、ほとんどしゃべらなかった。市子は冴えかえる頭で、大杉との過去のすべてを一齣《ひとこま》ずつひきずりだすように瞼の中に再現していた。

重苦しい一夜の明けた朝、野枝は朝食にもほとんど手をつけず、そそくさと帰っていった。市子はやはりそんな野枝を冷たく見送ったまま、声をかけようとしなかった。大杉は机に向い原稿用紙を広げた。

「新小説」に寺内内閣の標榜《ひょうぼう》する善政に対しての批判を書く約束があった。

市子は、そんな大杉の肩ごしに、語尾のかっきりした特徴のある話し方で、ねっとりからんできた。

「野枝さんね……帰ったなんていって、そこらの宿にかくれてるんじゃないの、あたしの帰るのを待ちうけて」

「馬鹿な！」

大杉は相手にしない言い方でいっそう軀を机にかがめていく。市子はそれっきり部屋を出ていった。ひとりで海岸を歩いているとまたしても胸に熱いものが煮えたぎってきた。今頃、大杉と野枝が電話で何かを示しあわせているような映像が浮んでくる。そういう妄想だけで夜も昼もさいなまれつづけている自分の惨めさが自分に対して許せなかった。大杉のいう美しい自由恋愛の理論が、現実にはこんなにもあさましい嫉妬と疑惑と不信のかたまりでしかなかったのか。市子は誰もいないまひるの海岸の明るさと静けさの中でめまいのしそうな孤独と絶望感に捕われてきた。その場にしゃがみこむと、貝を拾うような姿勢のまま、砂地にとめどなく涙を吸わせていた。

夜になっても、大杉の原稿用紙は白紙のままだった。市子は大杉の今日一日の想念の行方を思いやって冷たい笑いがわくのを感じた。

さし向いの夕食も気まずく、話は一向に弾まなかった。

大杉が今、市子の存在そのものを不快に思い堪《こら》えている感じが市子の肌にひしひしと感じられてくる。自分のどこが悪いのだろう。市子は夜の灯の色と共に弱く萎《な》えてくる自分の怒りや怨恨《えんこん》に目を据えながら、重いため息をもらした。

大杉を愛さずにはいられなかった自分の熱情を、今でも市子はいとおしまずにはいられなかった。数多かった求愛者の誰にも感じることのできなかった愛執《あいしゅう》が、なぜ大杉ひとりに向って生れたのだろう。男に尽すことに何の抵抗も感じなかった。大杉の前では市子は常に自分が卑小で非才なような劣等感に捕われた。しかもその事が何と愉しく甘い感じで自分を包んできたことか。気の強さも、女としての魅力のなさも、人間的な未熟さも、市子は自分の欠点のすべてを大杉の前では実質以下に評価し、そういう自分を認め愛してくれる大杉を、ほとんど仰ぎ見るような気持だったのを思いだした。大杉という太陽の光りを浴びないかぎり、自らは光りを放てない星屑《ほしくず》のひとつとしか自分を評価して来なかった。大杉は市子の人並より歩みの遅い長い青春がようやくさぐりあてた生命の光源だった。大杉を愛することによって、市子は自分が木炭のような光沢のない物質から、不意に光りをまきちらすまぶしい宝石に変貌したことを感じていた。大杉の人より大きな後頭部、たくましい力のみなぎった首筋、そこだけ、妙に稚《おさな》さののこったぼんのくぼ……それらを見つめているうちに、市子はその皮膚や、体臭や、体温や……なじみきって、今は目に触れただけでただちに官能に訴えてくる大杉のすべてに対し、愛情にみたされてふいに軀がしぼりあげられるような苦痛を覚えてきた。気配にふりむいた大杉が、大きな目を冷たく見据えて、どうしたと訊いた。市子は、目をみはったまま声が出なかった。この出口なく、汲みとられる期待も絶たれかけた憂悶《ゆうもん》のすべてを、声にすれば、死ぬとか殺すとかの短い叫びにしかならないような気がした。床に入ってからも、市子は、今にもまた、昨夜のように野枝の電話がかかってくるような予感に悩まされつづけた。

「気になるでしょう。野枝さんが」

沈黙の重さに堪えかねて、背をむけた大杉に市子は声をかけた。自分のことばの卑屈さに傷つき、ほとんど無意識に、起きて下さいと、大杉の手をつかんでひっぱった。

「いいかげんにしろ」

「ね、私たち、話しあう方がいいと思うわ」

口をきってしまうと、市子は押えきっていた激情があふれだし、自分を押し流すようなめまいを覚えた。受けた汚辱と、屈辱のすべてをも押し流す力がほしかった。

「もうこれ以上、がまんならないわ。今となってはあなたは私にいうべきことがあるはずよ。たとえば……自分が誤っていたとか」

「がまんならないなら、勝手にすればいいじゃないか。こっちに何もいうことがあるものか、好きにするさ」

「こんな堕落《だらく》しきった私たちの状態に責任を感じないというんですか。野枝さんが何です。あなたはふた言めには彼女は理解している、成長していると言いつづけているくせに、仕事をしにくるあなたにしがみついてでれでれついてくるというのは何です。どこに理解や成長があるんです。働きもしないであなたや保子さんの経済生活に厚かましくあぐらをかいている。自分ひとりちゃらちゃらしたいい着物を着て、髪なんか結って彼女のどこに自覚がみられるんです」

「よせ！　野枝の悪口を言うな！」

「言いますよ。なぜかばうんです。なぜ、いつだって野枝さんひとりをかばうんです。あなたの革命理論なんかもいい加減なんだ。私が馬鹿でだまされただけなんだ。高畠さんたちだっていってますよ。大杉のヘボ理論で日本の革命ができるなら、おれは坊主になって見せるって、全くだわ」

いきなり大杉は寝返りをうつと、ぱっと寝床の上にとび起きていた。怒りと興奮で、顔が蒼白に引きつり、大きな出目が血走っていた。

「もう許さないぞ。今度こそ最後だ。きみの正体がわかったよ。ぼくに貸した金があるからそれをかさにきて暴言を吐くんだ。金は返す。さあ、持って帰れ！　これでもうきみとは他人だ。明日さっさと帰ってくれ」

市子は大杉がかばんの中からつかみ出した札束を見て全身の血がひいていった。このわずかな紙幣で、大杉とのすべてが絶ちきられるのだと思うと、もう考える力も尽きはてた気がした。肉親も、友人も、社会も、職も、すべてを犠牲にして自分を賭けた恋の価が、この数枚の紙幣の価値しかなかったのか。市子は、自分が石になったような感じしかのこらなかった。もう野枝も、保子も頭の中にはなかった。空洞になった自分の中を冷たい風が吹き荒れていく。その声だけがしだいに自分のうちにみちあふれてきた。目の前に、大杉の大きな頭が横たわっていた。灰色の巨大な石膏《せっこう》の首のようにそれは冷たく血が通っていなかった。呼びかけても、語りかけても答えのない石の首……刺しても斬っても刃ごたえのない非情な首……市子は膝の横にころがっている自分の手さげの中に手がのびるのがわからなかった。気がついた時、膝の上に鞘《さや》を払った短刀が電灯の光りを吸っていた。憂悶に堪えかねて市子がいつか身につけた孤独の時の馴れた姿勢だった。石の首は身じろぎもしない。市子はその巨大な冷たい首に何の手がかりもないことを悟った。刺す以外には——今なら刺せる。

短刀を持った右手は鉄のように重かった。及び腰になり、市子は重い腕をひきあげ、刃をのばした。空洞になった軀がたいそう軽かった。市子は葉が落ちるように全身で石の首の真上へ刃ごと、ゆっくり落ちていった。

「美は乱調にあり」は『文藝春秋』一九六五年四月号〜一二月号で連載され、一九六六年に文藝春秋より単行本として刊行された。本書は一九六九年刊行の角川文庫版を底本とした。

また、「諧調は偽りなり」との連作であることを示すため、「伊藤野枝と大杉栄」の副題を付した。

なお、本文中に今日からすると社会的差別にかかわる表現があるが、描かれた時代および執筆当時の歴史性を考慮して、そのままとした。

美は乱調にあり――伊藤野枝と大杉栄

2017年 1 月 17 日 第 1 刷発行
2022年 8 月 4 日 第 6 刷発行

著 者 瀬戸内《せとうち》 寂聴《じゃくちょう》

発行者 坂本政謙

発行所 株式会社 岩波書店
〒101-8002 東京都千代田区一ツ橋 2-5-5

案内 03-5210-4000 営業部 03-5210-4111
https://www.iwanami.co.jp/

印刷・精興社 製本・中永製本

ISBN 978-4-00-602284-6 Printed in Japan

岩波現代文庫創刊二〇年に際して

二一世紀が始まってからすでに二〇年が経とうとしています。この間のグローバル化の急激な進行は世界のあり方を大きく変えました。世界規模で経済や情報の結びつきが強まるとともに、国境を越えた人の移動は日常の光景となり、今やどこに住んでいても、私たちの暮らしは世界中の様々な出来事と無関係ではいられません。しかし、グローバル化の中で否応なくもたらされる「他者」との出会いや交流は、新たな文化や価値観だけではなく、摩擦や衝突、そしてしばしば憎悪までをも生み出しています。グローバル化にともなう副作用は、その恩恵を遥かにこえていると言わざるを得ません。

今私たちに求められているのは、国内、国外にかかわらず、異なる歴史や経験、文化を持つ「他者」と向き合い、よりよい関係を結び直してゆくための想像力、構想力ではないでしょうか。

新世紀の到来を目前にした二〇〇〇年一月に創刊された岩波現代文庫は、この二〇年を通して、哲学や歴史、経済、自然科学から、小説やエッセイ、ルポルタージュにいたるまで幅広いジャンルの書目を刊行してきました。一〇〇〇点を超える書目には、人類が直面してきた様々な課題と、試行錯誤の営みが刻まれています。読書を通した過去の「他者」との出会いから得られる知識や経験は、私たちがよりよい社会を作り上げてゆくために大きな示唆を与えてくれるはずです。

一冊の本が世界を変える大きな力を持つことを信じ、岩波現代文庫はこれからもさらなるラインナップの充実をめざしてゆきます。

（二〇二〇年一月）